"옷이 날개라는 말도 안 통하는군."

"시끄러워."

**5 약사의 혼잣말**

휴우가 나츠

일러스트
시노 토우코

마오마오 는 묵직한 치맛자락을 끌고 다니고 있었다.

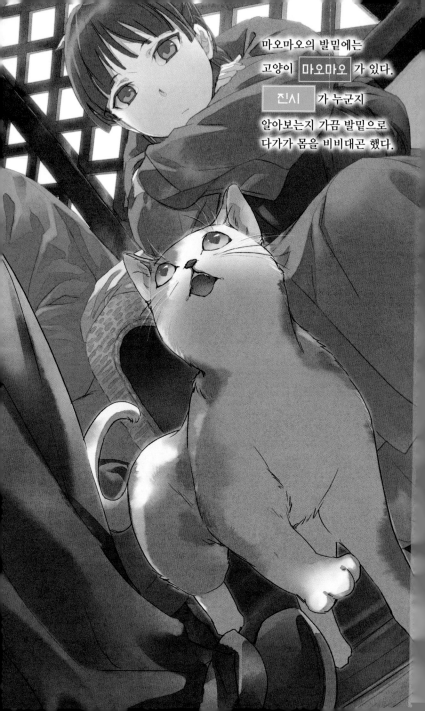

마오마오의 발밑에는
고양이 마오마오 가 있다.
진시 가 누군지
알아보는지 가끔 발밑으로
다가가 몸을 비비대곤 했다.

안쪽 자리에는 진시가 있고,
그 대각선 맞은편 자리에는
중키에 중간 체격을 가진
중년 남자가 있었다.

뒤를 돌아보니
경박한 차림새의 기녀가
2층 난간에 기대선 채
곰방대를 피우고 있었다.
세 아가씨들 중 한 명인
바이링 이었다.
풍만한 육체가 옷자락
사이로 슬며시 엿보였다.

**바이냥냥**은 흥미로운 구경거리를
다양하게 보여 주었다.
아무것도 없는 곳에서
나비가 튀어나왔나 싶더니.
그것이 날아서는
불이 붙어 재가 되어
사라져 버리기도 했다.

마오마오는 젖은 수건으로
진시의 얼굴을 닦았다.
진시는 미지근한 수건이
얼굴에 닿는 느낌이 좋은지
눈을 감고 가만히 있었다.

약
사
의

혼
잣
말

# INTRODUCTION

## 사건은 언제 어디서든 발생한다.

시리즈의 다섯 번째 권인 이번 편 역시
재미 만점, 두근거림이 멈추질 않습니다.
마오마오가 가는 곳마다 크고 작은
다양한 사건들이 뒤죽박죽 일어납니다.
독 시식 담당 소녀는 늘 그렇듯
그런 사건들에 휘말리고,
안 그래도 되는데 굳이 참견하곤 합니다.
마오마오의 입장도 조금씩 바뀌어 가고,
궁중에서도 일부의 사람들에게는
무시할 수 없는 존재가 되어 갑니다.
또한 계속 평행선이었던
진시와의 관계에도 명확한 변화가?!
자, 대망의 5권 개막입니다!!

# 약사의 혼잣말

## 혼잣말

5

휴우가 나츠 지음
시노 토우코 일러스트

*Carnival*

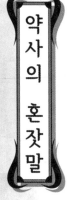

| | | |
|---|---|---|
| 인물 소개 | | 013 |
| 서장 | | 017 |
| 1화 | 메뚜기 | 021 |
| 2화 | 우쿄(右叫) | 047 |
| 3화 | 잠 | 061 |
| 4화 | 불쥐의 가죽옷 | 079 |
| 5화 | 빵이 없으면 | 097 |
| 6화 | 마지막 한 권 | 115 |
| 7화 | 흰 뱀 선녀 | 155 |
| 8화 | 적성에 맞고 안 맞고 | 195 |

목

9화      종이를 만드는 마을                217

10화     마(麻)와 민간 신앙                275

11화     도적                            291

12화     겹겹이 쌓이는 문제                303

13화     서도 첫날                       319

14화     서도 이틀째                     341

15화     연회 전편                       363

16화     연회 후편                       389

종장                                    415

차

# KUSURIYA NO HITORIGOTO 5

ⓒNatsu Hyuuga 2016

All rights reserved.

Originally published in Japan by Shufunotomo Infos Co., Ltd.

Translation rights arranged with Shufunotomo Infos Co., Ltd.

korean Translation rightsⓒ2018 by HAKSAN PUBLISHING CO., LTD.

이 책의 한국어판 저작권은 일본 Shufunotomo와의 독점계약으로
(주)학산문화사에 있습니다.
저작권법에 의해 한국 내에서 보호를 받는 저작물이므로 불법 복제와 스캔 등을 이용한
무단 전재 및 유포·공유 시 법적 제재를 받게 됨을 알려 드립니다.

# 인물 소개

**마오마오**……유곽의 약사. 평소에는 냉정하지만 약과 독 앞에서는 인격이 바뀐다. 유곽의 기녀와 군사 라칸 사이에서 태어난 딸.

**진시**……후궁에서 환관 노릇을 하고 있었지만 사실 그 정체는 황제의 아우. 출생에 비밀이 있다. 여자였다면 나라가 기울었을지도 모른다고 할 정도로 아름다운 외모를 지니고 있다.

**가오슌**……진시의 감시 역이었던 관리. 지금은 아들에게 그 역할을 맡기고 황제를 모시고 있다.

**바센**……진시의 종자. 가오슌의 아들.

**라칸**······마오마오의 아버지. 외알 안경을 쓴 괴짜 군사. 유능하지만 그 이상으로 다루기 힘든 성격. 마오마오를 몹시 사랑하지만 마오마오에게서는 미움을 받고 있다.

**라한**······마오마오의 사촌 형제. 원래는 라칸의 이복 남동생의 아들이며 현재는 양자. 이자 또한 괴짜.

**뤄먼**······마오마오의 작은 할아버지이자 양아버지. 위대한 의관.

**리슈 비**······후궁의 사부인 중 한 명. 아직 나이도 어리고 심약한 성격.

**아둬**······전직 사부인 중 한 명. 황제와의 사이에 아들을 낳았지만···.

**스이레이**······선제의 손녀이자 멸망한 시 일족의 생존자. 약사로서의 지식이 있다.

**러우란**······전직 사부인. 시 일족 출신이며 후궁을 탈주한 죄가 있다. 생사 불명. 또 다른 이름은 시스이. 스이레이의 이복 자매.

**여제**……현 황제의 조모, 선제의 모친. 선제를 대신해 정사를 돌봤던 여걸. 안 좋은 소문이 끊이질 않는다. 고인故人.

**선제**……우제愚帝, 혼군, 어린 소녀를 좋아하는 변태적인 성적 취향이 있었다는 이야기 등 멀쩡한 소문이 없다. 고인.

**교쿠요 황후**……서방 출신의 전직 사부인이자 현재는 황제의 정실. 황제와의 사이에 딸과 아들을 각각 하나씩 두었다. 아들은 동궁.

**녹청관 할멈**……마오마오가 신세를 졌던 창관을 관리하는 할멈. 수전노.

**세 아가씨**……녹청관에서 가장 잘나가는 기녀 삼인방. 바이링, 메이메이, 죠카.

**쵸우**……시 일족의 어린 생존자. 죽음에서 되살아나는 약을 먹은 탓에 반신이 마비되고 과거의 기억을 잃어버렸다.

**리하쿠**……마오마오가 알고 지내는 무관. 바이링에게 홀딱 빠져 있다.

# 서 장

"나 참, 고작 그 정도 가지고 뻗어 버리면 어떡해?"

가벼운 말투로 내뱉는 목소리가 들려왔다. 목소리의 주인은 구역질하고 있는 자신을 내려다보고 있다. 담장 위에 소년이 앉아 있고, 그 손에는 사과가 들려 있다. 소년은 단단한 과일을 하얀 이로 아삭아삭 깨물어 먹었다. 나무들 사이로 숨어 다니며 추적을 따돌렸다고 생각했는데, 이 녀석은 어떻게 이렇게 빨리 찾아낸 걸까.

"시끄러워. 나도 알아."

"알고 있으면 그만 돌아가. 시녀들 운다."

담장 위에서 강 건너 불구경이라도 하듯 소년은 큭큭큭 웃었다. 울컥 화가 치밀었다. 그러는 너야말로 대체 뭘 하고 있는 거냐며 대꾸해 주고 싶었다. 시동들이나 입는 옷을 입고 원숭이처럼 담장 위로 올라가 사과나 우적우적 씹어 먹고 있다니,

시녀들이 보았다가는 졸도할 만한 태도가 아닌가.

"중요한 임무니 제대로 해."

원숭이 소년은 그렇게 이야기한 후 담장에서 뛰어내려 눈앞에 섰다. 그리고 잘난 척하며 이쪽의 머리를 마구 헝클어뜨려 놓았다. 한 살밖에 차이가 나지 않는데 어린애 취급하지 말라고 그 손을 뿌리치자 녀석은 웃으며 먹다 만 사과를 옷자락으로 문질렀다. 그리고 그것을 이쪽으로 내밀었다.

"먹던 걸 주는 거야?"

"먹기 싫으면 말든가."

"……."

사과를 난폭하게 빼앗아 들고, 잇자국이 난 면의 반대편을 깨물었다. 단단하고 새콤달콤한 과일의 맛이 입 안을 산뜻하게 해 주었다. 시선을 들자 시동 차림을 한 소년 녀석이 싱글싱글 웃고 있었다.

"…상대만큼은 제대로 고르고 싶어."

"말도 안 되는 소리 마. 무엇 하나 빠질 것 없이 최상급으로만 누리면서 살아온 네가, 어설픈 게 입맛에 맞을 리가 없잖아. 그런 짓을 하면 많은 사람들이 불행해져."

"어머님보다도 연상인데?"

"아니, 그렇게 내가 대답하기 힘든 질문은 하지 말고."

원숭이는 뒷목을 긁적이며 정말로 곤란한 표정을 지었다.

알고는 있다. 그 정도는 알고 있다. 하지만 아직 어린아이이기 때문에, 명쾌한 결론을 내릴 수 없는 것도 어쩔 수 없는 일이다.

"어른이 되란 말이야."

"겨우 한 살 많은 것 가지고 잘난 척하지 마."

그러는 너는 그렇게 어른이야? 하고 대꾸하고 싶었다. 그렇다면, 이것이 자기 입장이었을 경우 냉정하게 받아들일 수 있느냐 말이다.

그렇다면….

"…정했어."

"뭘?"

검지를 치켜들고, 그것을 그대로 시동 차림의 소년에게 들이밀었다.

"오늘 밤 상대."

"뭐?"

쑥스러움을 감추고, 비아냥거리는 미소를 지은 채 말했다.

약사의 혼잣말

# 1 화 : 메뚜기

유곽의 아침은 나른한 분위기로 가득하다. 새벽녘까지 지저 귀던 새장 속 새들은 손님이 돌아감과 함께, 얼굴에 쓰고 있던 애교의 가면을 벗어던진다. 그리고 해가 뜨기까지의 짧은 시간 동안 실이 끊어진 것처럼 깊은 잠에 빠진다.

마오마오는 하품을 하며 초라한 자기 집을 나섰다. 눈앞에 있는 녹청관에서 뜨끈한 김이 피어오르는 모습이 보였다. 남자 하인이 열심히 아침 목욕물 준비를 하고 있는 모양이었다. 찬 공기가 살을 에었다. 해 뜨는 게 늦다. 솜이 든 겉옷만 걸치고 나오기에는 아직 추운 날씨였기에, 마오마오는 흰 숨을 토하며 두 손을 마주 비볐다.

후궁에서 나온 지 한 달, 새해의 들뜬 분위기도 많이 가라앉고 지금은 조용해졌다. 아버지가 궁중 의관으로 들어가는 바람에 마오마오는 이렇게 유곽으로 돌아와 있는 참이었다.

초라한 집 안에서는 아이 하나가 아직 잠들어 있었다. 어차피 일어나 봤자 시끄러워지기만 할 뿐이었기에 그냥 자게 내버려 두었다. 아이의 이름은 쵸우라고 한다. 작년에 멸족당한 시 일족의 생존자 중 한 명이었지만, 곡절이 있어 지금은 이렇게 마오마오가 거두어 데리고 있다.

좋은 집안 출신의 건방진 꼬마라고 알고 있었는데, 정말 곱게 자란 도련님이 맞긴 한지 이제는 좀 의아해질 정도로 쵸우는 적응력이 뛰어났다. 틈새로 황소바람이 마구 몰아치는 누추한 오막살이 안에서도 저렇게 코를 골며 쿨쿨 잘 수 있을 정도로 배짱이 좋다.

'그러고 보니 할멈한테 부름을 받았었지.'

가는 김에 녹청관 기녀들이 목욕하고 남은 물로 자신도 좀 씻을 생각이었다. 이렇게 추운 날씨에 찬물 목욕은 말도 안 되는 짓이다. 마오마오는 몸을 부르르 떨며 우물 앞에 서서 통을 던져 물을 길어 올렸다.


녹청관에 가자 여동들이 목욕을 마친 기녀들의 머리를 빗겨 주고 있었다.

"어머, 오늘은 일찍 왔네."

젖은 머리를 한 메이메이가 말을 걸었다. 마오마오의 언니뻘 되는 사람이자, 녹청관의 세 아가씨 중 한 명이다. 목욕은 보통 지위가 높은 기녀부터 먼저 한다.

"메이메이 언니, 할멈 어디 갔는지 알아?"

"할멈이라면 저쪽에서 기루 주인하고 얘기하고 있던데."

"고마워."

녹청관을 관리하는 사람은 할멈이지만 기루의 주인은 따로 있다. 주인은 한 달에 한 번 와서 할멈과 기루에 대해 이런저런 대화를 나누곤 한다. 초로의 남자인 그 주인은 어린 시절부터 알고 지냈던 할멈에게 꼼짝을 못 한다. 이야기에 따르면 예전 주인과 할멈 사이에서 태어난 자식이라는 소문도 있다고는 하지만, 진실을 아는 사람은 없다.

창관 경영 외에 멀쩡한 분야의 다른 장사도 하고 있는 듯, 얼핏 봐서는 그냥 아주 평범하고 사람 좋아 보이는 인상을 지닌 인간이다. 실제로도 저래 가지고 이 험한 세상을 살아갈 수는 있기나 한지 걱정이 되는 성격이며, 할멈이 없었다면 창관 경영도 위태로웠을 정도의 호인이다.

"또 무슨 이상한 일을 물어 온 건 아니겠지?"

"글쎄, 난 잘 모르겠는데."

메이메이가 양손을 펼쳐 보인 바로 그 순간이었다.

"이 멍청한 놈! 무슨 짓을 저지른 거야!"

할멈의 목소리가 건물 안쪽에서 울려 퍼졌다. 마오마오와 메이메이는 얼굴을 마주 보았다.

"그런가 보네."

"그러게."

이번에는 또 무슨 일을 벌인 걸까.

잠시 후 안쪽에서 할멈이 나왔다. 그 뒤로 소심하게 생긴 초로의 남자가 뒤따랐다. 녹청관 사람들은 이 사람을 주인어른이라고 부르고 있다. 그렇게라도 불러 주지 않으면 이 창관의 주인이 누구인지 잊어버릴 지경이니 말이다.

주인어른이 계속 정수리를 문질러 대고 있는 걸 보니 할멈에게 주먹으로 얻어맞기라도 한 모양이었다.

"어머, 마오마오 왔니?"

"할멈이 불렀잖아."

"내가 그랬던가?"

'망령 났나, 이 할망구가.'

마음속으로 중얼거렸다고 생각했는데 다음 순간 마오마오의 정수리에 주먹이 날아들었다. 사실 할멈은 사람의 마음을 읽을 수 있는 요괴나 신선이 아닐까 하는 생각이 들 때가 있다. 주인어른은 마오마오를 연민의 눈길로 바라보았다.

'왠지 돌팔이 의관이 생각나는걸.'

돌팔이 의관을 보고서 어쩐지 자꾸 기시감이 든다 했더니 이 아저씨랑 닮아서 그랬는지도 모르겠다고, 마오마오는 새삼스럽게 생각했다.

"아무튼, 보아하니 아침 목욕물이라도 얻어 쓰러 온 모양이지? 온 김에 밥도 먹고 가거라. 그 꼬맹이도 데려오고."

"웬일로 인심이 좋아?"

"나도 가끔은 그럴 때가 있는 법이야."

할멈은 발소리를 쿵쿵 울리며 취사장 쪽으로 가 버렸다.

주인어른은 "그럼 나는 이만." 하고 잽싸게 돌아갔다. 평소였다면 아침도 먹고 갔을 텐데, 하고 마오마오는 생각하면서 고개를 숙이고 그 뒷모습을 배웅했다.


"……."

식당에 모인 모든 사람들은 할 말을 잃었다.

"최악이네."

옆에 앉아 있던 바이링 언니가 얼굴을 구기며 말했다. 녹청관에 피어나는 세 송이 꽃 중 하나라고 일컬어지는 기녀지만, 지금의 얼굴을 손님이 봤다가는 환멸을 느낄 게 틀림없다. 그 정도의 표정을 짓고 있었다.

그리고 마오마오로 말할 것 같으면, 물병 속에서 장구벌레가 튀어나오기라도 한 듯한 표정이었다.

20명쯤 앉을 수 있는 긴 탁자 위에는 죽이 든 그릇과 탕, 그리고 반찬이 사람 수만큼 정도 놓여 있었고, 거기에 더해 커다란 접시 세 개가 일정한 간격으로 자리를 잡고 있었다.

녹청관에서는 기본적으로 한 사람당 밥 하나에 탕 하나이고, 잘하면 반찬 하나가 추가된다. 오늘은 반찬으로 초무침이 나왔다. 그리고 그것과는 별도로 커다란 접시가 또 있으니 반찬이 둘인 셈이라, 평소에 비하면 몹시 호화로운 아침 식사라고 봐야 한다.

커다란 접시에는 시커멓게 빛나는 무언가가 담겨 있었다. 원래 농작물을 어지럽히는 해충으로 취급되는 그것이 반찬으로서 식탁에 올라와 있다. 메뚜기였다.

"할멈, 이게 뭐야?"

"입 다물고 먹어라. 주인어른의 선물이니까."

할멈이 화를 내던 이유를 알 수 있었다. 주인어른은 창관 경영 외에도 다른 일을 하고 있다. 겉으로는 커다란 상점의 주인으로서 당당하게 대낮의 하늘 아래를 걸어 다닐 수 있는 신분이긴 하지만, 그렇다고 꼭 장사를 잘한다고 할 수는 없다.

"올해 작황이 너무 흉년이라 엉엉 울며 빌었다지 뭐야."

할멈은 짜증스러운 표정으로 죽에 흑초를 끼얹으며 말했다.

주인어른의 장사는 곡물을 취급하는 일이다. 이 나라에서는 농민들로부터 세금 수입으로서 농작물을 현물 징수하고, 또 일정량을 국가가 사들인다. 그 나머지를 유통시키는 일이 주인어른의 장사다.

"그렇다고 상대가 부르는 값으로 사들이는 것도 문제이긴 하지만 말이야. 그렇지 않아도 안 팔리는 물건인데, 올해는 이만큼이나….”

접시에는 메뚜기를 바삭바삭하게 튀겨서 간장과 설탕을 넣고 푹 조린 반찬이 담겨 있었다.

“너무 많이 산 나머지 보존도 못 하고 다 버려야 한다지 뭐냐. 설탕까지 쓸 바에야 차라리 그냥 버리는 게 나을 텐데.”

설탕은 고급품이다. 그것을 이렇게 듬뿍 넣고 조리다니, 도대체 벌레 조림 같은 걸 누가 먹겠느냐 말이다. 예상대로 메뚜기는 대량으로 남아돌아 이렇게 녹청관 식탁에까지 올라오고 말았다.

주인어른은 집에서 가족들끼리 먹어 없앨까 생각했다고 하지만 그쪽에는 또 그쪽 나름대로의 사정이 있다. 집에는 이쪽 장사를 영 탐탁지 않게 여기는 안주인이 있다고 한다. 그 마나님을 화나게 할 바에야 차라리 할멈의 주먹을 감수하는 편을 선택하는 게 나은 모양이다.

마오마오는 뒷목을 긁적거렸다. 괴상한 음식에는 익숙하지만, 그렇다고 이렇게 벌레를 산더미처럼 쌓아 놓은 접시에까지 쉽게 손이 가진 않았다. 두세 마리쯤 집어 먹고서 그냥 젓가락을 내려놓고 싶었다.

기녀들은 당연히 그런 마오마오보다 훨씬 거부감이 컸기에, 아무도 손조차 대려 하지 않았다.

"빨리 먹어! 너희가 원하던 새 반찬 아니냐? 한 사람당 다섯 마리는 먹어."

할멈이 짜증을 내며 말하자 모두가 서로 얼굴을 마주 보았다. 그리고 겨우 첫 번째 젓가락이 커다란 접시로 향했다.

'으응?'

메뚜기를 입에 댄 것은 의외의 인물이었다. 망설임 없이 맛없다는 표정으로 그것을 우적우적 씹어 먹었다.

"별로 맛도 없어. 뭔가 텅텅 빈 것 같고."

날카로운 목소리로 솔직한 감상을 늘어놓으며 메뚜기를 씹고 있는 그 인물은 바로 쵸우였다. 곱게 자란 도련님 출신이라 이런 걸 먹는 데에는 거부감이 심할 줄 알았더니 딱히 그렇지도 않은 모양이었다. 기억을 잃는 바람에 그런 부분도 함께 사라져 버린 걸까, 아니면 전에 먹어 본 적이 있는 걸까, 또는 어린애답게 적응력이 높아서 그런 걸까.

"넌 용케 그런 걸 먹는구나."

마오마오를 사이에 끼고 바이링이 말했다.

"맛은 없지만 그렇다고 못 먹을 정도는 아니야. 엄청나게 텅텅 빈 것 같긴 해도."

'텅텅 비었다고?'

하기야 메뚜기는 조리하기 전에 항상 내장을 제거하니 속이 빈 느낌이 드는 건 당연한 일이다. 뭐 그렇겠지, 하고 생각하며 마오마오도 내키지 않는 표정으로 메뚜기를 입에 넣었다.

'응?!'

정말로 속이 텅텅 빈 느낌이었다. 전에 먹어 봤을 때도 빈 느낌이 들었지만 그때보다 훨씬 내용물이 없는 듯했다. 설탕에 조린 메뚜기인데도 그런 느낌이 드는 이유는, 입 안에서 씹히는 것이 외골격밖에 없기 때문이리라. 원래 무슨 알맹이가 있는 건 아니지만 아무리 그래도 내용물이 너무 없다.

"있잖아, 내가 대신 먹어 줄까? 대신 월병 하나면 되는데."

바이링에게 거래를 제안하는 쵸우의 머리를 마오마오가 덥석 움켜쥐고 양손으로 꾹꾹 눌러 댔다. 쵸우는 "으아, 아야야얏!" 하고 소란을 피웠다.

마오마오는 젓가락으로 메뚜기를 집어 들고 물끄러미 관찰했다. 늘 나오는 나쁜 버릇이었다. 한 번 신경이 쓰이기 시작하면, 머릿속이 그 한 가지로 꽉 차 버리곤 하는.


"심부름을 시키려고 했는데."

아침 식사가 끝나자 할멈은 그제야 마오마오를 부른 이유가 생각난 모양이었다. 마을 중앙 거리에 있는 시장으로 심부름을 다녀오라는 이야기였다.

기녀들은 창관 밖으로 나갈 수 없다. 남자 하인들은 눈치가 없고 아둔하다. 시장에는 진기한 물건들이 가득 진열되어 있지만, 바가지를 씌우려 덤비는 패거리도 적지 않다. 가게를 차리지 않고 파는 물건은 그만큼 싼값으로 살 수도 있지만, 간판을 내걸지 않았기 때문에 못된 술수를 부리는 자들도 있다. 좋은 물건을 사기 위해서는 그만큼 보는 눈도 훌륭해야 한다.

"향을 좀 사 오거라. 늘 쓰는 걸로."

녹청관 현관에 항상 희미한 향기가 감돌도록 피우고 있는 향을 말한다. 소모품이기 때문에 가능한 한 싸게 사들이고 싶지만, 질 나쁜 것을 피울 수도 없는 노릇이다.

"알았어. 심부름 값은?"

마오마오가 손을 내밀자 할멈은 그 손을 철썩 때렸다.

"아침 목욕 값에 아침밥 두 명분 아니냐. 그 정도면 후하지."

역시 할멈은 수전노라고, 마오마오는 생각했다.


"야, 주근깨. 저거 사 줘."

"안 돼."

마오마오는 자신의 소매를 잡아끌며 노점의 장난감 가게를 가리키는 쵸우의 말에 딱 잘라 대꾸했다. 솔직히 혼자 오고 싶었지만 이 건방진 꼬맹이가 땅바닥을 데굴데굴 구르며 떼를 쓰는 바람에 할 수 없이 이렇게 데리고 오게 되었다. 마오마오는 쵸우의 손을 잡고 질질 끌며 걸어갔다.

도성 중앙에는 커다란 길이 한 줄로 나 있고, 그곳에서는 매

일같이 시장이 선다. 마차가 오가는 그 길 너머에는 천상인이 사는 장소가 있다.

새삼 이렇게 바라보면 자신이 저곳에서 일하던 게 꿈처럼 느껴질 때가 있다. 하지만 쵸우가 옆에 있다는 사실 자체가, 마오마오는 궁중에 있었고 그 때문에 문제의 사건에 말려들었다는 것을 가리키고 있었다.

시 일족의 반란은 시장에도 적잖은 영향을 미쳤다.

북부의 특산품은 곡물류와 목제 가공품인데, 그쪽 물건을 취급하는 가게가 평소보다 적은 느낌이 든다. 대신 남부와 서부에 많은 건조 과일과 직물 가게가 눈에 띈다.

그리고 어떤 것을 발견한 마오마오는 또다시 얼굴을 찌푸렸다. 벌레 조림을 팔고 있었다. 또 메뚜기였다.

"저거 분명 맛없을 거야. 저런 걸 누가 사?"

쵸우가 가게 앞에서 노골적으로 말하는 바람에 마오마오는 쵸우의 입을 틀어막고 질질 끌고 갔다. 노점 주인의 시선이 따가웠다.

"뭐야, 맛없는 건 사실이잖아."

"입 좀 다물어."

마오마오가 싸늘한 눈길로 쵸우를 노려보았다. 이래서 어린 애는 싫다고 마오마오는 진심으로 생각했다.

"벌레가 그렇게 속이 텅텅 비었으니 당연히 맛이 없지. 아,

올해는 이제 농사도 다 글렀네."

쵸우가 목소리를 낮추고 말했다.

"…지금 뭐라고 했어?"

마오마오는 눈을 껌뻑이며 쵸우를 쳐다보았다.

"뭐? 당연히 맛이 없을 거라고?"

"아니, 그 부분 말고 그다음."

쵸우는 고개를 갸웃거렸다.

"올해는 이제 농사 다 글렀다는 얘기?"

"그래. 그걸 어떻게 알아?"

"글쎄, 어떻게 알까…."

쵸우는 오른손으로 머리를 벅벅 긁었다. 왼손은 다소 경련을 일으키며 축 늘어져 있다.

쵸우는 한 번 죽었다가 살아 돌아왔다. 그 때문에 몸에 마비가 남았고, 과거의 기억은 대부분 잃어버렸다.

"잘 기억이 안 나. 그냥 벌레 속이 텅텅 비어 있으면 흉년이 든다는 얘기를 어디서 들은 적 있는 것 같아."

쵸우는 혼자 끙끙거리며 머리를 부둥켜안았다. 그 머리를 잡고 마구 흔들어 보면 무언가를 떠올릴 수 있을지도 모른다고 마오마오는 생각했지만, 그래도 맡아 데리고 있는 처지인데 이 이상 함부로 대하기도 뭣했다.

그나저나 쵸우의 말이 사실이라면 이것은 큰 문제로 번지게 될 거라고 마오마오는 생각했다. 너무 심하게 바보가 되지 않을 정도로만 뺨을 찰싹찰싹 때리자 쵸우가 뺨을 부풀리며 그만하라고 항의했다.

"어쩌면 생각날지도 몰라."

"정말이야?"

마오마오가 묻자 쵸우는 시선을 가게 쪽으로 돌렸다.

"뭐라도 하나 사 주면 분명 생각날 거야!"

"……"

쓸데없이 단호한 얼굴로 쵸우가 말했다. 마오마오는 쵸우의 입이 찢어질 때까지 귀퉁이를 잡고 쫙 늘렸다. 한심하게 빠져 있는 앞니 자리로 돋아나는 새 치아 끝이 보였다.


건방진 꼬마는 역시나 건방진 꼬마일 뿐이다. 마오마오는 새삼 생각했다.

'생각나기는 무슨.'

쵸우는 머리에 혹이 생긴 채 신이 나서 붓을 놀리고 있었다. 이 빌어먹을 꼬맹이가 갖고 싶어 하던 물건은 장난감 종류가 아니라, 놀랍게도 종이와 붓이었다.

붓은 마오마오가 갖고 있던 걸 준다 해도, 종이가 생각보다 꽤 비쌌다. 좋은 집안 출신이기 때문인지 쵸우는 조악한 물건과 고급품을 구별할 줄 알았다. 이것도 안 된다, 저것도 안 된다고 계속 투덜거리며 쵸우는 가게에서 제일 비싼 종이를 사 달라고 졸랐다.

물론 마오마오가 그런 사치를 허락할 리가 없었다. 질이 조금 떨어지긴 하지만 그래도 충분히 쓸 수 있는 종이로 골라서 사 주었다. 종이는 소모품치고는 비싸지만 그래도 사지 못할 정도의 가격은 아니다. 앞으로 유통량이 늘어나 가격이 떨어지기만을 바랄 뿐이다.

마오마오는 기쁜 얼굴로 종이 다발을 끌어안고 있는 쵸우를 보고, 그냥 주먹 한 방으로 용서해 주기로 했다.

녹청관으로 돌아오자마자 쵸우는 계속 무언가를 그려 댔다. 마오마오는 부탁받은 낙태약과 감기약 조제에 바빴기에, 오늘 한가하여 찻잎을 갈고 있는 기녀나 연배가 비슷한 여동들에게 쵸우가 못된 장난을 치지 않도록 감시해 달라고 부탁한 뒤 약방에 틀어박혔다.

부탁받은 약을 다 만들어 다른 기루에 전달해 주고 녹청관으로 돌아오는 길이었다.

'뭐야?'

현관에 사람들이 와글거렸다. 기녀와 여동, 그리고 그 외 남자 하인들도 모여들어 있었다.

무슨 일인가 싶어 안을 들여다보니 그 중심에는 건방진 꼬마가 있었다. 또 무슨 짓을 저질렀나 싶어 마오마오는 재빨리 쵸우에게로 달려갔다. 인파를 헤치고 건방진 꼬마 앞으로 다가가서 보니 눈앞에서는 하얀 종이에 아름다운 선들이 춤추고 있었다.

"뭐야, 주근깨? 순서 기다려."

"뭐 하는 거야?"

쵸우는 납작한 판을 탁자 삼아 종이를 놓고 그림을 그리고 있었고, 쵸우의 앞에는 새침한 표정의 기녀 한 명이 의자에 얌전히 앉아 있었다.

"뭐 하냐니, 그림 그리잖아."

가볍게 붓을 놀린 자리에 그림이 생겨났다. 그것은 눈앞의 기녀 얼굴을 조금 더 예쁘게 그린 모습의 미인이었다.

"자, 다 됐어."

쵸우는 먹물 단지 위에 붓을 올려놓고 종이를 팔랑팔랑 들어올렸다. 피사체였던 기녀는 새침한 표정을 바꾸어 환하게 웃으며 "어머머." 하고 감탄하고는 품에서 지갑을 꺼냈다.

"감사합니다~"

쵸우는 낡고 닳은 지저분한 돈이 아니라 깨끗한 새 돈 다섯 장을 받아 품에 넣었다. 어린애 심부름 값치고는 좀 지나치게 많은 돈이었다.

"다음은 나."

남자 하인 중 한 사람이 의자에 앉았다. 문지기 노릇을 안 하고 이런 곳에서 놀고 있어도 되는 걸까. 할멈에게 들켰다가는 크게 야단을 맞을 텐데.

"앗, 미안. 형님, 이제 종이가 없어. 지금 가서 사 와야 하니까 그림은 내일 그려 줄게."

"뭐야, 계속 기다렸는데…."

"미안하다니깐. 내일은 제일 먼저, 아주 잘생긴 얼굴로 그려 줄게."

굉장히 익숙한 태도였다. 쵸우는 그 말을 남기고 녹청관을 빠져나가, 종이 가게가 있는 방향으로 뛰어갔다.

분명 열 장 묶음을 사 주었는데 그게 벌써 다 떨어졌단 말인가. 초상화를 그려 준 건 여기 있는 사람만 해도 벌써 세 명이나 되는 모양이었다. 고작 그것만으로 본전을 뽑아내다니.

'그런 특기가 있는 줄은 몰랐는걸.'

마오마오는 뒷목을 벅벅 긁으며 기녀가 들고 있던 초상화를 들여다보았다.

"너희! 거기서 뭐 하는 거야!"

시들어 빠진 할멈의 고함 소리가 들려오자 지금까지 화기애애했던 분위기가 싹 날아가고, 모든 사람들의 얼굴이 파래졌다.

"빨리 가게 준비나 하란 말이야. 손님 다 도망가겠다!"

할멈이 대나무 빗자루를 휘두르며 소리를 지르자 기녀도 여동도 남자 하인들도 마치 거미 새끼처럼 후다닥 흩어져 도망가 버렸다. 마오마오도 얼른 자기 일터로 돌아가려 했지만, 비쩍 마른 해골 같은 손이 마오마오의 어깨를 움켜쥐었다.

"왜 그래, 할멈?"

"몰라서 물어? 그 못된 꼬맹이, 아무리 맡아 데리고 있는 처지라고는 해도 양육비를 받고 있으니까 너무 어리광 받아 주면 안 된다."

"그 돈이 들어가 있는 건 할멈 주머니잖아."

어째서인지 받은 금은 할멈이 맡아 가지고 있다. 녹청관에서 쵸우가 어느 정도는 제멋대로 설치고 다니는 걸 용인해 주는 이유도 거기에 있다. 하지만 아이라고는 해도 남자를 기루에 살게 할 수는 없었고, 또 남자 하인들이 사는 나가야長屋※에 처박아 둘 수도 없었기에 결국 마오마오네 오막살이에 눌러 앉혀 놓은 상황이었다.

"자릿세 받아야지. 1할로 봐주마."

'욕심꾸러기 할멈.'

입 밖에 내서 한 말도 아닌데 신기하게도 할멈의 주먹이 마오마오의 머리 위로 떨어졌다.

"자, 너도 빨리 그 붓하고 먹물 단지 정리해."

---

※나가야 : 공동주택.

"내가 왜?"

"입 다물고 시키는 대로 안 하면 오늘은 메뚜기탕을 끓여 줄 거야."

'이 할망구가….'

마오마오는 머리를 문지르며 얌전히 뒷정리를 했다.


저녁 무렵, 마오마오는 오두막으로 돌아온 쵸우를 언짢은 얼굴로 쳐다보았다.

"주근깨, 붓 어디 갔어?"

"뒷정리도 안 하는 녀석한테는 안 줘."

마오마오는 쵸우에게 등을 홱 돌리고 아궁이에 장작을 집어 넣었다.

"진짜 치사하게!"

"그래, 난 할멈 닮아서 치사하다."

마오마오는 질냄비 속을 휘저으며, 그 속에서 끓고 있는 죽을 떠서 한 입 먹어 보았다. 간이 좀 심심한 것 같아 소금을 추가했다.

"할멈이 자릿세 뜯는다고 그러던데."

"알아. 다음에는 다른 데 가서 할 거야."

그 말에 마오마오는 미간을 좁혔다. 그리고 국자를 질냄비 속에 그냥 넣어 두고, 멍석 위에 늘어져 있는 쵸우 앞으로 가서 선 마오마오는 허리를 숙이고 쵸우를 내려다보았다.

"왜?"

"자릿세를 내는 한이 있어도 녹청관 근처에서 해. 남자 하인 들한테서 너무 멀리 떨어진 곳으로 가면 안 돼. 그리고 종이 사러 갈 때도 혼자 가진 마."

"그런 건 내 맘이잖아."

토라져서 고개를 홱 돌리는 쵸우의 머리를 마오마오가 야무지게 쥐어박았다. 그리고 억지로 고개를 이쪽으로 돌리게 하고 말했다.

"고깃덩이 신세가 되고 싶으면 마음대로 하든가."

"고깃덩이?"

빤히 상대를 노려보았다. '고깃덩이'라는 말은 농담이 아니었다. 녹청관은 겉으로는 화기애애해 보이지만 이곳은 유곽이다. 애당초 도성의 안팎이 뒤섞인 채 탄생한 곳이다. 마오마오는 슬며시 오두막 창밖을 가리켰다. 창틀이 어긋나 잘 닫히지 않는 창문 틈새로 손가락이 향했다.

"저런 것들한테 잡혀간다."

땅거미 속에 오도카니 불빛 하나가 보였다. 머리부터 옷을 뒤집어쓰고, 손에 초롱과 거적을 들고 있는 그 사람은 언뜻 보기 엔 평범한 여자처럼 보이지만….

"?!"

우당탕 소리를 내며 쵸우가 벌떡 일어났다.

먼발치에서도 보였으리라. 코가 없는, 몰락한 기녀의 얼굴이. 하룻밤 묵을 지붕조차 없어 길바닥에서 손님을 받아야 하는 최하급 유녀는 성병 때문에 신체 여기저기가 부실해진다. 앞으로 남은 수명도 얼마 안 되긴 하지만, 그래도 오늘 밥값을 벌려면 남자를 받아야만 한다.

저들이 이 근방에 둥지를 튼 이유는 아버지가 자비심을 베풀어 약을 나눠 주고 있었거나, 아니면 다른 창관에서 떨어지는 고물을 얻어먹을 수 있기 때문이리라. 아버지도 참 귀찮은 짓을 하고 있었다고 마오마오는 생각했다.

"이곳은 깨끗한 장소가 아니야. 돈 많은 꼬마가 있으면 죽여서라도 빼앗으려는 녀석들이 발에 채일 정도로 많지."

죽기 싫으면 시키는 대로 하라는 뜻이었다.

쵸우는 입을 삐죽거리면서도, 눈에 살짝 눈물이 고인 채 고개를 끄덕였다.

"알았으면 빨리 밥이나 먹고 자자."

마오마오는 다시 아궁이 앞으로 가서 죽을 젓기 시작했다.


다음 날 마오마오가 눈을 뜨니 쵸우는 이미 일어나 있었다. 부스럭부스럭 소리가 나서 돌아보니 탁자 위에 종이가 마구 흐트러져 있었다. 쵸우는 열심히 붓을 놀리는 중이었다.

'저 망할 꼬맹이가 제멋대로….'

쵸우는 마오마오가 감춰 놓았던 붓과 먹물 단지를 꺼내다 쓰고 있었다. 마오마오는 한 대 쥐어박아 줄까 생각하며 자리에서 일어났다. 그때 탁자에서 종이가 한 장 떨어졌다.

'응?'

마오마오는 의아하게 여기며 종이를 주워 보았다. 그것은 아주 세밀하게 그려진 벌레 그림이었다. 지나치게 사실적이어서 보기만 해도 기분이 나빠질 정도로 잘 그려져 있었다.

'갑자기 걔 생각이 나네.'

벌레를 좋아하던 궁녀, 아니 비였던 소녀. 시스이라 자칭하던 그 소녀 역시 이런 식으로 그림을 그렸었다. 마오마오는 다소 감상에 젖은 채 그 그림을 들여다보았다.

"다 됐다~!"

갑자기 쵸우가 벌떡 일어나, 종이 한 장을 마오마오의 코앞에 들이밀었다.

"주근깨, 다 됐어."

"뭐가?"

"이거야, 이거."

쵸우는 당당하게 종이를 가리켰다. 몹시 득의만만한 표정으로 콧구멍까지 벌름거리고 있었다. 거기에는 두 마리의 벌레가 그려져 있었는데, 모양이 아주 미묘하게 달랐다.

"잘 생각이 안 나긴 하는데 이거였던 것 같아. 흉년이 든다는 얘기를 들으면서 이 벌레들을 같이 봤던 기억이 있어."

말투는 애매했지만, 그 그림은 형태가 매우 뚜렷했다.

"이게 평상시의 메뚜기고, 밑에 있는 녀석이 흉년 들 때 오는 메뚜기야."

두 메뚜기는 다리 길이가 달랐다. 그리고 검은 먹으로 그린 그림이라 알아보기 힘들긴 하지만 농담濃淡이 다른 걸 보니 아마 색도 다른 모양이었다.

"그게 정말이야?"

"아마도? 기억이 띄엄띄엄 나긴 하지만."

쵸우는 아직 기억을 잃은 상태다. 하지만 드문드문 기억이 나는 부분이 있긴 한 모양이었다. 그러면 불편한 점이 많긴 하지만… 한편 그보다 더 중요한 문제가 있었다.

두 종류의 메뚜기. 여기에 대해서 조사해 봐야만 한다. 세간에는 황해蝗害라는 것이 있다. 나라를 멸망시킬 수 있는 천재지변 중 하나로, 어마어마한 벌레 대군이 날아와 농작물을 모조리 먹어 치우는 일을 말한다.

해충에 의한 농작물 피해는 매년 크게 벌어지는 일이지만, 황해의 경우에는 거기에 비할 바가 못 된다. 메뚜기는 온갖 것을 다 먹는다. 심한 해에는 밧줄이나 짚신까지 갉아 먹기도 한다. 도대체 어떤 구조로 발생하는 것인지 알 수 없지만 몇 년, 또는 몇 십 년에 한 번씩 일어나는 피해다. 다행히도 현제의 통치 이후로는 아직 벌어지지 않았다.

현 황제가 정사를 잘 돌보고 있기 때문에 하늘도 황해를 일으키지 않는다. 그런 이유라면 정말 훌륭한 일이지만, 마오마오는 그럴 리 없다고 생각했다. 그냥 올 것이 아직 오지 않았을 뿐이다.

그렇다면 지금의 치세하에서 최초의 황해가 일어날 경우, 그야말로 황제의 힘을 시험하는 기회가 된다고 할 수 있다. 얼마 전 이 나라에서 가장 강한 세력을 가졌던 시 일족에게 벌을 내린 직후이니 그야말로 시기가 나쁜 셈이다. 만일 이 상황에서 황해가 일어난다면 시 일족을 멸망시킨 천벌이라고 받아들이는 사람도 생길 것이다.

'그래, 아무 상관없어. 아무 상관없는 일이야.'

상관없는 일일 텐데도 몸은 멋대로 움직였다.


정신을 차리고 보니 마오마오는 거리 책방으로 향하고 있었다.

'있을 것 같진 않지만.'

쵸우의 정밀한 그림을 보니 떠올랐다. 전에도 그런 그림을 본 적이 있다. 마오마오는 가게들이 늘어서 있는 가운데, 어두컴컴하고 곰팡이 냄새 나는 가게 한 곳을 찾아 들어갔다.

딸랑딸랑 방울 소리가 울리자 가게 안에서 마치 장식품 같아

보이는 주인이 살짝 고개를 숙였다. 인사는 그 정도가 전부였고, 주인은 다시 조는 듯한 자세로 돌아갔다. 손님이 없어 파리만 날리고 있는 듯 보이지만 사실 요즘은 주머니가 꽤 두둑할 터였다.

'후궁에 책을 공급해 주고 있으니 말이야.'

가게 안의 책들은 대부분 대여용이나 아니면 중고였다. 신품도 팔긴 하지만 권수가 얼마 안 된다. 신품을 살 경우 주문을 해야 한다. 이곳 주인은 그쪽 일을 자식에게 맡기고, 반쯤 은거하다시피 지내고 있었다.

'있을 리가 없겠지.'

이 책방에 있는 책은 대부분 대중 소설 또는 춘화집 등의 저속한 부류였다. 그래도 파헤치다 보면 가끔 괜찮은 책이 나오곤 하기 때문에 와 봤는데….

"……."

마오마오는 눈을 비볐다.

도대체 뭘까, 이렇게 원하는 것을 정확하게 만나게 되다니. 마오마오는 저도 모르게 뺨을 꼬집어 보았다.

"아저씨, 이것 좀 봐도 돼요?"

마오마오는 책상 위에 겹겹이 쌓여 있던 책을 가리키며 물었다.

"어~ 어~"

대답인지 뭔지 모를 말을 긍정으로 받아들인 마오마오는 그 책을 집어 들었다. 두툼한 책이었고, 표지에는 새 그림이 그려져 있었다.

'말도 안 돼.'

아니, 이건 정말 말도 안 되는 일이다. 하지만 실제로 눈앞에서 벌어진 일이었다. 그 책에는 수많은 새들의 그림과 설명, 그리고 곳곳에 짤막하게 기록을 남겨 놓은 흔적이 있었다.

"이거 어디서 났어요?"

"응~ 어제 누가 팔았어."

의욕 없는 대답이었다. 낮잠을 방해하지 말라는 모양이었다.

"이거 말고 또 팔고 간 책 없어요?"

"그거 하나가 다야. 근데 또 온다고 했던 것 같긴 하다."

마오마오의 얼굴이 환하게 빛났다. 마오마오가 이 책을 집어든 것은 이게 두 번째였다. 그렇다, 그때 봤던 것과 완전히 똑같은 바로 그 책이었다.

시스이에게 끌려가 한동안 감금되었던 방. 거기에 불로불사의 약을 만들기 위한 자료로 놓여 있던 여러 서적들 중 한 권, 그것이 눈앞에 있었다.

이게 도대체 왜 여기 있는 걸까, 마오마오는 생각에 잠겼다.

분명 그 사건 이후 시쇼의 요새는 봉쇄되었다. 그곳에 있던 물건이 여기 있다는 건 이상한 일이다. 요새의 짐을 밖으로 옮겼다 해도, 이렇게 저잣거리에 나돌고 있다는 말은 그 짐을 누군가가 부정한 방법으로 유출시켰다는 사실을 의미한다.

'으음….'

그렇다면 마오마오에게도 생각이 있었다.


범인은 금세 발견되었다. 어떻게 찾아냈는지는 간단하다.

"왜 일부러 사람을 이런 곳으로 불러내는 거야, 아가씨?"

리하쿠가 귀찮은 듯 투덜거렸다. 말은 그렇게 하면서도 안절부절못하며 녹청관 안을 쳐다보고 있다. 장소는 마오마오가 장사를 하는 약방 안이었고, 리하쿠는 좁은 가게 안에 그 커다란 덩치를 간신히 욱여넣고 들어와 있었다.

"좀도둑 나부랭이를 잡으러 다닐 만큼 나도 한가한 사람은 아니라고."

그렇게 구시렁거리면서도 리하쿠는 뻥 뚫린 천장 위로 보이는 위층을 흘끔거리며 그곳에 있을 꽃의 얼굴을 찾고 있었다. 녹청관의 세 아가씨들 중 한 명인 바이링을 찾는 모양이었다.

마오마오와 알고 지내는 무관인 리하쿠는 바이링에게 홀딱 빠져 있었다. 하지만 기루에 드나들기 위해서는 돈이 필요하다. 따라서 바이링과 친한 마오마오의 부탁이라면 이러니저러니 해도 웬만하면 융통성을 발휘해서 들어주곤 한다.

서고에 도둑이 들었다, 도난품이 저잣거리에 나돌고 있을지 모르니 지켜봐 달라고 마오마오는 부탁했다.

도감처럼 드문 물건을 도둑맞게 되면 절도범이 그것을 팔러 나온 시점에서 바로 족적을 찾아낼 수 있다. 그 책방 말고 다른 곳에 팔아 치울 가능성도 있었기에, 그쪽은 이렇게 리하쿠에게 맡겨 두기로 했다.

"후후, 아침부터 감시하고 있었다고. 감사해라."

"부하에게 시키신 게 아니었나요?"

어지간히 멋진 모습을 보이고 싶었는지 리하쿠는 스스로 나섰던 모양이다. 아직 추운 계절인데 잠복 수사라니, 정말 수고가 많다.

리하쿠는 손에 들고 있던 꾸러미를 마오마오에게 건넸다. 선물로 경단을 사 온 모양이다. 그리고 또다시 뻥 뚫린 천장 위를 흘끔흘끔 곁눈질했다. 다 같이 모여서 차라도 마셔라, 그리고 바이링을 불러 오라는 뜻일까.

하지만 그 전에 할 일이 있었다.

"그래서 도둑은 어디 있나요?"

"요 앞에서 너희 가게 남자 하인들이 붙잡고 있어."

"그런가요?"

마오마오는 창밖을 내다보았다. 비쩍 마르고 궁상맞게 생긴 남자 한 명이 남자 하인 두 명에게 붙들려 있었다. 너저분하게 기른 수염에, 유난히 옷을 두껍게 껴입고 있었다. 그 두툼한 솜옷은 마오마오의 눈에도 낯이 익었다. 온통 때투성이인 걸 보니 몇 날 며칠을 씻지 못한 모양이었다.

'잠깐만.'

어디서 본 얼굴인데, 하고 마오마오는 고개를 갸웃거렸다.

"이봐."

마오마오는 리하쿠의 부름을 무시하고, 신발을 신고 남자 하인들 쪽으로 나갔다.

건장한 남자 하인 둘 사이에 끼여 있으니 도둑은 실제 생김새보다 훨씬 체구가 작아 보였다.

"위험하니까 너무 가까이 다가가지 마."

고참 하인이 마오마오의 목깃을 붙잡고 말했다. 이렇게 고양이 취급을 받는 건 불쾌한 일이지만 어린 시절부터 늘 이랬으니 어쩔 수가 없다. 마오마오는 그 자세 그대로 도둑을 보았다.

"……."

"……."

도둑과 눈이 마주쳤다. 도둑은 마오마오의 얼굴을 빤히 쳐다보더니, 얼굴이 새파래졌다. 그리고 무슨 소리를 내뱉나 했더니….

"뱀 소녀잖아!"

남자는 침을 튀기며 외쳤다.

"아니, 굳이 따지자면 고양이 소녀겠지."

고참 하인이 농담조로 말했다. 주위의 다른 남자 하인들은 웃음을 터뜨렸다.

'이 인간은….'

마오마오는 사람 얼굴을 잘 기억하지 못하는 데다 뺨이 퀭하게 움푹 들어가서 금방 알아보지 못했지만, 이 남자는 분명 요새에 있던 자였다. 마오마오의 방 앞에서 감시를 하고 있던 사람이며, 마오마오를 고문실에서 탈출시켜 준 장본인이다. 마오마오가 뱀을 맛있게 먹고 있을 때 찾아온 바로 그 사람 말이다.

'그렇구나.'

마오마오는 납득했다. 그러고 보니 이자는 요새가 위험하니 빨리 도망치라고 하면서 자신은 화재 현장에서 도둑질을 했다. 자신의 방 앞에서 문지기 노릇을 했으니 그 방 안에 있던 책을 훔쳐 내는 일은 매우 간단했으리라.

"왜 그래, 아가씨?"

리하쿠가 다가와 남자를 노려보았다. 남자는 노골적으로 덜 덜 떨었다. 그 요새에서 도망쳤다는 사실을 들키면 단순한 좀 도둑 취급으로 끝나진 않을 것이다.

'흐음.'

이 상황을 이용하면 되겠다고 마오마오는 생각했다.

"죄송합니다. 잘 보니 아는 사람이네요."

"뭐?"

마오마오는 어처구니없어하는 리하쿠에게 천연덕스러운 말 투로 말한 뒤, 죄인을 향해 히죽 웃었다.


리하쿠는 의아해하는 눈치였으나 마오마오가 차와 다과를 가 져오고 바이링을 불러다 주자 금세 꼬리를 흔들며 그쪽으로 가 버렸다.

그런 연유로 현재 마오마오네 약방에 있는 사람은 마오마오 와 도둑, 그리고….

"아저씨, 굳이 감시 안 해도 돼."

마오마오는 고참 하인을 향해 귀찮다는 듯 말했다. 다들 차를 마시기 시작한 가운데 이 하인만은 마오마오 쪽으로 다가왔다. 물론 손에는 빈틈없이 챙겨 온 경단을 들고 있다.

"그럴 수는 없지. 혹시 이상한 벌레라도 꼬였다간 여우 나리하고 복면 나리한테 혼난다고."

여우는 외알 안경 군사, 그리고 복면은 진시를 뜻하는 모양이었다. 진시는 녹청관에 올 때 항상 복면을 쓰고 온다. 아무리 상처가 난 얼굴이라 해도 여전히 경국지색을 자랑하는 남자다. 생김새만으로도 충분히 눈에 띄는데 신분까지 대단하니, 얼굴을 가릴 수밖에 없겠지.

"무얼, 나는 그냥 아무 말 안 하고 경단만 먹고 있는 거야. 아무 말도 안 들려."

남자 하인은 그렇게 말하며 벽에 기대어 섰다. 마흔을 코앞에 둔 이 하인은 마오마오가 태어나기 전부터 녹청관에 있었다. 무슨 일이든 흠잡을 데 없이 해내는 남자이기 때문에 할멈의 신뢰도 두텁다. 이름은 우쿄右叫라고 한다.

'어차피 할멈한테 다 이를 거면서.'

그렇다면 할멈이 들어도 상관없는 이야기밖에 할 수가 없다.

'들켜도 별문제는 없겠지만.'

마오마오는 그렇게 생각하면서 눈앞에 앉아 있는 남자를 마주 보았다. 판자로 깐 마룻바닥 위에는 책 두 권이 놓여 있었다. 마오마오가 책방에서 발견한 책, 그리고 오늘 이 남자가 팔러 온 책이었다.

"이것 말고 다른 책은 어디 갔지?"

마오마오의 질문에 남자는 마치 어린애처럼 고개를 홱 돌렸다. 너저분한 수염이 난 성인 남자가 그런 행동을 해 봤자 기분 나쁘기만 할 뿐인데 말이다.

'이러고 있을 시간이 없어.'

다른 곳에 팔았다면 또 다른 누군가가 사 갈 가능성이 있다. 마오마오는 바닥을 쾅 내리쳤다.

"저기 있는 저 무관 말이야, 그 요새 진압에 한몫 거들었던 사람인데 그쪽이 그 자리에 있었다는 사실을 말해도 돼?"

마오마오는 낮은 목소리로 천천히 말했다.

남자의 안색이 더욱 나빠졌다. 궁지에서 구해 주자마자 바로 협박하는 짓까지 하고 싶진 않았지만 어쩔 수 없다. 책의 행방을 알아내는 게 우선이다.

우쿄는 경단을 입 안 가득 베어 문 채 천천히 씹고 있었다. 얼핏 보기엔 그냥 세상 태평한 아저씨 같지만 이 도둑 하나 정도는 금세 때려눕힐 수 있는 실력을 갖춘 인물이다.

남자는 끙끙거리며 입술을 뒤틀더니 포기한 듯 고개를 숙였다.

"내 손에 아직 세 권이 남아 있어. 다른 동네에서 두 권 팔았고, 나머지는 놔두고 왔어."

폭발이 일어나 그 방까지 불이 옮겨 붙지 않았다면 놔두고 왔다는 나머지 책들도 손에 넣을 수 있을지 모른다. 그렇다면 팔아 버렸다는 두 권이 문제다. 지금 여기 있는 건 새와 물고기 도감이었다.

"벌레 도감도 팔았고?"

"아니, 한 권은 내가 가지고 있어."

'한 권은?'

마오마오는 고개를 갸웃거렸다. 새 도감에는 숫자가 적혀 있었다. '一(일)'이라고 쓰여 있는 걸 보니 '二(이)'도 있을 터였다.

"그 도감은 바로 가져올 수 있어?"

"나를 고발하지 않는다고 약속할 수는 있고?"

"그건 그쪽 하기 나름이지."

고압적인 마오마오의 태도에 옆에서 계속 지켜보고 서 있던 우쿄가 깊은 한숨을 내쉬었다.

"요 녀석, 마오마오. 그래서는 협박하는 거나 다름없잖아."

우쿄는 좁은 약방의 널마루에 앉아, 남자의 어깨를 툭툭 쳤다.

"형씨, 배고프지 않아? 무슨 곡절이 있는 모양인데, 일단 어깨 힘을 좀 빼고 얘기하라고."

"……."

남자는 아무 말이 없었으나 우쿄는 조용히 약방을 나갔다. 그리고 금세 사발 가득한 밥과 반찬을 쟁반에 담아서 가지고 왔다. 반찬으로는 먹다 남은 메뚜기 조림밖에 없었지만 남자는 우쿄가 젓가락을 내밀자 냅다 밥사발에 덤벼들었다.

마오마오는 그 기세에 깜짝 놀랐다.

"……."

"아직 멀었군."

우쿄가 마오마오의 어깨를 툭 쳤다. 밥사발에 얼굴을 파묻은 남자는 이쪽을 쳐다보지도 않았다. 우쿄가 작은 소리로 말했다.

"저 모습을 보아하니 도성에 도착하기까지 이래저래 고생 많이 한 것 같지 않아? 책을 판 이유도 알고 보면 끼니를 때울 돈이 없어서 할 수 없이 한 일 같은데. 책 자체는 아주 소중하게 보관한 걸 보니 나쁜 인간인 것 같지는 않다."

"그건 그렇지만…."

마오마오는 책의 행방이 궁금해 어쩔 수 없었다.

"당근과 채찍을 적절하게 사용해야지."

"알았어, 알았어."

할멈이 녹청관의 채찍이라면 이 남자 하인 우두머리는 당근 역할일 것이다. 키도 별로 크지 않고 얼굴 생김새도 평범한 아저씨지만, 기녀들에게 인기가 많은 데에는 이런 이유가 있다.

"응? 왜 그러지?"

정신없이 밥을 퍼먹던 남자의 손이 멈춰 있었다. 우쿄가 고개를 갸웃거리며 물었다.

"맛이 없어."

"메뚜기는 싫어하나?"

"메뚜기가 아니야."

남자는 젓가락으로 메뚜기를 집으며 말했다.

"메뚜기잖아?"

"여기 사람들은 대충 뭉뚱그려서 그렇게 말할지도 모르지만 농민들은 구분해서 불러."

"그게 무슨 소리야?"

마오마오와 우쿄는 남자의 얼굴을 쳐다보았다. 남자는 산더미처럼 쌓인 메뚜기 조림을 젓가락으로 집어 하나하나 씹어 보고는 구분해 나갔다. 양쪽으로 나눠 놓은 그것은 대략 비율로 따지면 8대 1 정도였다.

"이게 메뚜기. 농민들이 조림으로 만들어 먹는 놈이 이쪽이고, 이건 황충이야. 생김새는 비슷하지만 이놈은 맛이 없어."

"맛이 그렇게나 차이가 나나?"

우쿄가 물었다. 솔직히 황충과 메뚜기 사이에 그렇게 큰 차이가 날 것 같지는 않았다. 마오마오도 깊이 생각하지 않고 그냥 하나로 취급하고 있었다.

"먹어 보면 알아. 다리를 뜯어내고 조림으로 만들어서 색깔도 분간할 수 없으니 못된 놈들이 아무것도 모르는 상인한테 똑같이 팔아넘긴 거지. 그래서 다들 메뚜기를 맛없다고 생각하는 거야."

그렇구나, 주인어른은 그런 점에서 아주 훌륭한 장사 상대임이 분명하다. 메뚜기 1에 황충 8. 그러니 맛이 없을 수밖에 없다. 마오마오는 메뚜기 쪽으로 손을 뻗어, 하나를 집어서 입에 넣어 보았다. 정말로 이쪽은 살이 통통하니 제법 맛이 좋았다.

남자는 심각한 얼굴로 황충 쪽을 빤히 쳐다보았다.

"무슨 일이 있으면 말해 보지."

마오마오 대신 우쿄가 물었다.

"올해는 기근이 들지도 몰라."

그 말에 마오마오는 남자에게로 바짝 다가섰다.

"그쪽 생각에도 그래?"

"화, 확증은 없어. 하지만 황충이 메뚜기보다 부쩍 불어난 해의 다음 해에는 반드시 병충해가 심각하곤 했으니까."

황충과 메뚜기의 비율을 생각하면 충분히 그럴 가능성이 있었다. 쵸우가 했던 말과도 잘 들어맞는다.

마오마오는 남자를 빤히 쳐다보았다.

"그러고 보니 문지기 따위나 하고 있었으면서 은근히 벌레에 대해 박식하잖아. 생각해 보니 그 방에는 책 말고도 달리 돈될 만한 게 있었던 것 같은데 굳이 책을 들고 나올 필요가 있었어?"

웬만한 사람이라면 더 팔아 치우기 쉬운 물건을 들고 나왔을 것이다.

남자는 조금 머쓱한 듯 뒷목을 긁적거렸다.

"…사실 도감은 팔기 싫었어."

"또 팔러 올 거라고 책방 주인한테 말했다면서?"

"붙임성 있게 굴어야 비싸게 사 줄 테니까 그렇게 말했던 거지. 게다가 여유가 생기면 내가 다시 사 갈 생각이었어. 도감 같은 걸 좋다고 냉큼 살 만한 인간은 없잖아."

아니, 여기 있는데…라는 말은 입 속에만 담아 두기로 했다.

남자의 차림새를 보아하니 아마 입고 있는 옷 한 벌이 전부인 모양이었다. 겨울이라서 그나마 좀 낫긴 하지만 그래도 얼굴이 때로 온통 얼룩져 있어, 솔직히 마오마오는 이 남자를 약방에 들이고 싶지 않았다. 이래서야 제대로 돈도 벌기 힘들었으리라.

"그 요새의 감금실에 먼저 살던 영감님한테 밥을 날라다 준 게 나였거든."

생각지도 못한 이야기에 마오마오의 눈이 커졌다.

"새로운 약을 만드니 어쩌니 하면서 끌려온 사람인 것 같긴 했는데, 그것 말고도 이래저래 다른 연구도 많이 하더라고."

"어떤 연구?"

"이런 것 말이야."

남자는 황충을 가리켰다.

"어떻게 하면 황해가 일어나지 않게 막을 수 있는지."

그것을 조사하고 있었다고 남자는 말했다.

마오마오는 마른침을 꿀꺽 삼켰다. 그리고 입을 열고 남자에게 물으려던 순간이었다.

우당탕 소리와 함께 약방 문이 열렸다.

"주근깨! 네 경단 내가 먹어도 돼?"

쵸우가 양손에 경단을 들고 들어왔다.

남자가 눈을 껌뻑거렸다.

"어? 도련….."

남자가 부르려 하자, 마오마오는 근처에 있던 갈아 으깬 약초를 움켜쥐고 벌어져 있던 남자의 입 속에 쑤셔 넣었다.

"써!"

몸부림을 치며 괴로워하는 모습이 좀 미안하긴 했지만 너무나 불온한 소리를 내뱉으려 하는 참이었기에 어쩔 수가 없었다.

'이 인간, 그리고 보니….'

남자는 쵸우에 대해 알고 있다. 마오마오를 도와줬던 것도 쵸우에게서 부탁을 받았기 때문이었다. 세간에 시 일족은 이미 완전히 대가 끊겼다고 알려져 있다. 그런데 이곳에 그 생존자가 있다는 건 아무리 생각해도 이상한 일이다.

데굴데굴 구르는 남자의 모습을 쵸우는 재미있다는 듯 쳐다보았다. 다 큰 어른이 왜 저러는지 모르겠다는 듯, 흥미진진한 표정이었다.

"경단은 줄 테니까 저리 가."

"왜 그렇게 훠이훠이 사람을 내몰아? 개나 고양이도 아닌데."

쵸우는 남자를 기억하지 못하는지 그냥 무시했다.

"쵸우, 아저씨 목마 탈래?"

"어, 진짜? 그래도 돼, 아저씨? 그럼 탈래, 나 탈래!"

때마침 상황을 잘 수습해 준 우쿄가 고마웠다.

'확증은 없지만….'

그래도 주의를 환기시켜 두는 편이 좋겠다. 마오마오는 진시가 앞으로 며칠 있다 올지, 손가락으로 꼽아 보았다.

그로부터 사흘 후, 약방에 복면의 귀인이 겨우 나타난 것은 태양이 남중*할 무렵이었다.

"어서 오세요!"

마오마오의 활기찬 인사에 진시는 몸을 부르르 떨었다. 그 뒤에서는 가오슌이 도대체 무슨 일이냐는 듯 입을 딱 벌리고 있었다.

"자, 잠깐, 왜 그래?"

"샤오마오, 지금 찾아오신 분은 진시 님이십니다만 혹시 사람을 잘못 본 게 아닌가요?"

마오마오는 뚱한 표정을 지었다. 도대체 왜 저런 반응들일까.

가오슌은 무심코 말실수를 했다는 표정으로 진시 쪽을 흘끔 쳐

---

※남중 : 천체가 일주 운동에 따라 자오선을 지나는 일. 즉, 정오.

다보았고, 진시는 복면 틈새를 통해 떨떠름한 눈빛으로 가오슌을 보고 있었다.

진시는 약방 안으로 들어와 동그란 방석에 앉았다. 약방 안은 매우 좁기 때문에 가오슌은 항상 녹청관 현관에서 대기하곤 했다. 미닫이문을 닫자 진시는 그제야 복면을 벗었다.

거기에는 변함없는 미모와, 그 얼굴에 어울리지 않는 상처가 뺨에 한 줄 나 있었다. 실밥을 다 뽑았기에 아파 보이는 느낌은 덜했지만 그래도 보는 사람으로서는 안타까운 나머지 한숨이 날 정도였다.

세간에서는 작년에 벌어졌던 시 일족의 반란 이야기가 흥미 본위로 각색되어 퍼져 있었다. 그 이야기 속에서 주역을 담당하는 건 미모의 왕제와 악역인 러우란이었다. 본래 여기서 가장 커다란 적으로 등장해야 할 사람은 시쇼겠지만, 러우란이 그 존재를 압도하고 전면에 등장한다. 그 이유는 진시의 상처 때문이리라.

이 세상 사람이라고는 여겨지지 않는 그 미모에 커다란 흠을 낸 악녀의 이야기는 앞으로도 계속해서 전해져 내려갈 것이다. 명랑하게 웃던, 벌레를 좋아하던 궁녀를 떠올린 마오마오는 그저 먼 곳만 쳐다보았다.

"무슨 볼일이 있었던 것 아니었나?"

진시의 물음에 마오마오는 움찔했다.

'아참, 그랬지.'

마오마오는 책방에서 사 온 도감을 찬장에서 꺼내 왔다.

"이게 뭐지?"

"어느 도둑이 불이 난 요새에서 훔쳐다 판 물건인 모양입니다."

그 도둑이 요새에서 도망친 자라는 사실은 덮어 두기로 했다. 마오마오는 도둑을 남자 하인 우두머리 우쿄에게 맡겼다. 우쿄는 남을 잘 보살펴 주는 성격이니 아마 잘해 줄 것이다.

요새에서 도망쳐 온 남자는 이름을 사젠左膳이라 자칭하기로 한 모양이었다. 건방진 꼬맹이 쿄우가 옛날 일을 떠올릴지도 모르므로 만일을 대비하여 가명을 쓰게끔 했다. 남자도 옛 이름에 큰 미련은 없는 듯했고, 지금은 우쿄 밑에서 일을 배우고 있다.

'책방에 팔았던 것들은 다 회수해 왔어.'

우쿄가 재빨리 되찾아다 주었다. 남자가 도감을 팔았다는 동네에 때마침 아는 뚜쟁이 하나가 갈 일이 있어서 정말 다행이었다. 사정을 설명하고 사 와 달라고 부탁할 수 있었으니 말이다.

그렇다면 이제 남은 문제는.

"이것 말고 또 남은 도감들이 아직 요새에 있다고 합니다. 그것을 모아다 주셨으면 합니다."

진시가 한쪽 눈을 가늘게 뜨고 마오마오를 쳐다보았다.

"그걸 왜 모아 와야 하지?"

그 질문에 마오마오는 대답 대신 현물을 꺼내서 보여 주었다. 진시의 앞에 떡하니 놓인 사발에는 기분 나쁜 벌레 조림이 산더미처럼 담겨 있었다.

진시가 얼굴을 찡그리며 뒤로 물러났다.

"이게 다 뭐지?"

"메뚜기 조림입니다. 대부분은 황충이지만요."

마오마오는 젓가락으로 그것을 집어 진시 앞에 쑥 들이밀었다. 진시는 더욱 뒤로 물러났다. 그러다 벽에 닿는 바람에 움찔하며 몸을 움츠렸다.

"안 먹어!"

"드시라고는 안 했습니다."

마오마오는 접시 위에 황충을 올려놓고 벌레 그림이 그려진 종이를 꺼냈다. 거기에는 황충과 메뚜기가 그려져 있었다. 조림을 보고 그리긴 했지만 특징은 확실하게 드러나 있다. 쵸우에게 용돈을 쥐여 주고 그리게 시킨 그림이다.

"황충이 작년에 대량으로 발생했다고 합니다. 황해 이야기, 농촌 쪽에서 못 들으셨습니까?"

"……."

진시의 표정이 흐려졌다. 진시는 머리를 긁적이더니 한숨을 내쉬었다.

"그 보고는 이미 받았다. 북부 농촌의 피해가 크다더군."

하지만 아사자가 발생할 정도는 아니다. 다행인지 불행인지 모를 일이나 작년 가을이 추워서 메뚜기도 퇴치하기 쉬웠다고 한다. 크게 불어나기 전에 전멸해 준 모양이다.

"메뚜기 피해는 수년 동안 지속되는 경우가 있습니다. 올해는 어떨까요?"

진시의 얼굴이 일그러졌다. 스스로도 그 사태를 예측하고 있었던 걸까.

북부는 대부분이 시 일족의 영토다. 그들이 사라진 이상, 이제 그곳을 통치할 사람은 황제가 된다.

"작년에 흉년이 든 만큼 남부의 비축분을 그쪽으로 돌리도록 손을 쓰고 있다."

하지만 그다음 일에 대해서는 미처 안배하지 못한 듯했다. 진시도 가오슌처럼 미간에 주름을 잡고 있었다.

"올해 또 흉년이 들면 몹시 힘들어지겠군요."

황해가 일어나는 원인은 황제가 국가를 제대로 통치하지 못했기 때문이라고들 한다. 고작 벌레 따위라고 생각할 수도 있겠지만, 그 때문에 실제로 나라가 멸망한 예도 역사에는 존재한다.

그리고 그것이 시 일족을 멸망시킨 다음 해에 벌어진다면 백성들은 어떻게 생각할까.

'어처구니없는 미신이야.'

그런 말로 일축할 수도 있겠지만 세상 사람들이 다 그렇지는 않을 것이다. 그리고 황제란 그런 자들까지도 백성으로서 다스려야 하는 입장에 있으며, 이는 고귀한 혈통을 물려받은 자들 모두가 마찬가지다.

"황해는 자연적으로 일어나는 재난이다. 인간의 힘으로 어떻게 할 수 있는 일이 아니지. 화톳불을 피워서 벌레를 꾀어내라는 건가? 아니면 한 마리 한 마리 잡아 죽여야 하나?"

옳은 말이다. 그런 방법으로는 끝이 없다.

"그래서 이걸 찾아야 한다는 말입니다."

마오마오가 진시의 눈앞에 도감을 들이밀었다.

요새에서 도망쳐 나온 남자 사젠이 가지고 있었던 바로 그 벌레 도감이었다. 책 속에는 누군가가 남긴 기록이 빼곡했다.

"벌레 도감이 한 권 더 있을 겁니다. 여기에 없다면 아직 요새 안에 남아 있지 않을까 하고요."

지금 가지고 있는 도감에는 황충 항목이 실려 있지 않았다. 흔해 빠진 그 벌레가 도감에 실리지 않을 리가 없다.

"전에 그 요새에 있던 약사가 황충 연구를 하고 있었다고 합니다."

"정말인가?"

"어디까지 진행되었는지는 모르지만요."

그러나 조사해 볼 필요는 있을 거라고, 마오마오는 말했다.

진시는 흠, 하고 턱을 어루만졌다. 그리고 문을 열고는 가오순을 불렀다. 가오순은 때마침 꼬치경단을 입에 넣으려던 참이었다. 그러나 가오순은 바로 녹청관 밖에서 대기하고 있던 종자를 부르러 갔고, 꼬치경단은 눈 밝은 쿄우가 냉큼 찾아내서 제멋대로 먹어 치웠다.

　"며칠 안으로 손에 넣을 수 있을 것이다."

　"감사합니다."

　마오마오는 후우, 하고 한숨을 내쉬었다. 이걸로 상황이 종결되었다고 볼 수는 없지만 요 며칠 동안 머릿속을 빙빙 맴돌던 일을 입 밖으로 내고 나니 속이 후련해졌다.

　대신 진시의 안색이 나빠졌다. 환관 신분에서 벗어난 이후로 항상 피로를 달고 살던 진시였다. 마오마오가 한 말은 결국 진시의 일을 늘리게 되는 이야기였다.

　"많이 피곤하신가요?"

　"그래, 아무래도. 하지만 괜찮다."

　눈 밑의 그늘도 짙었다. 하지만 주위 관리나 관녀들은 그것을 피로가 아니라 그냥 수심으로 인식하겠지. 얼굴에 상처가 있든 없든 이 사내의 미모는 건재하며, 따라서 사람들은 그 내용물을 착각하곤 한다.

　'저러다 쓰러지겠네.'

　피로로 감각이 마비된 사람은 그것이 피로라는 사실조차 인식하지 못하게 된다. 가오슌도 진시가 괜찮다고 하면 말릴 수가 없다.

'잠을 좀 자면 좋을 텐데.'

일부러 이런 곳까지 찾아올 바에야 자기 방에서 편히 쉬는 게나을 텐데. 마오마오는 어이가 없다는 표정으로 진시를 마주보았다.

"진시 님, 좀 쉬었다 가지 않으시겠어요?"

"그건 또 갑자기 무슨 소리야?"

"바로 침소를 준비하겠습니다. 주무시지요."

마오마오는 가만히 진시를 바라보았다. 오른뺨의 상처가 눈에 띄었다. 깔끔하게 꿰맨 자국을 관찰하려던 마오마오는 저도모르게 눈을 내리깔았다. 아버지가 꿰맨 상처와 그 위로 바른연고. 마오마오는 저도 모르게 그 모습을 멍하니 바라보고 싶어졌다. 흉터는 남겠지만 낫는 속도가 몹시 빨랐기에, 자꾸만경과를 관찰하게 된다.

"이런 곳에서 자라고?"

"혼자서는 주무실 수 없다는 말인가요?"

마오마오는 살짝 농담을 섞어 물어보았다. 하지만 이건 아무리 그래도 너무 어린애 취급이다.

"농담입⋯."

"그래, 혼자서는 잘 수가 없다."

정정하려는 마오마오의 말을 진시가 중간에 가로막았다. 혼자서 자긴 너무 쓸쓸하단 말인 모양이었다.

'그렇구나.'

　마오마오는 약방 문으로 고개를 내밀고 근처에 있던 여동을 불렀다. 그리고 여동을 시켜 할멈을 불러 오세 했다.

"왜 부르냐?"

　별로 관심 없어 보이던 할멈에게 용건을 전달하니 할멈의 주름진 눈꺼풀 안쪽이 번뜩 빛났다.

"반 시간만 기다려라."

'그 정도면 바로 준비가 된다고?'

　쓸데없이 의욕이 넘치는 할멈을 흘끔 쳐다보며 마오마오는 진시에게 피로에 좋은 차를 내밀었다.


"이쪽입니다."

　마오마오는 진시를 녹청관 안으로 안내했다.

　진시를 데려간 곳은 녹청관의 맨 꼭대기 층이었다. 최고급 장식품으로 가득한 그 방에는 커다란 침대가 놓여 있었다. 향을 피웠는지 달콤한 향기가 방 안에 충만했다.

"좀 쉬시는 게 좋겠습니다. 일도 중요하지만 휴식도 반드시 필요하니까요."

　할멈이 또 바가지를 씌우지 않을까 했는데, 할멈에게도 생각이 있었는지 제일 좋은 방을 공짜로 빌려주었다. 이 방을 반 시간 안에 준비해 주다니, 정말로 대단한 할멈이다.

귀인에게 좋은 인상을 남기는 편이 낫다고 생각했는지도 모른다.

"뜨거운 물로 목욕을 하시겠다면 약탕을 준비하겠습니다. 잠옷은 맞을지 어떨지 모르겠으나 이것을 사용해 주십시오."

마오마오는 부드러운 목면 잠옷을 건넸다.

진시의 얼굴은 놀란 표정에서 점점 부드러운 미소로 바뀌었다. 천녀의 미소는 아니었지만, 남녀를 가리지 않고 홀리는 효과는 변함이 없었다.

"목욕하고 오겠다."

진시는 바로 옆에 있는 목욕탕으로 향했다. 남자 하인이 여러 번 왔다 갔다 하면서 뜨거운 물을 채워 놓은 욕조는 딱 알맞게 데워져 있을 것이다. 서둘러 물을 끓여 날라 오느라 꽤 고생스러웠으리라.

마오마오는 안도로 가슴을 쓸어내렸다.

방 한구석에 있던 가오슌도 미간의 주름이 조금 풀어진 느낌이 들었다. 하지만 그와 동시에 불안한 듯 어쩔 줄 몰라 하고 있다.

"혼자 자는 건 아니로군."

"네."

그 점은 빈틈이 없다. 진시는 무어라 형언하기 힘든 표정을 지으며 욕탕으로 이어지는 문을 연 순간, 꼼짝도 못 하고 굳어 버리고 말았다. 그리고 얼마 지나지 않아 세차게 문을 쾅 닫더니 마오마오 앞으로 우당탕탕 달려왔다. 묘하게 광대를 방불케 하는 우스꽝스러운 동작이었다. 복면도 아직 쓰고 있다.

　"왜 얇은 옷을 입은 여자들이 목욕탕 안에 있는 거지?"

　"전문가들이니 아무 문제없습니다."

　귤껍질도 할멈이 까 주는 도련님이니 목욕도 혼자 못 할 줄 알았다. 그래서 황제가 입욕을 할 때와 마찬가지로 목욕을 도울 여자들을 준비하고, 겸사겸사 안마도 해 달라고 부탁했는데.

　"…안마 싫어하십니까?"

　"안마만으로 끝나나?"

　의미심장한 말투였다.

　"끝나지 않는 경우가 많지요."

　업종이 봉사업이다 보니 손님이 시키면 입 밖으로 내기 힘든 추가 봉사를 하는 자도 있다. 유곽에서는 상식이다.

　"목욕은요?"

　"그냥 사양하겠다."

　"옷 갈아입는 일은요?"

　"내가 알아서 하마."

진시는 옷을 벗어 던지고는 잠옷을 걸쳤다.

'참 근육질이란 말이야.'

그냥 있는 그대로의 감상일 뿐, 그 이상의 감정은 느껴지지 않는다. 마오마오는 바닥에 떨어진 옷을 정중하게 주워 들고 깔끔하게 접어 고리짝에 넣었다. 희미하게 풍기는 향기는 역시나 고상했다.

마오마오는 침상 옆에 놓여 있던 잔과 사기 주전자를 집어 들고, 주전자에서 액체를 따라 진시에게 건넸다.

"수면제나 뭐 그런 건가?"

진시가 복면을 반쯤 들어 올리고 액체를 입에 머금으며 물었다. 묘한 맛이 난 모양이었다. 독이 들었는지 먼저 맛을 보는 모습을 보여 줄 걸 그랬다.

"자양강장제입니다."

마오마오의 말에 진시는 입에 머금고 있던 차를 뿜었다. 얼굴에 차가 끼얹어진 마오마오는 결국 참지 못하고 상대를 실눈으로 쳐다볼 수밖에 없었다.

"어째서… 자양강장제를?"

"남자분들이 피로를 느끼셨을 때는 그것이 가장 잘 듣는다고 들었습니다."

"…무슨 의미인지 알고 하는 말인가?"

"그 외에 무슨 의미가 있겠습니까?"

마오마오가 묻자 진시는 거북한 듯, 수줍은 듯한 표정을 지었다. 아까부터 은근히 그런 표정이 흘끔흘끔 엿보이곤 했다.

'솔직하게 말하는 건 좀 그런가?'

아무리 남자라고는 해도 그런 생리적인 이야기를 입 밖으로 내서 말하는 건 부끄러운 모양이었다. 진시는 아직 젊으니 그쪽 방면으로는 생김새만큼 성숙하지 않을 수도 있다. 그동안 연중무휴 발정이 난 짐승처럼 쳐다본 게 미안해졌다.

그나저나 진시의 반응이 평소와 다소 다르게 느껴진 듯 보이기도 했지만, 뭐 자신이 신경 쓸 일은 아니었다.

살짝 눈을 내리깐 진시를 향해 마오마오가 물었다.

"그래서, 어떤 여자가 취향이십니까?"

"뭐?"

얼빠진 대답이 튀어나왔다.

마오마오가 손뼉을 두 번 치자 안에서 화려하게 치장한 처녀들이 전부 다섯 명 나왔다. 하나같이 귀엽고 앳된 인상이 남아 있는 생김새였다.

"스이렌 님에게서 또래의 여성을 좋아하신다고 들었습니다."

스이렌이란 진시를 모시는 할멈을 말한다. 심술궂은 성격이지만 시녀로서는 일류다.

또한 예전부터 진시가 정조 관념 운운하는 이야기를 하는 경우가 많았기 때문에 일부러 남자 경험이 없는 여인들로 모아 보았다. 성병도 없으니 오히려 그편이 낫다.

전부 녹청관에서만 모아 오긴 힘들었기 때문에 남의 기루에도 연락해서 부를 수 있는 만큼 불러 모았다. 할멈은 눈살을 찌푸리긴 했으나 그 짧은 시간 동안 이 정도 인원을 모으기란 쉬운 일이 아니다.

처녀들은 상대가 귀인이라는 이야기를 듣고 왔기 때문에 하나같이 적극적이었다. 진시의 복면 틈새로 엿보이는 미모를 보고 감탄해서 한숨을 쉬는 사람도 있었다.

그 인기 많은 귀인 당사자로 말할 것 같으면 그저 입만 떡 벌린 채 완전히 혼이 빠져 있었다. 복면 틈새로도 충분히 들여다보이는 얼빠진 표정으로, 진시는 마오마오를 쳐다보았다.

방 한구석에서 가오슌이 머리를 부여잡는 수준을 넘어서서 벽에 이마를 댄 채 기대어 서 있었다.

"취향에 맞는 여자가 없으십니까?"

마오마오의 물음에 반응한 건 진시가 아니라 기녀들이었다. 기녀들은 하나같이 스스로가 가장 매력적으로 보인다고 생각하는 동작을 취하며 진시를 바라보았다.

"전원 미경험자입니다. 할멈을 통해 확실하게 조사해 놓았습니다."

어떻게 조사했는지는 대략 짐작이 간다.

진시는 인형처럼 뻣뻣한 동작으로 마오마오를 돌아보았다.

"…나는 그냥 졸릴 뿐이다. 잠을 자게 해 줘."

"그러셨군요. 그럼 어느 여자를….."

"그냥 말 그대로의 의미라고!"

마오마오는 유감스러운 듯 어깨를 축 늘어뜨리고는 불만 가득한 표정의 기녀들에게 퇴실을 부탁했다.

그리고 자신보다 훨씬 더 어깨가 축 늘어진 가오슌에게로 다가가,

"대신 어떠신가요?"

하고 물었더니,

"저는 공처가입니다. 딸애는 아주 결벽한 성격이고요."

하는 대꾸가 돌아왔다. 하기야 처자식이 딸린 남자에게 기녀를 권하는 것도 못 할 노릇이다.

"아빠 더러워, 목욕탕은 맨 마지막으로 써, 하는 말을 들었을 때의 기분을 이해할 수 있겠습니까?"

"아, 네. 알고 있습니다."

'딸의 기분이라면.'

과묵한 종자를 그냥 세워 두기도 애매했기에 마오마오는 가오슌에게 일단 편안한 긴 의자에 앉으라고 권했다. 이불이 한 채 더 있었고, 방도 비어 있긴 했지만 가오슌은 그 제안은 정중하게 거절했다. 혹시 이런 곳에 왔다는 사실 자체가 들통나면 이혼 소동이 벌어지는 건 아닐까, 하고 마오마오는 생각했다.

마오마오는 진시가 침상에 눕자 조심스럽게 이불을 덮어 주었다. 그리고 자신도 방 밖으로 나가려 하는데 팔을 붙들렸다.

"자장가 정도는 불러 줘."

"……."

거부하고 싶었으나 진시는 가끔 내보이는 강아지 같은 눈빛으로 마오마오를 흘끔흘끔 쳐다보고 있었다. 게다가 지금까지의 시도는 계속 헛수고로 돌아가기만 했을 뿐, 진시의 피로는 전혀 풀리지 않은 듯했다. 그런 상황에서 잡힌 손을 함부로 뿌리칠 수는 없다. 마오마오는 한숨을 내쉬었다.

"노래는 잘 못합니다."

"상관없어."

홑이불을 천천히 두드려 박자를 맞추며 마오마오는 노래를 부르기 시작했다. 기녀들이 부르는 동요였다.

진시가 고른 숨소리를 내며 잠들기까지는 그리 오랜 시간이 걸리지 않았다.

진시가 돌아간 것은 저녁 무렵, 해가 지기 전이었다. 푹 잠든 덕인지 안색도 좋고, 자고 일어나서는 죽을 세 그릇이나 먹었다. 너무 과로하다 죽는 건 아닌가 싶었지만 식욕이 좋은 걸 보니 죽지는 않을 것 같아 마오마오도 안심했다.

오히려 돌아간 뒤 저녁 식사를 먹지 않아 스이렌에게 야단을

맞진 않을까 하는 걱정이 드는 건 지나친 참견일지도 모르겠다.

빠뜨리지 않고 복면을 챙겨 쓴 진시가 탄 마차를 배웅하던 마오마오는 문득 어떤 시선을 느꼈다. 뒤를 돌아보니 경박한 차림새의 기녀가 2층 난간에 기대선 채 곰방대를 피우고 있었다. 세 아가씨들 중 한 명인 바이링이었다. 풍만한 육체가 옷자락 사이로 슬며시 엿보였다.

"슬슬 포기하는 게 어때?"

"무슨 말이야?"

마오마오는 히죽히죽 웃는 언니를 무시하고 약방으로 돌아갔다.

## 4 화 : 불쥐의 가죽옷

마오마오의 약방은 녹청관의 사방등이 켜짐과 함께 문을 닫는다. 한밤중에 문을 열어 봤자 멀쩡한 손님은 오지도 않고, 기름 값도 무시할 수 없기 때문이다.

가게 매상을 계산한 후 그 돈은 할멈에게 맡긴다. 마오마오가 사는 오두막에 큰돈을 놓아두었다가는 강도를 당할 위험이 있다. 보관료를 조금 내고 확실하게 보관해 달라고 부탁하는 편이 낫다. 마오마오는 불씨를 끄고 약초를 정리한 뒤 좁은 가게 문을 잠갔다.

"그만 집에 가자."

"뭐~? 벌써~?"

마오마오는 싫어하는 쵸우의 목덜미를 붙잡고 오두막으로 돌아갔다. 녹청관 바로 뒤에 있는 집은 틈새로 바람이 들이쳐서 무척 추웠다.

불을 붙이기 위해 아궁이에 종이를 태웠다. 불이 붙어 활활 타오르자 장작을 집어넣었다. 쵸우는 추운지 이불을 둘둘 만 채 짚으로 된 침상 위에 웅크리고 있었다.

마오마오는 아궁이 위에 걸어 놓은 냄비를 국자로 저으며 탕 국물을 데웠다. 말린 고기로 국물을 내고, 텃밭에서 딴 채소와 칡을 섞어서 끓인 탕이었다. 날씨가 춥기 때문에 생강도 깎아서 넣었다.

"밥 안 먹을 거야?"

"먹을래~"

배추벌레처럼 이불을 몸에 감은 채 일어나려 하는 쵸우에게 주먹을 날린 마오마오는 이불을 빼앗고 대신 솜옷을 던져 주었다.

'겨울옷이 한 벌 더 있으면 좋겠는데.'

쵸우의 양육비를 넉넉히 받긴 했어도 그것을 함부로 낭비할 수는 없었다. 쵸우는 툭하면 불평하곤 하지만 그래도 마오마오는 자신이 아이를 맡은 이상, 일하지 않는 자 먹지도 말라는 가르침을 그 머릿속에 단단히 새겨 줄 생각이었다.

마오마오는 이 빠진 그릇에 탕을 퍼서 쵸우에게 건넸다. 쵸우는 의자 위에 무릎을 세우고 앉아 탕을 홀짝홀짝 마셨다.

"고기 좀 더 넣어~"

"그럼 돈 벌어 와."

마오마오도 국물을 훌훌 마셨다. 죽은 없고, 대신 빵을 먹기로 했다. 마오마오는 미리 사다 놓았던 빵을 냄비 옆에 걸어서 데운 뒤 그것을 반으로 쪼개서 속에 채소 조림을 넣었다. 작년에 흉년이 들었던 탓인지 빵이 별로 맛이 없었다. 밀의 질이 낮은 걸까.

"주근깨~ 너 돈 많이 벌잖아. 좋은 것 좀 먹고 살면 안 되냐~?"

쵸우는 투덜거리면서도 두 개째의 빵으로 손을 뻗었다.

"멍청아, 그 할멈한테 가게를 빌려서 살고 있는데 집세가 얼마나 나가는지 알아?"

"그럼 다른 데로 옮기면 되잖아~"

"야, 다른 데서 하는 게 그렇게 쉬운 일인지 알아?"

마오마오는 빵을 남은 국물에 푹 담가서 입에 집어넣었다. 조금 더 풍족하게 살려 하면 살 수는 있다. 하지만 그러지 않는데에는 이유가 다 있다.

"…내일 옷 사러 갈 건데 너도 따라와. 그냥 그러고 있으면 추울 테니까."

마오마오는 그 말만 남기고 식기를 정리했다.

쵸우는 "우와!" 하고 팔다리를 쫙 벌리며 기뻐하다가 그만 의자에서 굴러떨어지고 말았다. 몸 반쪽에 마비가 온 탓인지 넘어지면서 제대로 몸을 보호하지 못한 쵸우는 데굴데굴 굴러다니며 아파했다.

'……'

마오마오는 싸늘한 눈빛으로 그 모습을 쳐다보며 밥그릇을
물통에 집어넣었다.


다음 날 마오마오는 쵸우를 데리고 시장으로 향했다. 도성
을 동서로 나누는 커다란 거리에는 매일같이 시장이 선다. 북
쪽으로 갈수록 고급스러운 가게가 많고, 남쪽으로 갈수록 수준
이 떨어진다. 유곽은 도성의 남쪽에 있으므로, 시장은 천막도
없고 그냥 멍석만 깔아 놓은 채 상품을 진열해 놓은 보잘것없는
광경에서부터 시작된다.

거기서 샛길로 들어가면 수상쩍은 노점도 많다. 유곽이 가까
운 탓인지 묘한 약을 파는 곳도 적지 않다. 물론 약사인 마오마
오는 그런 것들을 쳐다보지도 않고, 상인들도 손님이라고 생각
하지 않는지 말도 걸지 않는다. 봉으로 잡는 건 보통 유곽에 아
직 익숙하지 않은 남자들이다.

이리저리 뛰어다니는 쵸우의 목덜미를 매번 움켜잡고 끌어
당기며 마오마오는 도성 중앙으로 향했다. 싸구려를 사면 오히
려 돈을 더 낭비하게 된다는 말이 있다. 노점에서 파는 솜옷은
분명 싸지만, 질이 조악하다. 건방진 꼬마가 입고 마구 뛰어다
니다가는 금방 찢어지고 말 것이다. 조금 비싸더라도 확실하게

점포가 있는 가게에서 상품을 구입해야 더 안심할 수 있다. 그 땅에 뿌리를 박고 장사하는 곳이므로, 장사에 있어서 신용을 중요시할 수밖에 없을 테니 말이다.

마오마오는 줄지어 서 있는 가게들 중 단골 가게를 찾아 들어갔다. 서민들을 대상으로 하는 옷 가게지만 헌 옷도 취급하고 있다. 차양을 들추고 가게 안으로 들어가니 천장에 옷들이 걸려 있었다. 가게 안쪽에서는 주인이 하품을 하며 옷을 수선하고 있다. 옆에 놓여 있는 화로에서 숯이 탁탁 튀는 소리가 들렸다. 화로 주위에는 옷에 불똥이 튀지 않도록 가림막을 둘러놓았다.

"뭐야, 헌 옷이야~?"

"사치스러운 소리 하지 마."

쵸우는 아직 몸집이 작다. 앞으로 쑥쑥 자라날 것이다. 쉽게 사서 쉽게 바꿔 입을 수 있는 옷을 사는 편이 경제적이다.

아이용 솜옷은 없지만 상품을 둘러보다 보니 문득 눈에 띄는 물건이 있었다.

"그게 뭐야?"

눈 밝은 쵸우가 다가왔다. 그것은 벽에 걸려 있는 옷이었다. 치맛자락이 길고 위아래 모두 흰색이었으며, 따라서 조금 심심해 보였다. 어딘가 모르게 이민족의 의상과 비슷했고 신비로운 분위기를 풍겼다. 소매에 놓여 있는 덩굴 모양 자수가 유난히 시선을 끌었다.

'이건….'

"별 볼 일 없는 옷이네."

건방진 꼬마는 솔직한 생각을 이야기했다. 가게 주인아저씨가 들었을지도 모른다는 생각에 마오마오는 그 머리에 주먹을 한 방 날렸지만, 들려온 것은 오히려 웃음소리였다.

"하핫, 그게 그렇게 별 볼 일 없어 보이냐?"

"그렇잖아? 여자들 옷에는 보통 더 화려한 색을 쓰지 않아?"

"그렇겠지."

가게 주인은 바늘겨레에 바늘을 꽂아 놓고 뻐근한 어깨를 주무르며 이쪽으로 다가왔다. 그리고 눈을 가늘게 뜨고는 그 의상을 들여다보았다.

"이건 말이다, 천녀가 입었던 옷이야."

"천녀?"

쵸우가 흥미진진한 표정으로 몸을 들이밀었다. 몸에 마비가 남아 있는 탓에 계속 서 있기 힘든지, 쵸우는 어느샌가 옷장 위에 올라앉아 있었다.

마오마오는 어이없는 기분으로 가게 안을 다시 둘러보았다. 이곳 주인은 그런 식으로 손님들에게 말을 시키며 시간을 때우곤 한다. 그 말이 어디서부터 어디까지가 사실인지는 알 수 없다. 하지만 툭하면 양아버지 뤄먼을 붙잡고 계속 이야기를 늘어놓는 바람에 반나절 일을 공치게 만들곤 했던 건 잘 안다.

'빨리 정하고 빨리 집에 가자.'

마침 쵸우가 이야기에 푹 빠져 있으니, 그 틈에 얼른 골라야 겠다. 하지만 가게 안이 워낙 좁았기에 주인의 이야기는 싫어도 들려왔다.

○●○

글쎄, 그 옷은 사실 서방에서 흘러들어 온 물건이란 말이야.

서방의 어느 마을에서 있었던 일이야. 마을 사람 하나가 길을 잃고 헤매던 아가씨 한 명을 구해 준 적이 있다더군. 아가씨는 너무나도 아름다워서 마을 사람은 그 아가씨에게 첫눈에 반하고 말았다네.

참 신기하게도 그 아가씨는 피부가 하얗고 황금빛 머리카락을 가지고 있었다고 해. 그리고 아가씨가 자은 실은 그 어떤 다른 실과도 달랐고, 그걸로 옷을 여러 벌 지어서 자신을 도와준 마을 사람에게 은혜를 갚았다는군. 신기한 문양이 자수로 놓여 있는 그 옷은 다른 직물보다 몇 배는 비싼 값으로 팔렸어.

아가씨는 고향으로 돌아가고 싶다고 여러 번 말했지만 도대체 어디 살던 사람인지도 알 수가 없었어. 머나먼 이국에서 온 아가씨라는 것 같아서 말이야. 마을 사람은 아가씨에게 계속해서 구혼했고, 결국 아가씨는 그 구혼을 받아들이게 되었어.

하지만 시기가 나빴지. 하필 그 즈음 아가씨를 찾아서 그 마을까지 온 아가씨의 가족이 나타난 거야. 머리색과 피부색으로 미루어 볼 때 가까운 사이라는 사실을 알 수 있었지. 마을 사람은 간신히 손에 넣은 그 아가씨를 보내 주고 싶지 않았어. 그래서 아가씨를 숨기고, 마을 전체가 총출동해서 모르는 척 시치미를 뚝 뗐지.

아가씨의 가족은 일단 돌아가긴 했지만 수상쩍은 기미를 느꼈던 것 같았어. 그래서 마을 사람은 재빨리 혼인을 치르고 아가씨를 아내로 맞아들이기로 했어. 결혼해 버리기만 하면 이제 원래 가족은 가족이 아니게 되니까 말이지.

아가씨는 거부했지만 마을 사람으로서는 알 바 아닌 일이었어. 마을의 샘에서 목욕을 시켜 몸을 정결하게 만든 뒤, 재빨리 혼인의 예를 올리기로 했지. 아가씨는 울면서 목욕을 했어. 그래도 최소한 신부 의상으로는 아가씨가 직접 만든 고향의 옷을 입었지.

아가씨의 슬픔이 얼마나 컸던지, 신부 의상으로 갈아입은 후에도 그 눈물은 멈출 줄을 모르고 온몸을 적셨어.

주위에서 모두 축복하는 가운데 아가씨는 마을 사람과 맹세의 예를 나누기 위해 제단으로 향했어. 하지만 아가씨는 도저히 가족을 잊을 수가 없었던 모양이야.

아가씨는 자길 원래 가족에게 돌려보내 달라고 애원했지.

그래도 안 된다면 어쩔 수 없다며, 아가씨는 그 자리에 있던 기름을 자기 몸에 끼얹었어. 그리고 횃불로 몸에 불을 붙였다고 해.

아가씨는 당황하는 마을 사람들 사이로 활활 불타면서 뛰쳐나가, 샘 속으로 사라지고 말았어.

그 자리에 남아 있던 것은 한 장의 천, 아가씨가 머리에 쓰고 있던 면사포뿐이었지.

불덩어리가 된 아가씨는 온데간데없었기에 마을 사람은 아가씨가 하늘로 돌아가 버렸다고 생각했어.

아가씨의 가족까지 사라진 것도, 알고 보면 아가씨와 함께 하늘로 돌아간 게 분명하다고 모두가 납득한 거지.


○ ● ○


"그리고 이게 바로 그 천녀가 짠 옷이라는 이야기다."

"우와아."

쵸우는 감탄하며, 별 볼 일 없다고 구시렁거리던 그 옷을 마치 옥구슬이라도 된 것처럼 애정이 담긴 눈빛으로 들여다보았다.

마오마오는 대충 이거면 맞을까 생각하면서 집어 든 여러 벌의 솜옷을 쵸우의 등에 대 보았다. 색은 썩 마음에 들지 않았으나 크기는 딱 맞았다.

"야, 주근깨. 이거 엄청나. 굉장한 것 같아. 사면 안 돼?"

쵸우가 눈을 반짝반짝 빛내며 말했다.

"그러게. 아가씨라면 그 천녀하고 나이 차이도 별로 안 나는 것 같으니, 그 점을 봐서 싸게 해 줄게."

주인은 그렇게 말했지만 튕겨서 보여 준 주판은 자릿수가 한 자리 달랐다. 마오마오는 하마터면 코웃음을 칠 뻔했다.

'천녀는 무슨. 나는 공짜로 실물을 볼 수가 있는데.'

얼굴에 조금 흠이 나긴 했지만 진짜 천상인이 정기적으로 녹청관을 찾아오는데 말이다.

"아가씨, 천녀의 전설이 안 믿어진단 말이야? 낭만이 없군."

가게 주인은 양팔을 벌려 "나 참." 하면서 고개를 절레절레 저었다.

'고개를 절레절레 젓고 싶은 건 오히려 나라고.'

물속으로 사라진 천녀라면 마오마오도 예전에 본 적이 있다. 그 달의 요정은 물에 빠진 생쥐 꼴로 되돌아와 두 번 다시 이런 짓을 안 하겠다고 불평했지만, 어쨌거나 세상에 그 정도 구경 거리는 쉽게 볼 수 없음이 분명하다. 마오마오는 그 모습을 떠올리고 저도 모르게 웃음을 터뜨리고 말았다.

세상에는 참 신기한 것들이 많다. 하지만 거기에는 다 비밀이 숨겨져 있다. 그 비밀을 모르기 때문에 사람들은 저주니 선

술이니, 때로는 유령이니 하며 스스로를 납득시키려 하는 것이다.

마오마오는 눈을 가늘게 뜨고 천녀가 짰다는 그 옷을 가만히 들여다보았다.

"좀 만져 봐도 돼?"

"암, 때 묻히지만 말고."

마오마오는 촉감을 확인하고 소맷자락의 문양을 뚫어져라 들여다보았다. 그러고는 히죽 웃었다.

"아저씨, 이거. 그 가격으로 팔리겠어?"

"…무, 무슨 소리야? 당연히 팔리지."

주인은 이 옷을 마오마오에게 강매하려 했다. 정말로 천녀의 옷이 맞다면 액수의 자릿수가 하나 더 높아도 알아서 팔릴 텐데 말이다.

"아저씨, 내가 이걸 그 가격의 열 배로 팔아 오면 어떻게 할 건데?"

"열 배? 하하, 그러면 팔릴 리가 있나? 한번 해 봐. 지금 들고 있는 그 옷, 공짜로 줄 테니까."

주인은 농담조로 말했다.

"하하, 그래? 쵸우, 지금 그 말 들었냐?"

"듣긴 들었는데 열 배 가격으로 도대체 누가 사겠어? 무슨 소리 하는 거야, 주근깨."

쵸우까지 어처구니가 없다는 듯 말했다. 마오마오는 입술을 뒤틀며 쇠젓가락으로 화로 속 숯을 집어 들었다.

"아저씨, 이 옷하고 숯 좀 쓸게."

"이봐! 뭐 하는 거야!"

마오마오는 품에서 돈주머니를 꺼내 옷장 위에 턱 올려놓았다. 갖고 있는 전 재산이긴 하지만 이 옷 한 벌을 살 수 있을 정도는 될 것이다. 돈을 보고 입을 다물어 버린 가게 주인아저씨를 무시하고, 마오마오는 옷과 숯을 들고 가게 밖으로 나갔다. 그리고 마오마오는 옷을 길바닥에 집어 던졌다.

"무, 무슨 짓이야?!"

가게 주인이 얼굴을 일그러뜨렸지만 그런 건 알 바 아니었다. 마오마오는 젓가락으로 집은 숯을 옷 위에 떨어뜨렸다.


"주근깨~ 이거 좀 더워~"

솜옷을 여러 벌 겹쳐 입은 쵸우가 말했다. 쵸우는 옷을 너무 많이 껴입고 서 마치 오뚝이 같은 체형이 되어 있었다.

"그럼 벗어."

들고 가기 싫다면서 직접 껴입은 건 본인이었다. 마오마오는 오른손에 새 옷을 들고 있었다. 마오마오의 취향으로 따지자면 이것보다는 조금 더 점잖은 색이었으면 했지만, 그래도 공짜로 받은 물건이니 이러쿵저러쿵 따질 생각은 없었다. 몸에 잘 맞는 크기이니 그거면 충분하다.

"야, 주근깨. 근데 그 옷은 왜 불에 안 탔던 거야?"

쵸우가 고개를 갸웃거리며 물었다.

가게 주인이 그 물건을 두고 천녀의 옷이라고 말했을 때 마오마오는 저도 모르게 코웃음을 쳤다. 그 따위 이름보다 훨씬 더 좋은 명칭이 있는데 말이다.

마오마오는 그것을 일컬어 '불쥐의 가죽옷'이라 했다. 물론 직접 말한 것은 아니고, 가게 주인에게 귓속말을 해서 말하게 만든 이름이긴 하지만….

불타는 숯을 올려놓아도 옷에는 불이 옮겨 붙지 않았다. 뿐만 아니라 탄 자국 하나 남지 않았다. 지나가는 사람들은 그 광경을 보고 몹시 신기하고 기묘하다고 생각했을 것이다. 그야말로 천녀의 옷이라고 불러도 이해가 될 정도로.

"쵸우, 넌 옷을 뭘로 만드는지 알아?"

"면이나 마 말이야? 보통 풀이랑 나무로 만들 수 있다고 들었는데. 그리고 벌레하고."

"아까 그건 돌로 만들어진 옷이야."

쵸우의 표정이 재미있을 정도로 달라졌다. 너무 놀라서 넋이 나간 듯 입만 딱 벌리고 있다.

"돌? 돌멩이? 그런 걸로 옷을 만들 수가 있어?"

"돌에도 다양한 형태가 있으니까."

섬유 형태의 돌로는 천을 만들 수 있다. 드물긴 하지만 옛 시절부터 존재했던 물건이며, 이는 '화완포火浣布'라 불린다. 하지만 그냥 그렇게 부르는 건 조금 재미가 없기 때문에 동방의 섬나라에서 사용되는 이름을 차용해 보았다.

"돌이니까 안 타지."

하지만 그것을 눈앞에서 본 사람들은 어떻게 생각했을까. 화완포의 존재를 알고는 있었어도 직접 보는 건 처음인 사람들이 대부분이었으리라. 그 신기함도 한몫하여, 다소 바가지 씌운 액수를 불러도 사겠다고 덤비는 호사가가 당연히 나타날 것이다.

이리하여 마오마오는 옷을 공짜로 손에 넣을 수 있었다.

"흐응, 그렇구나. 그럼 그 천녀 얘긴 뭐야?"

"그건….."

반은 사실이고, 반은 거짓이다.

옷소매의 자수는 마오마오의 눈에도 익은 모양이었다. 아버지 뤄먼이 자주 쓰곤 하던 이국의 문자였다. 그것을 살짝 흘려 쓰면 마치 덩굴 문양처럼 보인다.

천녀라 불리던 아가씨는 그 방면에서 온 사람일 것이다. 금발에 하얀 피부라면 북쪽 나라의 피가 섞여 있었을지도 모른다.

지방 마을에서는 근친혼이 이어지면 병약한 아이가 태어나기 때문에 외부의 혈통을 원하곤 한다. 정말로 길을 잃었는지, 아니면 납치당했는지는 모르지만 아무튼 그런 아가씨가 있다면 당연히 놓아줄 리가 없었을 것이다.

아가씨는 부모에게 돌아가고 싶은 마음에 옷을 만들었다. 소재로는 신기한 석면을 사용하고, 마을 사람이 읽지 못하는 문자를 문양처럼 만들어 자수를 놓음으로써 동향 사람에게 몰래 도움을 요청했다.

혼례식 날 아가씨는 석면 옷 속에 젖은 속옷을 입었을 것이다. 머리도 적시고, 그것을 면사포로 감싸 사람들 눈에 띄지 않게 했다.

"그거 알아? 나무 그릇에 불을 붙여도 타지 않게 하는 방법이 있어."

그릇에 물을 담아 두면 된다. 그러면 물이 완전히 말라붙기 전까지 나무 그릇은 타지 않는다. 물이 담겨 있는 한 그릇은 일정 온도 이상으로 올라가지 않고, 그 온도에서 나무는 타지 않는다.

젖은 속옷 위에 석면 옷, 그리고 그 위에 타기 쉬운 의상을 한 벌 더 겹쳐 입는다. 그리고 불이 붙어도 화상을 입기 전에 호수에 뛰어들면 된다.

옷의 문양에 도망칠 방법을 적어 놓으면 아가씨는 그 후 구출될 수 있었으리라. 물론 그것이 잘 풀리리라는 보장은 없다. 하지만 가게 주인의 이야기를 듣자 하니 그 방법은 성공한 모양이었다.

어떤 의미에서는 작년에 있었던, 특사를 초대해 열린 연회에서 벌어진 일과 똑같다.

"우와아…."

쇼우는 얼빠진 얼굴로 감탄했다.

"그 얘기, 왜 가게 아저씨한테는 안 했어?"

"낭만은 중요하니까."

그것까지 부술 필요는 없다고 마오마오가 말하자, 쇼우는 기가 차다는 듯 웃었다.

덧붙이자면 한 가지 더 있긴 하지만, 이건 쇼우에게 말할 필요는 없을 것이다. 소맷자락의 문양 말고 옷 뒤에도 세밀한 자수가 가득 놓여 있었다는 사실을.

'서방이나 북방의 이국에서 온 여자였나 보지.'

평범한 아가씨가 몸에 불을 붙이고 뛰어다닐 만한 배짱을 갖기는 힘들다. 마오마오라면 사양하고 싶은 짓이었다.

그리고 문자를 읽고 쓸 수 있으며 석면에 대한 지식 또한 지니고 있다. 그런 아가씨가 남의 나라를 그리 쉽게 어슬렁거릴 수 있을까. 떠돌이 예능인이라고 하기에는 아는 것이 너무 많다.

'어쩌면 밀정이었을 수도 있겠네.'

서방은 다른 지역에 비해 타국과의 자잘한 분쟁이 잦은 지역이다. 불가능한 일은 아니지만, 만일 그렇다면 굉장히 한심한 밀정인 셈이다.

마오마오는 그 시시껄렁한 망상에 빈정거리는 듯한 웃음을 지으며 집으로 돌아갔다.

약사의 혼잣말

## 5 화 : 빵이 없으면

"이봐, 약사 있어? 지금 당장 좀 와 줘!"

야위고 초라한 남자가 다급한 얼굴로 오두막의 문을 두들겨 댔다. 마오마오는 불쾌한 얼굴로 이불 속에서 꾸물꾸물 기어나와 귀찮은 듯 입구의 자그마한 창문을 열었다.

눈앞에는 지저분한 차림새의 중년 남자가 서 있었다. 돈 따위는 없을 것 같은 행색이었다. 마오마오는 못 본 척하기로 하고 창을 닫으려 했다.

"이봐, 내 말 안 들려?"

'아, 귀찮아.'

상대하기 싫었다. 왜 또 자신의 약방은 찾아온 걸까. 뭐, 어차피 아버지가 예전에 어설픈 동정이라도 베풀어 줬을 게 뻔하다. 그러니까 돈을 못 받는 거다.

"전에 있던 그 영감님은 어디 가고?"

"없어. 돈 벌러 갔어."

"뭐야? 거짓말하지 마!"

마오마오는 화를 내며 낡아 빠진 문을 쾅쾅 두드리는 남자를 싸늘한 눈으로 쳐다보았다. 저도 모르게 "쯧." 하고 혀까지 차고 말았다.

"이 집은 약방인 주제에 약도 하나 제대로 못 짓는 거야?"

"그래, 약방이야. 가게니까 당연히 돈을 받아야지."

돈만 내면 마오마오라고 약을 못 만들어 줄 것도 없다. 하지만 이 남자에게는 처음부터 성의가 없었다.

"가난뱅이한테서 돈을 받겠다고!"

"돈이 없으면 오질 말든가. 당신 같은 인간들이 득실거리니까 우리도 이렇게 다 쓰러져 가는 집에 살고 있는 거잖아."

마오마오도 문을 쾅쾅 치며 상대를 위협했다. 쵸우가 냄비와 국자를 손에 든 채 뒤에 몸을 숨기다시피 서 있었다. 무슨 일이 벌어지면 땅땅 때려서 소란을 피울 생각인 모양이었다. 건방지긴 하지만 머리가 나쁜 녀석은 아니다. 시끄럽게 굴면 녹청관에서 누군가가 달려와 줄 것이다.

"……."

남자는 입을 다물었다. 마오마오는 이런 인간들이 정말 싫었다. 공짜로 베풀어 주는 것을 당연하게 여기는 상대는 항상 머리 꼭대기까지 기어오르려 하니 말이다.

마오마오가 꺾일 것 같지 않다고 판단한 듯, 중년의 남자는 때 묻은 얼굴에 울상을 지으며 힘없이 문에 몸을 기댔다.

"돈은 나중에 낼게. 반드시 낼게. 그러니까 제발 부탁이야. 와서 좀 봐 줘…. 애들이…."

울면서 애원해 봤자 하나도 귀엽지도 않은데, 남자는 고개만 푹 숙인 채 제자리에서 움직이려 하질 않았다.

'이러면 밖에 나갈 수가 없잖아.'

"저기, 주근깨…."

쵸우가 냄비를 든 채 이쪽을 쳐다보고 있었다.

'이 상황은 또 뭐야?'

마오마오는 짜증스러운 기분으로 탁자 위에 있던 붓을 집어 들고 먹물 단지에 찍었다. 그리고 초라한 수납장의 서랍을 열자 그 속에는 종이 다발과 목간이 나란히 들어 있었다. 목간을 하나 집어 든 마오마오는 가벼운 붓놀림으로 무어라 적어 내려갔다.

그리고 그 목간을 남자에게 내밀었다.

"이름 정도는 쓸 수 있겠지?"

"…못 써."

"그렇겠지."

마오마오는 단도를 집어 던졌다.

"엄지 하나만이라도 좋으니까 지장을 찍어."

남자는 눈을 가늘게 뜨고 목간을 들여다보았지만 뭐라고 적혀 있는지는 알아볼 수 없을 터였다.

"뭐라고 쓰여 있는 거야?"

"약값을 내겠다는 증서지."

남자는 단도로 엄지손가락 한가운데를 찔러, 거기서 나온 피로 목간에 지장을 찍었다.

"너 진짜 악랄하다."

마오마오는 뒤에서 중얼거리는 쵸우를 발로 툭 걷어찼다.

"이러면 된 건가?"

남자는 상처를 핥으며 목간을 마오마오에게 건넸다.

"할 수 없지."

마오마오는 악역처럼 웃으며 문의 빗장을 치웠다.


남자를 따라간 곳은 유곽 근처에 있는 어느 뒷골목이었다. 비쩍 마르고 지저분하기 짝이 없는 남자들이 마오마오를 쳐다보고 있었다. 그것을 알아차린 중년 남자가 주위를 위협했다.

'한 명쯤 더 데리고 올 걸 그랬네.'

아무리 그래도 그렇게 쉽게 졸졸 따라가는 건 너무 위험하다면서 우쿄가 따라와 주었다. 한창때가 지난 아저씨이긴 하지만 남자 하인들 중에서 우두머리 노릇을 하고 있는 만큼 알고 보면 주먹깨나 쓰는 사람이었다.

"도대체 왜 이런 델…."

"귀찮지만 할 수 없잖아."

"…이러니저러니 해도 결국 너도 네 아버지를 닮았다."

마오마오는 그렇게 말하며 자신의 머리를 벅벅 헝클어뜨리는 우쿄의 손을 뿌리쳤다.

"여기야."

남자는 문 대신 허술하게 발을 쳐 놓은 어느 오두막 안으로 들어갔다. 쉰내가 풀풀 났다. 땀과 때, 노폐물 외에도 배설물 냄새까지 섞여 있었다.

짚단인지 멍석인지 모를 지저분한 깔개 위에 쵸우 또래의 어린아이가 누워 있었다. 그 옆에는 조금 더 나이를 먹은 아이가 앉아서 생기 없는 눈으로 중년 남자를 쳐다보았다. 마오마오보다 몇 살 어려 보이는 소녀였지만, 그 얼굴에 제 나이에 어울리는 젊음은 없었다.

"아빠."

눈물도 다 말라붙어 버렸는지 소녀는 건조한 표정으로 중년 남자를 불렀다.

"제발 부탁이니 얘를 좀 봐 줘!"

"……."

마오마오는 쓰러진 아이를 가만히 내려다보았다. 손발의 색이 칙칙하게 죽어 있었다. 몸은 가끔 경련을 일으켰고, 배설물 냄새가 나는 걸 보니 조절을 하지 못해서 그냥 흘러나온 모양이었다. 아이는 남자인지 여자인지도 모를 까치집 머리에, 무척이나 더러운 몰골이었다.

"언제부터 이랬는데?"

"며칠 전부터 이 모양이었어. 하지만 손에 이상이 생긴 건 그 전부터."

조금 더 나이를 먹은 아이가 말했다.

마오마오는 자신의 손에 수건을 둘둘 감고 입 주변도 가렸다. 그리고 그 차림새로 아이에게 다가갔다.

"그건 또 뭐 하는 짓이야!"

중년 남자가 짜증을 냈다.

"뭐? 얘들 지금 병에 걸려서 드러누워 있는 거잖아? 나한테 옮았다가는 본전도 못 찾는다고. 싫으면 그냥 간다."

마오마오가 노려보자 남자는 치켜들었던 손을 내렸다. 남자가 손을 내림과 동시에 뒤에 서 있던 우쿄도 팔짱을 꼈다. 만일 마오마오에게 손을 휘둘렀다면 우쿄는 이 남자의 관절을 꺾어 버렸을 것이다.

'참 과보호라니까.'

마오마오는 아이의 손을 만져 보았다. 혈액 순환이 잘 안 되고 있었다. 피가 손끝까지 돌지 못해 동상처럼 괴사를 일으키기 직전이었다. 아무리 벽 틈새로 바람이 몰아치는 오두막이라

해도 추워서 동상에 걸릴 정도는 아닐 텐데.

게다가 아이는 몸이 마비되어 있었다. 동공이 확장되고, 헛것이 보이는지 때때로 괴성을 질렀다.

"아침보다 더 나빠졌어. 어떡해, 아빠? 엄마처럼 되면 어떡해?"

울음을 터뜨릴 것만 같은 아이의 표정을 보고 부친은 뭘 어떻게 해야 좋을지 알 수가 없었던 듯, 머리만 벅벅 긁다가 주저앉았다.

"부탁이야. 제발 애들을 좀 살려 줘. 이 이상 가족이 더 줄어들면 안 된다고!"

아이까지 옆에서 덩달아 무릎을 꿇었고, 남자는 맨바닥에 이마를 짓찧으며 애원했다.

'난감하네.'

"애들 엄마도 똑같이 이러다 죽었어?"

"아니, 애들 엄마는 유산 때문에…."

"유산?"

마오마오는 침을 흘리는 아이의 입가를 들여다보았다. 끈적끈적한 무언가가 입 주위에 들러붙어 있었다.

"뭘 먹었어?"

"죽 조금…."

마오마오는 그 말을 듣고 더러운 아궁이를 살폈다. 온통 그을음투성이인 질냄비 속에 풀처럼 찐득찐득한 죽이 담겨 있었다.

쌀알은 얼마 되지 않았고 대신 이것저것 잔뜩 섞어서 양을 불려 놓았다.

"잠깐, 이건 뭘 집어넣은 거야?"

쌀 외에 감자와 잡초 같은 것이 보였다. 거기에 다른 잡곡도 섞여 있는 듯했다.

소녀는 비척비척 집 밖으로 나가, 잡초를 들고 돌아왔다. 독성은 없지만 영양도 없는 잡초였다. 기근이 들었을 때 굶주림을 면하기 위해 먹는 풀이다.

"이게 아닌데."

또 없느냐고 묻자 소녀는 슬며시 시선을 돌렸다.

"없어?"

마오마오가 못을 박듯 묻자 소녀는 포기한 듯 찬장 깊은 곳을 열었다.

소녀가 꺼낸 것은 구운 과자였다. 몇 개의 과자가 꼼꼼하게 천으로 싸인 채 들어 있었다. 후궁의 비들이 내려 주는 고급 과자는 아니었지만 그래도 달콤한 냄새가 났다. 다소 눅눅해진 걸 보니 아주 소중하게 조금씩 아껴 먹었던 모양이었다.

"이게 뭐야…."

부친은 처음 보는 듯, 눈을 휘둥그렇게 떴다.

"얻어 온 거야. 먹을 게 없을 때 조금씩 먹으라고. 엄마한테 보여 줬더니 아빠한테는 말하지 말랬어."

자신에게만 비밀로 했다는 사실이 상당히 충격적이었는지 남자의 얼굴이 일그러졌다.

"왜 나한테 숨긴 건데! 내가 가장이잖아!"

고압적인 태도의 부친 앞에서 생기 없던 딸의 눈에도 약간의 열기가 깃들었다.

"아빠는 일도 안 하고 도박만 하잖아. 우리가 길거리에서 구걸을 해 오면 그걸 본전 삼아 또 도박을 하러 가고."

딸이 최후의 일격을 가했다. 노골적으로 고개를 푹 숙인 중년 남자를 보아하니 역시나 아무짝에도 쓸모없는 모양이었다. 아이를 아끼는 아버지인 줄 알았더니 그냥 식구가 줄면 벌이도 줄어들어서 곤란했던 건가.

"이것도 먹였어?"

마오마오가 묻자 소녀는 고개를 끄덕였다. 마오마오는 구운 과자를 손으로 뜯어 냄새를 쿵쿵 맡고, 부스러기를 살짝 떼어 입에 넣어 보았다.

"…얻은 거라고 했지?"

마오마오가 눈을 가늘게 떴다. 달콤한 걸 보니 설탕이 들어간 모양이었다. 길바닥에서 구걸하는 아이가 불쌍해서 줬다고 하기에는, 설탕이 들어간 건 너무 사치스러운 음식이다.

"누가 줬는데? 언제쯤?"

"몰라. 여동생이 받은 거야. 걘 말을 못하거든. 엄마가 죽기 전이었으니까 한 달쯤 된 것 같아."

설탕이 들어간 구운 과자는 빈민 입장에서 굉장히 호사스러운 음식이다. 만일 그런 것을 손에 넣었다면 누군가에게 빼앗기기 전에 재빨리 먹어 치웠으리라.

"이걸 받았다는 사실을 다른 사람들은 몰라?"

그 물음에 소녀는 고개를 가로저었다.

"그럼 한 달쯤 전에 얘 같은 증상을 일으킨 사람은 없었어?"

"있었어…."

소녀는 뒷집 할아버지가 그랬다고 말했다.

눈치 빠른 우쿄가 재빨리 나가는 모습을 보고 마오마오는 아이 쪽을 돌아보았다. 그리고 손과 입에 감았던 수건을 풀고, 아이를 안아 올렸다.

"잠깐, 뭐 하는 거야?!"

"데려가야겠어. 이렇게 냄새 나는 곳에 놔뒀다가는 나을 것도 안 나아. 그리고 그 과자는 버려."

무엇보다 이곳에 계속 있어 봤자 제대로 된 밥은 얻어먹지 못할 게 뻔했다. 게다가 마오마오는 한 가지 마음에 걸리는 점이 있었다.

"내가 안고 가마."

"응, 부탁해."

마오마오는 돌아온 우쿄에게 아이를 건넨 뒤, 함께 그 낡아

빠진 오막살이를 뒤로했다.

"옆집 영감님은 손가락이 썩어서 떨어졌다더라."

아이를 들쳐 업은 채 우쿄가 말했다. 길바닥에서 구걸을 하고 있던 옆집 영감을 찾아내서 물어보았다고 한다. 처음에는 영감도 시치미를 뗐지만, 잔돈푼을 쥐여 주니 간단히 사정을 털어 놓았다는 모양이다.

"어떤 여자가 줬다는데, 얼굴은 못 봤대."

"흐응."

아무리 생각해도 수상쩍은 이야기였다.


우쿄는 마오마오를 집으로 바래다주고 나서 녹청관으로 돌아갔다. 이제부터 일을 해야 한다고 했다. 돈을 주려 했더니 "애 보기에는 이력이 났거든."이라면서 통 받아 주질 않았다. 옛날부터 그랬다.

마오마오는 지저분한 아이를 자신의 오두막 안으로 들였다. 집을 보고 있던 쵸우가 다가왔다가 오만상을 찌푸리며 코를 움켜쥐었다.

"앤 또 뭐야? 엄청 더럽잖아."

"그럼 가서 물 좀 끓여. 그리고 이걸로 할멈한테서 백미 좀 사 와."

돈을 건네자 쵸우는 얌전히 녹청관으로 향했다. 흰쌀밥을 먹을 수 있다고 생각하니 행동이 빨라진 모양이었다.

아이는 아마도 그 구운 과자를 먹은 후 용태가 급변했을 것으로 여겨진다. 이 아이의 언니는, 자기는 과자를 먹지 않고 동생에게만 먹였다. 임신하여 몸이 무거웠던 모친 역시 무심코 함께 먹었을 것이다.

마오마오는 서랍 속을 들여다보았다. 유곽 안에서 약을 취급하는 곳이기 때문에 이곳에는 다양한 낙태약들이 준비되어 있었다. 그중에는 자칫 분량을 실수하면 죽음에도 이를 수 있는 약들이 많았다.

그 약들 중 이 아이와 똑같은 증상을 일으키게 만드는 약이 하나 있다. 질 나쁜 보리에 포함되어 있는 독으로, 이는 소량으로도 중독 증상을 일으킬 수가 있다. 사지의 혈액 순환을 저해하여 그냥 내버려 두면 괴사하고 만다. 몸이 마비되고, 환각을 보게 되는 경우도 있다.

치료법은 아주 간단하다. 그 독을 먹지 않으면 된다. 그리고 적당히 몸을 움직여 주면 그만이다. 하지만 이 아이의 경우 그 집에 내버려 뒀다면 회복되기도 전에 쇠약해져서 죽고 말 것이다. 그래서 이리로 데리고 온 것뿐이다.

'이렇게까지 할 필요는 없지만….'

그 중년 남자가 멀쩡하게 돈을 벌어서 약값을 지불할 리가 없다. 기껏해야 이 아이의 언니에게 구걸을 시키는 게 전부겠지.

어쨌거나 짐을 끌고 들어왔다고 생각하면서도 마오마오는 온 집 안에서 청결한 수건을 긁어모으기 시작했다.

며칠 후 마오마오네 오막살이를 찾아온 사람은 중년 남자가 아니라 그 딸이었다. 소녀의 몸 곳곳에는 퍼런 멍이 생겨나 있었다. 넘어지거나 자빠져서 난 상처로는 보이지 않았다.

소녀의 동생은 좀 비칠거리긴 해도 걸어 다닐 수 있을 정도로까지는 회복되어 있었다. 원래 독보다 영양실조가 더 심각한 상태였다. 손가락과 발가락 끝에는 아직 마비가 좀 남아 있는 듯했지만 그것도 조만간 사라질 것이다. 어제 아이를 간신히 목욕시키는 데 성공한 마오마오는 겨우 마음을 놓을 수 있었다.

오늘은 제법 오빠 노릇을 하려 드는 쵸우의 손에 이끌려 산책을 나갔다.

"돈 가져왔어?"

마오마오는 싸늘한 시선으로 지저분한 소녀를 쳐다보았다.

"내 동생은?"

"저기."

허술한 창문 밖으로 비틀비틀 걷는 소녀를 쵸우가 끌고 다니는 모습이 보였다. 머리를 감기고 빗어서 묶어 주자 아이는 겨우 여자아이다워 보였다.

그 모습을 보고 쫓아 나가려 하는 언니의 손을 마오마오가 잡았다.

"돈은?"

"돈은….."

가져왔을 턱이 없다. 그 중년 남자가 직접 찾아오지 않은 시점에서 마오마오도 눈치를 채고 있었다. 그래서 이런 걸 쓰게 만들었던 것이다.

마오마오는 들고 있던 목간을 흔들었다.

"돈이 없으면 뭐 상관없어. 쟤를 팔아 버리면 그만이지."

그리고 비틀비틀 걷는 아이를 엄지손가락으로 가리켰다.

"지금부터 잘 가르치면 아직은 쓸 만할 거야."

"……."

소녀는 한순간 말이 없었다. 그러더니 마오마오와 천천히 시선을 마주쳤다.

'응?'

엉엉 울며 애원할 거라고만 생각했는데, 그 어둠침침하고 죽어 가던 눈동자 속에는 어슴푸레한 불꽃이 깃들어 있었다.

"…말도 못하는 동생보다 제가 훨씬 더 잘 팔릴걸요."

소녀는 얄팍한 가슴을 탁탁 쳤다. 가슴이 없는 마오마오보다 훨씬 더 비쩍 마르고 납작한 가슴이었다.

마오마오는 눈을 가늘게 떴다.

"네가 대신 가겠다고? 그게 무슨 뜻인지 알기나 해?"

마오마오는 벽에 기대선 채 발가락 끝으로 정강이를 벅벅 긁었다.

"나도 알아! 하지만 이대로는 그냥 계속 구걸만 하다가 끝날거야! 몸을 파는 기녀가 되겠지! 매일같이 굶기만 하고, 겨우 번 돈도 다 아빠한테 뜯기기만 할 거잖아! 그럴 바에야 처음부터 기녀가 되어 버리는 게 훨씬 나아!"

소녀는 발을 동동 굴렀다.

최하층민들의 삶에 비하면 녹청관 기녀들은 훨씬 나은 생활을 하고 있다. 가끔 그것 때문에 착각에 빠져서 자기 의지로 창관의 문을 두드리는 처녀들도 있을 정도다.

소녀는 마오마오가 녹청관 관계자라는 사실을 알고서, 좀 알선해 줬으면 하는 모양이었다. 처음부터 그럴 생각으로 온 듯했다.

마오마오는 값어치를 매기는 눈빛으로 소녀를 쳐다보고는 후우, 하고 한숨을 내쉬었다.

"너한테 그만큼의 가치가 있다고 생각해? 그 꼬락서니로는 차라리 농촌에서 온 시골뜨기 처녀가 훨씬 더 비싼 값을 받을 수 있을 거야."

"내 동생도 어차피 마찬가지잖아! 쟨 말도 못한단 말이야!"

"글쎄, 네 동생은 훨씬 어리지. 이제부터 교육을 시켜도 아마 빨리 배울 거야. 게다가 말수가 적은 걸 더 좋아하는 손님들도 제법 있거든."

마오마오는 일부러 악역인 척 말했다. 하지만 소녀의 눈은 마오마오에게 고정되어 있었다. 시선을 돌리지 않은 채, 그 눈동자 속에 깃든 빛은 더욱 강렬해졌다.

"그래도 빠져나가지 않으면 그 진흙탕 속에서 평생을 끝내야해. 난 그런 건 죽어도 싫어!"

마오마오는 새끼손가락으로 귀를 파며 그 말을 들었다.

어디에나 있는 흔한 이야기 중 하나일 뿐이다. 진흙탕 속에서 발버둥을 쳐 봤자, 치면 칠수록 더욱 깊이 빠져들기만 할 뿐이다. 하지만 아무것도 안 하고 가만히 빠져드는 것보다는 낫다. 누군가가 자신을 끌어올려 줄 거라는 달콤한 희망을 갖는 것보다, 스스로 발버둥 치는 편이 마오마오는 훨씬 더 좋았다.

하지만 도와줄 이유는 없다. 그러나 막을 이유도 없다.

"그 창관을 관리하는 할멈은 도성 최고의 수전노야. 돈이 안되면 사지도 않고, 마음에 드는 것도 값을 잔뜩 후려쳐서 사들이곤 하지."

소녀는 가만히 마오마오만 쳐다보고 있었다.

"몸뚱이 하나만 가지고 찾아온 애들은 도망치지 못하도록 목에 목사리를 채워서 붙잡아 놓게 돼. 도망치면 멍석말이 한두 번 정도는 각오해야 할 거야."

"그 정도는⋯. 아빠한테 팔을 꺾이는 데 비하면 훨씬 나아! 시궁쥐 같은 삶은 이제 지긋지긋해!"

"동생은 어쩌고?"

"내가 돈을 벌 수 있다는 사실을 알면 걔도 같이 돌봐 줄 것 아니야! 그 정도 일은 할 거야!"

창관은 실력주의의 세계다. 이 소녀가 돈이 되기만 한다면 할멈도 한 명 정도는 더 돌봐 줄 것이다.

"⋯쓸모가 없으면 어차피 시궁쥐가 되는 건 똑같아."

마오마오는 뚱한 표정을 지은 채, 옷을 담아 두었던 고리짝 앞으로 향했다. 그리고 내용물을 뒤져 적당한 옷을 한 벌 꺼냈다. 얼마 전 헌 옷 가게에서 얻어 온 옷이었다. 마오마오는 다소 화려한 그 옷을 지저분한 소녀에게 집어 던졌다.

"가서 우물을 써. 아무리 추워도 머리까지 깨끗이 감아. 이가 있는 채로 갔다가는 현관 앞에서 빗자루로 얻어맞고 쫓겨날 거야."

소녀는 옷을 꽉 움켜쥐고 우물로 향했다.

앞으로 이 소녀가 어떻게 될지는 마오마오와 상관없는 일이었다. 스스로가 선택해서 나아가는 길이다. 그것을 후회하게 된다면 어차피 더러운 진흙탕 속에 뿌그르르 가라앉게 될 뿐이다.

약사의 혼잣말

## 6 화 : 마지막 한 권

여러 권의 도감을 들고 약방 문을 두드린 사람은 가오슌의 아들 바셴이었다. 마오마오는 여전히 불쾌한 표정을 짓고 있는 그 청년에게 속이 다 꺼진 방석을 권하고, 차를 따라 주었다.

"진시 님은 바쁘시다."

즉, 이곳에 올 시간은 없다는 말인 모양이었다.

아직까지 진시라는 환관명을 사용하는 이유는 일부러 가명을 쓰려는 의도도 있지만, 무엇보다 본명을 직접 이야기할 수가 없기 때문이었다. 고귀한 그 이름을 시정 백성 앞에서 함부로 내뱉을 수는 없었다.

늘 오는 미장부와 그 종자가 아닌 다른 손님이 온 것을 보고 녹청관 기녀들은 눈을 번쩍번쩍 빛냈다. 특히 할멈은 자연스럽게 행동하는 척하면서 머릿속으로 주판을 튕기고 있는 게 보였다.

진시 때와 다르게 약방 문이 활짝 열려 있어, 그 모습은 밖에

서도 다 볼 수 있었다. 혹시라도 이상한 사이라는 오해를 사지 않도록, 자신과 마오마오가 아무 관계도 아니라는 사실을 증명하기 위한 바셴 나름대로의 배려였다.

"말했던 물건이다."

바셴은 천 꾸러미 속에서 두꺼운 책 더미를 꺼냈다. 안에서 낯익은 도감이 나왔다. 바셴이 새, 물고기, 벌레, 식물 등의 도감을 늘어놓는 가운데 마오마오는 벌레 도감을 집어 들었다.

마오마오가 관심을 갖는 것은 기본적으로 생약의 재료가 될 수 있는 녀석들이다. 식물 도감은 거의 눈으로 핥다시피 읽었지만, 벌레 도감은 팔랑팔랑 대충 넘겨 보기만 했었다.

'있었던가….'

사젠은 예전에 있던 약사가 메뚜기를 연구했다고 말했다. 그러니 분명히 있어야 했다. 하지만 찾을 수가 없었다. 몇 번을 계속 훑어보아도 나오질 않았다. 결국 바셴까지 같이 책장을 넘겨 보기 시작했다.

"…없어?"

"없네요."

"있다고 하지 않았나?"

아무리 그래도 없는 걸 찾을 수는 없었다. 이게 뭐지. 사젠에게 속은 건가. 아니, 그 남자가 그런 짓을 해 봤자 아무런 이득도 없다.

"이것을 보관하던 중 누가 들고 나갔던 일은 없나요?"

그렇게 되면 책을 압수한 무관을 의심하게 되겠지만.

"누가 이런 물건에 관심을 가져?"

"좋아하는 사람은 좋아하죠."

하지만 그 가능성은 생각하기 어렵다. 그 자리에서 물건을 훔치려 들었다면 책보다 훨씬 고가인 물건이 많았을 터였다.

마오마오는 끙끙거리며 고민하던 중 약방 쪽으로 다가오는 그림자를 발견했다. 버들가지처럼 나긋나긋하면서도 풍만한 육체를 소유한 그 사람은 바이링 언니였다.

'……'

마오마오는 얼굴을 찌푸렸다. 바이링의 뒤에는 그것을 말릴 기색도 없어 보이는 할멈이 있었다. 바센의 값어치 매기기가 다 끝난 모양이었다.

바이링 언니는 아주 시원시원한 성격의 기녀다. 녹청관에서 가장 나이가 많은 기녀이긴 하지만, 그 아름다움은 시들지도 않고 아직까지 수많은 남자들을 매료시키고 있다. 똥개 무관 리하쿠가 그 좋은 예다. 무용으로 치면 이 도성 안에서 최고라 일컬어지는 무희이기도 하다. 어린 기녀와 여동들에게도 상냥하고 잘해 주는 언니이긴 하지만….

그런 바이링에게도 결점이 있다.

홀연히 나타난 바이링은 바센의 뒤로 가서 섰다. 그리고 깔끔하게 손질된 그 아름다운 손가락 끝으로 바센의 뺨을 쓸어내렸다.

"?!"

오싹한 기분을 느낀 바센은 저도 모르게 앉은 채 펄쩍 뛰었다. 잘 이해가 되지 않을지도 모르지만, 앉은 채로 뛰어오른다는 건 상당히 재주가 좋아야 할 수 있는 일이다.

"언니."

"앗, 죄송해요. 어깨에 먼지가 앉아서 그만."

거짓말이다. 분명 거짓말이다. 그렇다고 도대체 뺨을 만질 이유가 뭐란 말인가.

그 우아하고 부드러운 동작 하나하나에서는 여성스러움이 물씬 풍겼다. 눈에는 고상한 미소를 짓고 있었지만 마오마오에게는 육식 짐승의 눈빛으로만 보였다.

요 며칠 사이 바이링 언니는 찻잎만 갈고 있었다. 즉, 손님이 없는 상태라는 뜻이다. 그것은 바이링이 안 팔리는 기녀이기 때문이 아니었다. 고급 기녀로서는 오히려 매일 손님을 받는 게 더 꼴사나운 짓이다.

뭐랄까, 이 기녀 입장에서는 그것이 불만인 모양이었다. 한마디로 욕구 불만 상태라는 뜻이다.

"도, 도대체 갑자기 뭐야?!"

"어머나, 아직 안 떨어졌어요. 자, 떼어 드릴 테니 그대로 가만히 계세요."

좁은 약방 안에서 바센은 뒤로 물러나고, 바이링은 그것을 쫓아간다.

마오마오는 물건이 뒤집히지 않도록 바센이 다가오기 전에 약연과 막자사발 등을 전부 선반 위에 올려놓았다. 찻잔과 다과는 쟁반에 담아서 손에 들었다.

'처음 한 번은 그냥 공짜로 좀 해 주지.'

바센의 얼굴은 빨간지 파란지 알 수가 없었다. 이 상황에서 리하쿠가 오면 정말로 재미있어지겠는걸, 하고 마오마오는 생각하면서 신발을 신고 미리 확보해 두었던 과자를 베어 물었다. 진시가 올 때보다 한 단계 낮은 과자를 내놓은 것이 그야말로 할멈다웠다. 그래도 충분히 고급 과자이긴 했고, 새우 향이 살짝 나는 얇게 구운 그 전병은 마오마오의 입맛에도 딱 맞았다.

'저건 숫총각이군.'

왠지 그런 느낌이 들긴 했지만, 이번에는 확신이었다. 역시나… 하고 생각하며 마오마오는 벽에 기댄 채 전병을 하나 더 먹고 차로 입가심을 했다.

여동들이 부러운 듯 전병을 쳐다보고 있었지만 할멈이 보는 앞에서 줄 수는 없었다. 마오마오는 할 수 없이 한 개 더 먹는 건 포기하기로 했다.

"으아! 그만, 가야겠다. 아무튼 줄 건 줬으니까!"

반쯤 흐트러진 허리띠를 끌어당기며 바센은 약방을 나갔다. 속옷 끈이 바지 자락 틈새로 삐져나와 있다고 가르쳐 줘야 할까.

"아앙…."

바이링은 아쉬운 듯 주저앉았다.

"오랜만에 보는 숫총각이었는데…."

역시 숫총각이었던 모양이다. 이런 부분만 없다면 참 좋은 언니인데 말이다. 해가 갈수록 더 심해지는 느낌이 든다.

"한 번 빠지면 극락을 볼 수 있었을 텐데."

할멈도 아쉬운 듯 말했다.

'아니, 지옥이겠지.'

빨리 리하쿠에게 돈을 모으라고 채근해서 데려가게 만들어야겠다고 마오마오는 생각했다. 조만간 성장한 쵸우까지 잡아먹히기 전에.


사젠은 문 앞에서 청소를 하고 있었다.

남자 하인으로서 아직 주먹 쓰는 솜씨가 부족하기 때문에 지금은 이렇게 여동들과 다름없는 일을 하며 지내고 있다. 그것이 우두머리 하인인 우쿄의 방식이다. 여기에 만족한다면 남자 하인으로서 아무짝에도 쓸모가 없기 때문에 조만간 해고당하게 된다. 하지만 이 처지에 분개하면서 다른 일을 배우고자 하는 자는 확실하게 데려다 쓴다.

사젠이 콧노래를 부르며 비질을 하고 있는 걸 보니 아무리 봐도 해고당할 게 뻔했다.

"이봐."

"응?"

지저분한 옷을 벗고 새 옷으로 갈아입은 뒤 수염까지 깎으니 사젠은 꽤 젊어 보였다.

"책이 도착했는데."

마오마오는 아까 바센이 가져온 책 꾸러미를 보여 주며 말했다. 그리고 천으로 싸여 있는 책을 바닥에 쿵 내려놓았다.

"했던 말하고 다르잖아."

사젠이 가져왔던 몫까지 합쳐서 전부 열네 권. 하지만 그 열네 권 중에 메뚜기 이야기가 쓰여 있는 책은 없었다. 마오마오가 그 방에서 지냈을 때도 책은 열네 권 있었으므로 권수 자체는 틀림이 없다.

"아니, 그럴 리가 없는데?"

사젠은 책을 싼 천을 벗기고 안을 확인했다. 눈을 가늘게 뜨고 뚫어져라 들여다보던 사젠은 으음, 하고 얼굴을 찌푸렸다.

"이봐, 이게 다가 아니야."

"그 방에 있었던 건 이게 전분데?"

아무리 마오마오라도 숫자를 잘못 세지는 않는다.

"아니, 이 책."

사젠은 벌레 책을 집어 들었다. 벌레 도감은 두 권이었고, 그 어느 쪽에도 메뚜기에 관한 기술은 없었다. 번호는 '一(일)', '二(이)'라고 쓰여 있었다.

"벌레 도감은 총 세 권이잖아."

"…뭐라고?"

그렇다면 처음부터 그 방에는 없었다는 말이 된다. 적어도 마오마오가 왔을 때는 이미 누군가가 가지고 나갔다는 이야기다.

"우와~ 누구야? 도대체 그런 걸 누가 가지고 나가?"

"그쪽 아냐?"

"아니, 그게 아니고. 영감님 계실 때는 분명히 있었단 말이야."

영감님이란 후궁에서 쫓겨난 그 의관을 말하는 모양이었다. 분명 불로불사에 관한 연구를 했다고 들었다.

"영감님이 관 속에 가지고 들어가기라도 했나?"

"그런 짓을 왜 해?"

"내 고향에는 그런 풍습이 있거든."

아니, 사젠의 고향에는 아무 관심도 없다. 하지만 사젠이 말하는 그 영감님이란 사람에게는 관심이 있었다.

"그러고 보니 그 영감님은 어쩌다 죽었어?"

노쇠해서 죽은 걸까. 살아 있다면 아버지와 비슷한 나이대일 테니 크게 놀라운 일은 아니다. 서방에서 유학했다고 하니 어쩌면 아는 사이일지도 모른다.

"글쎄 그게 실험에 실패했던 모양이야."

"실패?"

"불사의 약을 만든다면 당연히 실험이 필요하지 않겠어?"

'그 말은….'

마오마오는 그동안 의아하게 생각하던 점이 한 가지 있었다. 쵸우를 포함한 아이들에게 사용되었던 되살아나는 약에 대한 일이었다.

쵸우의 몸에 마비가 남긴 했지만, 원래 죽은 사람을 다시 한 번 되살리는 약이란 그리 쉽게 만들 수 있는 것이 아니다. 여러 번 실험을 거듭하면서 성공 확률을 올리는 수밖에 없다고 마오마오는 생각했다.

하지만 도대체 무엇으로 그 약을 실험했을까. 쥐를 사용하긴 했다. 하지만 보다 정확히 효과를 알기 위해서는 같은 인간으로 실험할 필요가 반드시 있었다.

"야, 넌 또 갑자기 왜 그래?"

사젠의 얼굴이 일그러졌다. 도대체 왜 그러나 했더니 그 이유는 금방 알 수 있었다. 마오마오의 입꼬리가 평소보다 훨씬 더 크게 찢어져 있었던 것이다. 마오마오는 히죽히죽 웃고 있었다.

"저기, 그 시체는 어디에서 처분했어?"

"나도 몰라. 그런 건 대부분 그 사람이 했으니까."

"그 사람?"

사젠이 머리를 벅벅 긁었다.

"스이레이 씨라고 말하면 알려나? 영감님 조수였던 그 무표정한…. 아가씨의, 그 뭐냐, 이복 자매라고 했던 사람 말이야."

"?!"

마오마오는 저도 모르게 사젠의 등을 있는 힘껏 때렸다. 왜 깨닫지 못했을까. 시 일족의 생존자, 선제의 손녀이자 시스이의 이복 자매였던 사람.

"아얏! 왜 이래!"

"알았어, 게으름 피우지 말고 청소해."

마오마오는 천으로 다시 책을 싸서 들고 서둘러 약방으로 돌아가 편지를 쓸 준비를 했다.

마오마오는 남자 하인에게 부탁하여 쓴 편지를 바로 전달하도록 했다. 진시에게 직접 보내게 되면 절차를 밟아야만 하기 때문에 대부분 가오슌이나 바센에게 보내곤 한다. 하지만 바센은 상당히 얼빠진 구석이 많으므로 가오슌에게 보내는 경우가 대부분이었다.

다음 날 아침, 편지의 답장이 바로 왔다. 그리고 금세 마오마오를 데리러 온 마차가 도착했다. 스이레이가 있는 곳으로 향하기 위해서였다. 스이레이는 현재 전직 사부인이었던 아둬의 밑으로 들어갔다고 들었다.

마오마오는 자신을 데리러 온 종자에게 도감을 전부 건넨 뒤 약방 문을 잠갔다.

"좋겠다~ 외출하는 거야?"

쵸우가 흥미진진한 표정으로 마오마오의 소매를 잡아당겼다. 마오마오는 얼굴을 찌푸렸다.

"나도 같이 갈래~"

"안 돼."

아둬가 있는 곳에는 스이레이뿐만 아니라 시 일족의 아이들도 함께 있다. 서로 떼어 놓은 채 키우고 있었는데 지금 그곳에 데려가면 말짱 도루묵이다.

"치사하게 혼자만 가기야~?"

"일하러 가는 거야. 너는 가게 앞 청소나 하고 있어."

마오마오는 쵸우의 머리를 툭툭 치고는 근처에 있던 우쿄에게 넘겼다. 아이를 좋아하는 우쿄는 쵸우를 자신의 어깨에 목말을 태워서 멀찍이 데려갔다. 가까이에는 그 빈민의 딸도 있었다. 언니는 여동으로서 시험 채용이 되었다고 한다. 일 배우는 게 느리면 바로 쫓아내겠다고 할멈은 말했다. 부친이 딸을 되찾으러 여러 번 찾아왔지만 그럴 때마다 남자 하인들이 매번 내쫓았다. 부친은 마오마오에게도 시비를 걸었지만, 먼저 기녀가 되고 싶다고 한 건 본인 딸이다. 마오마오는 사이에 끼어 있지 않으니 아무 상관도 없고 무엇보다 아직 돈도 안 받았다.

'빨리 돈 내놓으란 말이야.'

출세하면 갚도록 미뤄 줬으니 후하게 쳐 줬으면 하는 마음이었다.

마오마오는 우쿄의 목말을 타고 있던 쵸우를 쳐다보았다.

'저건 어쩌지?'

만일 쵸우의 반신에 마비가 남아 있지 않았다면 남자 하인으로 키우는 방법도 있었을 것이다. 하지만 창관 호위를 하려면 어느 정도의 싸움 실력이 필요하다.

'약사로 만들까?'

하지만 아직까지는 약에 흥미조차 느끼지 못하는 듯했다. 마오마오가 저 나이였을 때는 생약 조합 방법을 이미 백 가지는 알고 있었다.

'재미있는데.'

마오마오는 조금 토라진 표정으로 마차에 올랐다.


아뒈의 저택은 황제의 별궁이기도 했기에 상당히 으리으리했다. 그 때문인지 마오마오는 마차에서 내리기 전 옷을 갈아입도록 지시를 받았다. 아뒈라면 그런 부분은 전혀 신경 쓰지 않겠지만, 이런 게 예의인 모양이었다.

마오마오는 긴 치맛자락을 붙잡고 더럽혀지지 않도록 조심스럽게 걸어, 웅장한 대문을 지나 모래가 가득 깔려 있는 정원을 지나갔다. 정원석과 모래와 이끼를 사용해 마치 한 폭의 그림을 그린 듯 만들어 놓은 정원은 정원사의 긍지를 담은 아름다움을 자랑했다.

한동안 걸어 도착한 방 안에는 집주인인 아둬, 그리고 또 한 명의 사람이 있었다. 둘 다 남자 같은 차림새였다.

"어서 오렴."

아둬의 늠름한 말투는 여전했고, 오히려 예전보다 더 생기가 넘쳤다. 차림새도 그렇고 지금의 삶이 자신에게 잘 맞는 모양이었다.

또 한 명은 스이레이였다. 스이레이 역시 아둬를 따랐는지, 아니면 다른 이유가 있는지 아무튼 남장을 하고 있었다. 스이레이는 여전히 무표정한 채로 아둬의 한 걸음 뒤에 서 있었다.

"서두는 필요 없겠지. 내가 동석하고 있다는 사실은 신경 쓰지 말고 이야기를 진행시키도록."

하고 말한 뒤 아둬는 느긋하게 긴 의자에 앉았다. 그리고 앉으라고 손짓으로 신호를 보냈기에 그다음으로는 손님인 마오마오가 앉고, 마지막으로 스이레이가 앉았다.

'신경을 안 쓰긴 힘든데….'

자꾸 신경이 쓰이는 건 당연한 일이다. 영 불편하다고 생각하며 마오마오는 종자가 가져온 도감을 테이블 위에 올려놓았다.

일단 알려지면 곤란한 일들은 진시가 자기 선에서 대충 고려해 줄 것이다. 지금은 그냥 이야기를 진행시키는 수밖에 없다.

"이걸 본 적이 있으신가요?"

"스승님이 사용하시던 물건입니다."

아둬 앞이기 때문일까, 스이레이의 말투는 평소보다 정중했다.

"이게 전부인가요?"

그 질문에 스이레이는 고개를 갸웃거리며 도감을 들여다보았다.

"…한 권이 부족하군요. 전부 열다섯 권이었을 텐데요."

"나머지 한 권은 어디 있는지 아시나요?"

"모릅니다."

차분한 어조로 말하는 스이레이는 거짓말을 하는 것 같진 않았다. 무엇보다 거짓말을 할 이유가 없었다.

스이레이는 이미 시 일족과 아무 상관도 없는 사람이다. 이젠 바깥으로 나설 수도 없는 스이레이에게는 재능을 발휘할 기회도 없이 그저 죽은 사람처럼 조용히 살아가는 인생밖에 남아 있지 않다. 앞으로 어떻게 될지, 황제가 무슨 생각을 하고 있는지는 모르지만 마오마오에게는 그것이 퍽 아깝게 느껴졌다. 스이레이는 약사로서 매우 유능한 사람이다.

책이 어디 있는지 모른다면 다음으로 할 질문은 이것이다.

"그럼 그 스승이라는 분은 지금 어디 계신가요?"

마오마오는 스이레이가 한순간 움찔하는 모습을 놓치지 않았다. 아뒤는 차를 마시며 그 모습을 지켜보고 있었다.

"역시 살아 있군요."

마오마오는 확인하듯 말했다.

"혹시 그 스승이란 사람이 되살아나는 약을 스스로에게 직접 실험해 본 게 아닌가요?"

스이레이가 시선을 떨구었다. 그리고 천천히 눈을 감더니 단념한 듯 고개를 끄덕였다.

"…네, 그렇습니다. 그렇지 않았다면 아마 그 요새에서 빠져나갈 길은 없었겠지요."

스이레이의 스승은 실험을 겸해 되살아나는 약을 자기 스스로 복용했다. 그리고 스이레이의 말투로 미루어 볼 때 아직 살아 있다는 사실은 추측할 수 있었다. 하지만….

"하지만 궁금한 것을 물어본다고 알아낼 수는 없을 겁니다. 말을 하든 안 하든 크게 달라질 바가 없으니까요."

"그게 무슨 뜻이죠?"

마오마오의 물음에 스이레이는 눈을 살짝 뜨고 대답했다.

"쵸우라고 했던가요, 지금의 이름은. 그 아이를 보면 대략 상상이 되지 않나요?"

쵸우는 약을 먹고 죽었다가 되살아났다. 하지만 그 결과 반신의 자유를 잃었다. 과거의 기억도 전부 사라지고 말았다.

"옛 기억을 다 잃었다는 말인가요?"

"조금 다르긴 하지만 뭐 비슷합니다. 어쩌면 모르는 채 스쳐 지나갔을지도 모르죠."

"무슨 말인가요?"

스이레이는 슬픈 듯 속눈썹을 내리깔았다.

"온천 마을을 기억하십니까?"

"네."

여우 신을 섬기던 그 숨겨진 마을. 그날 봤던 사방등 불빛은 아직도 뚜렷하게 기억하고 있다.

"그곳에 있던, 내내 잠만 자던 노인들 중 한 사람이 제 스승입니다."

온천 마을은 요양 장소로 이용되고 있었다. 그런 환자들은 상당히 많았다.

"스승님은 이미 자신이 누구인지도 잊어버렸습니다. 만일 스승님이 건재하셨다면 그 아이도 당신을 그 사건에 끌어들이겠다는 생각 자체를 하지 않았을 겁니다."

'그 아이'라고 말하는 스이레이의 얼굴은 또다시 어두워졌다.

스이레이와 시스이, 두 사람이 이복 자매로서 어떤 관계를 쌓아 왔는지 마오마오는 모른다. 하지만 시스이가 사건을 일으킨 그 배경에 자신도 관계가 있으리라는 사실을 총명한 스이레이는 알아차렸을 것이다. 이 나라의 고름을 짜냄과 동시에, 시스이는 언니를 어머니에게서 해방시켜 주고 싶었으리라.

"…그랬군요."

마오마오는 전신에서 힘이 쭉 빠져나가는 기분이었다. 간신히 손에 넣은 정보였는데. 아니, 아직 희망은 있다.

"그럼 그 스승님이 연구했다는 메뚜기에 대해서는 알고 계신가요?"

마오마오는 벌레 도감을 스이레이 앞에 내려놓았다. 스이레이는 또다시 고개를 가로저었다.

"저는 그 건에 대해서는 전혀 관여하지 않았습니다. 저는 벌레를 싫어했고, 벌레는 그 아이의 영역이었기 때문이죠."

"아…."

고문에 가까운 감금을 당했던 탓에 스이레이는 뱀이나 벌레를 싫어한다. 그리고 '그 아이'는 이제 없다.

마오마오는 다시 한번 어깨를 축 늘어뜨렸다.

"불사의 약을 만들라는 명령을 받았을 때, 스승님이 그때까지 조사하시던 자료는 거의 다 처분했습니다. 가지고 나올 수 있었던 건 그 방에 있던 물건들뿐이었습니다."

불사의 약을 만드는 데 집중시키기 위해 그때까지 하던 연구를 없애 버리려 했다고 한다. 그래도 연구를 계속하고 싶었던 스이레이의 스승은 식사를 날라다 주던 사젠을 이용해 이런저런 조사를 이어 갔다.

"그랬구나….."

문득, 조용히 듣고 있던 아둬가 움직였다. 아둬는 찻잔을 탁자에 내려놓고 스이레이를 바라보았다.

"이야기를 듣자하니 '그 아이'는 굉장히 총명한 아이였던 것 같네."

"아무리 총명한 아이였어도 지금은 없습니다."

없는 건 어쩔 수 없다. 할 수 없는 일이다. 스이레이의 마음 속에서는 이제 완전히 사라진 것으로 정리된 모양이다. 그 말에 마오마오는 주먹을 꽉 부르쥐었다.

"그럼 그 총명한 아이가 아무것도 남기지 않고 사라졌다고?"

"'?!'"

쾅 소리가 났다. 마오마오는 탁자에 손을 짚고, 스이레이는 벌떡 일어나 있었다.

"죄송합니다."

"아냐, 편하게 해."

스이레이가 사죄하자 아둬가 말했다.

"나는 갑갑한 게 딱 질색이야. 더 편하게들 이야기 나눠. 나도 그런 거 신경 안 쓰고 생각에 잠겨 있었잖아."

아니, 지금은 사죄를 해야 하는 상황이라고 마오마오도 생각했다. 하지만 아까 아둬의 말에서 마오마오는 무언가가 마음에 걸리는 것을 느꼈다.

그게 뭘까.

도대체 뭐가….

마오마오는 기억을 더듬어 보았다. 요새에서 무슨 일이 있었
더라. 아니면 그 전에….

그 전, 후궁, 의국인가. 아니, 그곳도 아니다.

분명 그곳은….

마오마오는 또다시 탁자를 쾅 내리쳤다.

"진료소! 진료소예요, 진료소는 지금 어떻게 됐죠?"

마오마오는 후궁에서 납치당하기 직전 진료소에 있었다. 그
곳에서 본 것. 책장 안에 꽂혀 있던 책. 그것은 도감, 그것도 벌
레 도감이 아니었던가?

'빈틈없는 녀석.'

더는 만날 수 없는 소녀를 떠올리고 마오마오는 웃었다. 일부
러 아슬아슬하게 잡혀 가기 직전을 노리고 마오마오에게 보여
주었던 건지도 모른다고 생각하니, 분함을 넘어 웃음이 날 지
경이었다.

즐겁게 웃으면서 장난을 쳐 놓는 시스이의 얼굴을 떠올리며,
마오마오는 탁자를 몇 번이고 쾅쾅 내리쳤다.


진료소는 일단 폐쇄되었다고 한다. 전원이 관련된 일은 아니

라고는 하나, 상급 비의 후궁 탈출을 도운 일은 중죄로 취급되며 그중에서도 특히 션뤼라는 궁녀의 죄는 매우 무겁다. 션뤼는 자살을 시도했고, 목숨을 잃진 않았지만 죄인으로 체포되어 있는 상태다.

하지만 후궁에서 진료소는 결코 없어서는 안 되는 곳이다. 그래서 환관들의 감시가 붙은 상태로 다시 열렸다고 한다.

그러나 마오마오가 납치되었을 때 진료소 안에 있던 물건들은 전부 압수되었다. 그리고 마오마오가 보던 도감 역시 거기에 함께 있었다.

"이거면 되겠지?"

진시가 도감을 내밀었다. 오늘은 휴가를 받았다는 모양이다. 약방 밖에서는 가오슌이 여동에게서 차를 대접받고 있을 것이다.

"잠시 실례하겠습니다."

마오마오는 도감을 받아 들고 팔랑팔랑 책장을 넘겼다. 그리고 그 속에서 유난히 낙서와 기록이 많은 부분을 찾아냈다. 천천히 펼쳐 보니 속에서 무언가가 가득 적힌 종이가 와르르 쏟아져 나왔다.

마오마오는 진시가 볼 수 있도록 그 장을 펼친 채 책을 바닥에 내려놓았다. 그리고 떨어진 종이들을 하나하나 늘어놓았다.

"이거로군요."

세밀하게 그려진 벌레 그림이 가득했다. 하나같이 비슷한 그림들뿐이었으나 황충이라고 쓰여 있는 걸 보니 황충인 모양이었다. 전체를 그린 것, 다리나 날개에 주목하여 해체한 상태로 그린 것 등 다양한 그림들이 있었다. 조금 빛이 바래긴 했지만 색까지 꼼꼼하게 칠해 놓았다.

그 가운데 벌레 그림은 크게 두 종류, 더 자세하게 나누면 세 종류로 구분할 수 있었다. 마오마오는 도감의 기술記述을 읽으며 그것들을 분류해 나갔다.

"이게 평소 볼 수 있는 황충입니다."

마오마오는 녹색으로 색칠이 되어 있는 황충을 가리켰다. 몸뚱이 전체를 그린 그림만 봐서는 알아볼 수 없었지만, 해체해서 날개 부분만 확대하여 그려 놓은 그림을 보니 다른 두 종류에 비해 조금 짧아 보였다.

"그리고 올해 불어날 것으로 여겨지는 종류가 이것입니다. 황해를 일으키는 황충은 이 종류입니다."

진시도 도감에 적힌 글을 읽을 수 있겠지만, 마오마오는 굳이 입 밖에 내어 말했다. 그러면 머릿속에 더욱 또렷하게 새겨져, 기억에 남기 쉽기 때문이다. 진시가 아무 말 하지 않는 것도 그런 부분을 고려하고 있기 때문인 듯했다.

갈색으로 색칠된 황충은 녹색 황충보다 날개가 길었다.

"그리고 작년 발생한 소규모의 황해는 이쪽 부류 때문에 일어난 것이라고 적혀 있습니다."

마오마오는 한가운데에 놓여 있던 황충 그림을 집어 들었다. 두 황충의 중간 형태에, 색깔도 녹색과 갈색의 중간 정도 된다.

"그러니까 단계를 거쳐서 이 갈색 황충으로 변한다는 뜻인가?"

"그런 것 같습니다."

황충은 어떤 조건이 갖춰질 경우 몸뚱이의 색깔과 날개 모양이 바뀐다. 그것은 여러 세대에 걸쳐 벌어지는 변화이며, 바뀔 때마다 수가 불어난다고 한다. 수가 불어나기 때문에 모양이 바뀌는 건지, 아니면 모양이 바뀌기 때문에 수가 불어나는 건지의 문제에 대해서는 전자의 영향이 더 강하다고 도감에도 추가로 기록이 되어 있었다.

즉, 소규모 황해가 일어나는 일 자체가 대규모 황해의 전조라는 말이 된다.

"올해는 더 큰 피해를 입을 거라는 말인가?"

"네, 어느 정도 규모인지는 알 수 없지만요."

하지만 판단을 그르치면 아사자가 생기는 게 황해라는 재해다. 벌레를 얕봐서는 안 된다. 때로는 하늘 전체를 시커멓게 뒤덮으며 온갖 곡물을 다 먹어 치울 수도 있는 존재이니 말이다.

마오마오는 도성 출신이기 때문에 그런 모습을 본 적이 없지만, 농촌에서 태어나 유곽으로 온 기녀들 중에는 황해 때문에 먹을 것이 없어서 팔린 소녀들도 많았다.

게다가 시기도 나쁘다. 작년 시 일족을 멸망시킨 이야기가 나라 전체를 뒤흔들며 퍼져 나가는 중이니 말이다.

시 일족 사건이 벌어진 다음 해에 황해가 겹치면, 국가 입장에서도 별로 바람직한 사태가 벌어지진 않을 것이다.

그나저나 마오마오와 진시가 알고 싶은 부분은 그것이 아니다. 황해를 연구했다면 그것을 막을 방법도 조사했을 것이다.

하지만….

"".......""

거기에 특효약에 관한 기록은 없었다.

소규모 피해가 일어나면 그다음으로 올 피해에 대처하여 할 일들. 그것들이 나열되어 있었다. 전부 다 인해 전술에 가까운 형태다. 아직 유충일 때 미리 퇴치하는 것이 가장 중요하며, 거기에 효과가 있다고 여겨지는 살충제 제조법이 적혀 있었다. 대량으로 소비해야 하기 때문인지 비교적 손에 넣기 쉬운 재료로 만들 수 있게끔 되어 있었다.

또한 성충이 되어 버린 경우에는 화톳불에 태우는 방법을 권하고 있다. 이것은 오래전부터 전해 내려오는 대처법이다. 제 발로 날아서 불 속으로 뛰어드는 것은 여름 벌레들의 습성이니 말이다.

"별다른 정보는 얻을 수가 없군요."

"아니, 아무것도 모르고 그대로 내버려 뒀다면 더 큰일이 났 겠지. 살충제 제조법을 알아낸 것만으로도 큰 성과다."

진시는 머리를 벅벅 긁으며 품에서 커다란 지도를 꺼냈다. 이 나라의 중앙에서 자북주, 그리고 서부에 걸친 범위가 나타나 있는 지도였는데 거기에는 붉은색 동그라미가 여러 개 쳐져 있 었다. 여담이지만 중앙은 화앙주華央州라 불리고 있다. 앞으로 자북주의 이름이 어떻게 바뀔지는 알 수 없지만 아직까지는 바 뀔 기미가 보이지 않는다.

"피해 보고가 들어온 농촌들의 위치야. 이걸 보고 뭔가 알아 낼 수 있는 게 없을까?"

"글쎄요….."

황해가 일어나는 곳은 광대한 평원인 경우가 많다고 들었다. 확실히 동그라미가 쳐져 있는 농촌들은 하나같이 평원 근처에 위치하고 있었다.

"평원이 많은 이유는 아무래도 황충들이 서식하기 쉬운 환경 이어서일까요?"

"그렇겠지. 하지만 이 지방에는 벌써 몇 십 년 동안 심각한 황해가 일어난 적이 없다고 하던데."

진시는 손가락으로 지도의 한 부분에 동그라미를 그려 보였 다. 북부의 시 일족 직할지였던 구역이었다. 풍요로운 농촌 지 대지만, 숲과 산지에 인접해 있다.

어째서인지 진시는 그 숲 부분을 짜증스러운 듯 손가락으로 툭툭 쳤다.

"보통 숲이 가까우면 새가 벌레를 잡아먹을 거라고 여겨지는데요…."

"그게 말이다."

진시는 거북한 듯 머리를 긁적였다.

자북주는 삼림이 풍부한 곳이지만 그 주변은 이미 민둥산으로 변해 가고 있다고 한다. 이 나라의 삼림은 여제 시대에 무분별한 벌채가 금지되었으나 여제가 승하함에 따라 시 일족의 몹쓸 인간들이 중앙에 알리지도 않고 제멋대로 마구 벌채했다는 모양이다.

국내에 유출되는 분량은 일부러 값을 올려서 들키지 않도록 하고, 그 이외의 분량은 타국에 팔아 치웠다. 무분별한 벌채로 인해 그 지방의 자연은 상당히 흐트러져 있는 듯했다.

"…그럼 그 때문에 새가 사라져서 황해가 발생했다는 말씀이신가요?"

"그 가능성도 충분히 생각할 수 있지."

뭐랄까, 갑자기 슬퍼진다.

진시가 유난히 실망하는 건 자북주의 삼림 자원에 적잖이 기대를 걸었기 때문인지도 모른다. 추수할 곡식이 줄어든 만큼, 목재를 팔아 얻은 돈으로 먼 곳에서 식량을 사 와서 보충하면 되지 않을까 생각했는지도 모르지만 그 생각은 근본에서부터 무너지고 말았다.

'으응?'

그러고 보니 여제가 삼림 벌채에 제한을 건 이유에 대해 짚이는 데가 생겼지만, 그건 다음 기회에 생각하기로 하자.

마오마오는 도감을 가만히 들여다보았다. 살충제에 대한 기술을 여러 번 훑어보고 난 뒤 자리에서 일어난 마오마오는 방 안에 있던 서가에서 책 한 권을 뽑아 와, 책장을 팔랑팔랑 넘겨서 한 대목을 진시에게 보여 주었다.

"이 조합만으로는 아무래도 약이 부족할 것 같습니다. 효과는 좀 줄어들지도 모르지만 다른 조합도 준비하겠습니다."

그리고 문득 한 가지가 더 떠올랐다.

"아예 유충이 발생한 장소에 불을 질러 버리면 안 될까요?"

"으음⋯. 그건 장소에 따라 다르겠군. 태워 죽이는 방법이 제일 손쉽고 빠르긴 하겠지만."

그리고 생각할 수 있는 건⋯.

"참새 수렵을 금지하는 일도 필요하겠네요."

참새는 해로운 새로 취급되고 있지만 해충을 먹어 치우는 역할도 톡톡히 한다. 이삭이 맺히기 전이라면 그나마 피해가 적을 것이다. 하지만 그것을 생업으로 삼는 사람들에게는 불평이 나오리라.

그 전부를 시험해 본다 한들 피해를 얼마나 줄일 수 있을지는 모르는 일이다. 물론 아무 일도 안 벌어질 수도 있지만, 그렇다면 그건 그냥 행운인 셈이니 아무 문제없다.

부정적인 가능성을 하나하나 줄여 나가는 것이 바로 위정자가 할 일이다. 그것이 비록 올바른 평가를 얻지 못하게 되더라도.

"참새 수렵 금지라…. 갑자기 시행하면 반발이 있을 것이다."

도성의 시가지 안에도 참새 요리를 파는 가게는 즐비하다. 어디에나 있는, 비교적 일반적인 식재료다.

"대신할 것이 있으면 좋을 텐데."

"아예 황충 요리를 궁정 요리로 만들어 버리면 어떨까요?"

명안이라고 생각한 마오마오는 저도 모르게 말했다. 그렇게 하면 황충은 궁정에 공급하는 어용 식재료가 되니 그것을 잡으려는 사람들도 늘어날 테고, 황제가 먹는다면 이를 따르는 형태로 관리들 역시 먹게 될 것이다.

하지만….

진시는 굳어 버렸다. 언제나 화려한 색채를 내뿜던 남자가 회색으로 보였다.

'이 자식….'

마오마오는 아직 남아 있는 황충 조림을 이 자리에 내놓을까 생각했다.

간신히 다시 움직임을 되찾았나 싶었더니, 진시는 하늘만 올려다보고는 미간에 살며시 손가락을 짚으며 앓는 소리를 냈다. 진시 나름대로 갈등하는 모양이었다. 그리고 그 결과.

"…그건 최종 수단으로 남겨 놓아도 될까?"

"불어나지만 않으면 별문제는 없을 겁니다."

마오마오는 그렇게 말하면서도 다소 유감스럽게 느꼈다.

하지만 한 가지 말할 수 있는 건, 진시가 아까보다 훨씬 의욕적으로 무슨 대책을 반드시 짜내야겠다는 자세를 취하기 시작했다는 점이다.

그만큼 벌레를 먹는 게 싫은 모양이었다.

'…….'

마오마오는 희미한 미소를 지었다. 그것을 본 진시의 몸이 또다시 경직되었다.

"저기, 진시 님."

"뭐, 뭐지?"

진시는 살짝 말을 더듬으며 대답했다.

"식사를 하고 가시는 건 어떠신지요?"

마오마오는 정중히 제안했다. 입가에는 히죽거리는 미소가 떠올라 있었다.


그 후, 진시는 저녁을 먹고 돌아가게 되었다. 아무래도 약방 안은 너무 좁았기 때문에 사용하지 않는 객실을 준비하기로 했다.

두말할 필요도 없이 마오마오는 남아 있던 황충 조림을 내놓았다. 물론 먹일 생각은 없었다. 그냥 장난을 쳐 볼까 하는 가벼운 마음일 뿐이었다.

진시의 표정이 조금이라도 불쾌해질 것 같으면 바로 치울 예정이었다. 할멈도 거북하기 그지없는 얼굴로 노려보고 있으니 말이다.

하지만….

"아앙~"

마오마오는 어울리지도 않게, 젓가락으로 반찬을 집어 먹여 주는 시늉을 했다.

"……."

'이 정도로만 해 둘까.'

그러나 마오마오가 장난삼아 내민 황충을, 진시는 잠시 망설이다가 금세 받아먹었다. 마오마오는 저도 모르게 자신의 얼굴이 일그러지는 것을 느꼈다.

미간에 주름을 잡으며 우적우적 황충을 씹는 진시를 보니 왠지 봐서는 안 되는 모습을 봐 버린 기분이었다. 진시의 여장과는 다른 의미에서, 그것은 이 세상에 존재해서는 안 되는 무언가였다.

주위 사람들도 모두 같은 기분인 듯 하나같이 등 뒤에 벼락이라도 떨어진 표정을 짓고 있었다.

가오슌은 손을 덜덜 떨고 있었다.

저녁 식사를 날라 온 여동은 마치 좋아하던 인형이 진흙으로 더럽혀지기라도 한 듯 울상을 짓고 있었다.

저녁을 얻어먹으러 온 쵸우는 얼어붙은 표정으로 "이건 아니야….''라며 고개를 절레절레 젓고 있었다.

할멈까지 얼굴이 뻣뻣해졌다.

진시는 그 모든 반응들을 무시하고 꼭꼭 씹어 삼켰다. 싫은 표정은 여전했지만, 어쨌거나 진시는 뭔가 하고 싶은 말이 있는 듯한 얼굴로 마오마오를 쳐다보았다.

"죽."

"아, 네."

마오마오는 죽 그릇을 내밀었지만 진시는 그것을 받아 들려 하지 않았다. 죽과 마오마오를 교대로 쳐다보기만 할 뿐이었다.

'식을 텐데.'

도대체 무슨 말을 하고 싶은 걸까, 하고 생각하며 마오마오는 숟가락을 집어 들었다. 죽에 든 건더기가 마음에 안 드는 걸까, 하고 죽을 한 수저 떠서 관찰하고 있는데 진시가 그것을 덥석 물었다.

"……."

'갓난애도 아니고….'

마오마오가 다시 한 숟갈 죽을 뜨자 진시가 또다시 얼굴을 들이밀었다. 죽이 쏟아질 것 같았기에 마오마오는 그것을 입으로 옮겨 주었다. 그러자 진시는 또다시 날름 죽을 받아먹었다.

마오마오는 눈을 가늘게 뜨고, 이번에는 황충을 젓가락으로 집어 들었다. 진시는 얼굴을 찌푸리면서도 황충을 받아먹었다.

"히익!"

가오슌의 비명 소리가 울려 퍼졌다.

우당탕 소리가 나나 싶더니 여동이 훌쩍거리며 주저앉고, 쵸우가 달래고 있었다.

마오마오는 이게 그렇게나 충격적인 모습인가 싶었다. 어린 아이에게는 너무 자극적인 장면이었는지도 모르겠다.

"주근깨, 난 얘 좀 데려갈게. 그리고 형님, 자기가 하고 있는 일에는 책임을 지도록 해."

"……."

진시는 입을 우물거리며 황충을 씹어 삼키는 것만도 벅차 보였다. 아무리 봐도 맛있게 먹는 모습으로는 보이지 않았다. 그러나 마오마오가 내밀면 받아먹는다.

쵸우는 콧물을 훌쩍거리는 여동을 데리고 나갔다.

'못되게 굴긴 했네.'

진시는 그 미모 때문에 녹청관 안에서도 가급적이면 얼굴을 보이지 않으려 애쓰고 있다. 기녀들이 일할 때 지장이 간다면서 할멈도 그러길 원치 않는다.

따라서 식사를 날라 온 여동은 말 못하는 소녀였다. 그 빈민가 자매 중에서 동생 말이다. 동생은 몸을 팔지는 않으나 아버지에게 돌려보낼 수는 없었기에 녹청관에 두기로 했다. 그러나 할멈이 공짜 밥을 먹일 정도로 자비로운 인간은 아니었으므로, 여동 비슷한 일을 시키고 있다. 소녀는 몹시 겁 많은 성격이긴 하지만 아버지에게 돌아가긴 싫은 모양인지 열심히 일하고 있다.

골목대장 기질이 있는 쵸우는 그런 심약한 여동을 툭하면 감싸 주곤 했다. "내 부하니까 그렇지."라고 우기고는 있지만 글쎄, 사실이 어떤지는 아무도 모른다.

황충을 씹어 삼킨 진시가 또다시 마오마오를 쳐다보았다.

'알았어요, 알았어.'

마오마오는 다시 한번 죽을 숟가락으로 떠서 진시의 입으로 날라다 주었다.


"야, 주근깨."

진시가 가고 난 뒤, 여동을 달래 준 쵸우가 돌아왔다. 어째서인지 그 손에는 종이와 붓이 들려 있었다.

"그 종이는 어디서 났어?"

"아, 할멈이 줬어."

"그 인색한 할멈이 줬다고?"

할멈은 둘째가라면 서러운 수전노다. 종이 같은 고급품을 그리 쉽게 줄 리가 없다.

"준 건데 뭐 어때. 그보다 거기 앉아 봐."

"뭐? 왜?"

마오마오는 빨리 약방 청소를 하러 돌아가고 싶은 심정이었다. 그런데 이 꼬마가 고집을 부린다.

귀찮아서 손으로 휘휘 내저으려 하는데 뒤에서 말라비틀어진 목소리가 들렸다.

"쵸우 얘기 좀 들어줘라. 오늘은 여기서 자고 가. 집에 가서 불을 때는 것도 힘들 테고 말이야. 잠옷도 준비해 놨다."

"할멈, 왜 그래? 이상한 걸 보고 정신까지 이상해졌어?"

친절한 할멈의 모습에 마오마오는 저도 모르게 주둥이를 잘못 놀리고 말았다. 역시나 노파라고는 생각하기 힘든 속도의 주먹이 머리 위로 날아들었다. 이 망할 할멈은 무덤에 벌써 한 발 들어가 있는 늙은이 주제에 마오마오보다 키도 크고, 휘두르는 주먹에 담긴 위력은 한 번 얻어맞았다간 너무 아파서 저도 모르게 몸부림을 칠 정도다.

"됐고, 아까 그 방에 이불 깔아 놨다. 자기 전에 목욕도 하고 오도록 해. 아직 물이 따뜻할 테니까."

'영 수상한데.'

그렇게 생각하면서도 마오마오는 모처럼 준비해 준 게 아까워 그 방으로 들어갔다. 쿄우가 종이를 펼치고 할멈이 열심히 먹 준비를 했다.

'아무래도 수상해.'

어째서인지 바이링 언니와 죠카 언니까지 구경꾼으로 와 있었다. 오늘은 찻잎을 갈고 있나 보다. 다른 기녀들은 모두 손님 상대를 하고 있다.

"할멈, 향 피우러 안 가도 돼?"

"그건 우쿄한테 맡겨 놨다. 알아서 하겠지."

각자 할 일이 있을 텐데 도대체 왜 다들 여기 모여 있는 건가 했더니, 붓과 먹 준비를 마친 쿄우가 마오마오를 쳐다보고 있었다.

"뭐야?"

"주근깨, 어떤 남자를 좋아하는지 말해 봐."

"뭐?"

도대체 갑자기 무슨 소릴 하는 건지 어이가 없어진 마오마오는 바구니에 들어 있던 잠옷을 꺼내고, 따뜻한 물로 목욕할 준비를 했다. 하지만 할멈이 소매를 잡고 놔주질 않았다.

"그러지 말고 진지하게 말해."

"마오마오, 할멈 말을 거역하면 안 돼~"

바이링까지 거들고 있다.

죠카는 새침한 표정으로 곰방대를 피우고 있었다. 손님이 드나들 시간이긴 하지만, 이 방은 주위에 별로 알려지고 싶지 않은 사람들 전용으로 쓰는 방이므로 실수로라도 누군가가 들어올 일은 없다. 따라서 다소 무례하게 굴더라도 할멈도 아무 말하지 않는다.

"그래서 아무튼 어떤 남자가 취향이라는 거야? 키가 크다거나 몸이 근육질이라거나 그런 것 있잖아."

'귀찮아 죽겠네.'

"별로 안 큰 게 좋아."

"그래, 그래."

얌전히 대답하는 게 낫겠다는 생각에 마오마오는 할 수 없이 요 위에 앉았다. 추워서 발은 이불 속으로 집어넣었다.

"마른 것보다는 통통한 게 나아."

키가 너무 크면 조그만 마오마오는 고개가 아프다. 비쩍 마르면 집에서 못 얻어먹고 다니는 사람 같아 보여서 별로다.

"수염은?"

"있는 건 상관없는데 너무 짙은 건 싫어."

수염을 기르면 남자다워 보인다고들 하지만 아무래도 지저분하다는 인상이 강하다. 대체로 수염 손질을 게을리하는 인간들을 보면 가끔 밥풀이 묻어 있는 경우도 있어서 짜증이 난다.

"그럼 얼굴은?"

"날카로운 것보다 부드러운 게 좋아."

여우처럼 찢어진 눈 같은 건 안 된다. 진짜 최악이다. 나가 죽었으면 좋겠다.

"눈썹도 처지게 할까?"

"응, 그건 알아서 해."

"흐음, 그럼 이런 느낌인가?"

쵸우는 종이를 뒤집어 그린 그림을 보여 주었다.

"어머머, 좀 수수하네."

남성미 넘치는 근육질의 몸을 좋아하는 바이링이 말했다.

"세상 물정이라고는 하나도 모를 것 같은 얼굴이구만."

할멈도 별로 좋은 평가를 내려 주진 않았다.

"뭐야, 이게. 꽝이네."

죠카는 단칼에 잘라 말했다. 녹청관의 세 아가씨들 중 한 명 인 이 기녀는 기녀인데도 남자를 엄청나게 싫어하는, 아주 골치 아픈 성격을 갖고 있었다. 그러니 대부분의 수컷은 퇴짜를 맞는다.

그리고 마오마오도 그림을 바라보았다.

"……"

"왜 그러냐?"

아무 말 없는 마오마오를 향해 할멈이 물었다.

"아니, 너무 꼭 닮아서…."

"뭐? 마오마오, 혹시 너도 좋아하는 남자가 있었던 거야~?"

바이링은 들뜬 목소리로 물었지만 할멈의 표정은 시원찮았다.

뭐 따지자면 싫어하는 건 아니지만.

"어떤 남자지?"

"아니, 남자 이전에…."

환관이니까….

"후궁 의관을 꼭 닮았어."

돌팔이 의관과 똑같이 생긴 남자가 그려져 있었다.

"""……."""

맥 빠지는 마오마오의 대답에 모두 후딱 방을 나가고 말았다.

"뭐야, 시시하게."

연애 이야기로 꽃을 피우려던 바이링은 흥미를 잃자 제일 먼저 나가 버렸다. 그러면서 마오마오 쪽을 흘끔 쳐다보긴 했지만 마오마오는 못 본 척하기로 했다. 할멈도 재미없다는 표정으로 나가고, 쵸우는 욕실로 들어갔다.

마지막으로 남은 사람은 곰방대를 피우던 죠카뿐이었다.

죠카는 살며시 창을 열었다. 열린 틈새로 차가운 바람이 불어 들어왔다. 먹물을 뿌려 놓은 듯 시커먼 하늘에 반달과 드문드문 별이 떠 있었고, 그 너머로 남녀의 그림자가 비치는 창 몇 개가 보였다.

오늘 밤에도 이 창관에서는 여러 개의 사랑이 태어났다가 새

벽과 함께 사그라진다. 죠카가 곰방대를 피우며 마오마오를 바라보았다.

"네 마음도 이해는 돼. 남자란 건 언제 마음이 변할지 모르는 놈들인걸. 심지어 권력이 있는 남자라면 더더욱 그렇지."

죠카는 곰방대를 내려놓았다. 그 동작은 나른하지만, 그러면서도 아름다웠다. 죠카는 세 아가씨들 중 가장 나이가 어리고 재능이 많으며, 그 교양을 굉장히 아끼는 손님들도 많다. 죠카의 이야기를 따라갈 수 있다면 과거 시험에도 합격할 수 있다는 이야기가 나돌아, 죠카는 시험 운을 원하는 돈 많은 수험생들을 단골로 거느리기까지 했다.

"바이링 언니 같은 성격이라면 안 말리지. 그 언니는 마성의 여자니까. 하지만 넌 다르잖아. 바이링 언니도 걱정이 돼서 안달복달하고 있는 모양이지만 성격이 다르다는 걸 좀 알아줬으면 좋겠어. 마오마오, 넌 굳이 따지자면 내 쪽에 가깝지."

죠카가 무슨 말을 하는지 마오마오는 알았다. 아마 '그것' 이야기를 하는 모양이었다.

"마음이 변하지 않는 남자는 없어. 여기 있으면 싫어도 그 사실을 알 수밖에 없게 돼. 믿어 봤자 아무 소용도 없고."

죠카는 다시 곰방대를 집어 들고 속에 든 재를 조용히 털었다. 그리고 담뱃잎을 채운 뒤 화로에서 불씨를 옮겨 붙였다. 하얀 연기가 죠카를 감쌌다.

"어차피 난 기녀고, 넌 기녀의 딸이야."

그게 현실이다.

마오마오는 화로에 턴 재를 보고는 미간을 살짝 좁혔다.

"언니, 너무 많이 피우는 것 아니야?"

"됐어, 늘 이러는 것도 아닌데 뭐. 고지식하게 생긴 문관님네들은 여자가 담배 피우는 걸 싫어하거든."

손님이 없을 때 정도는 마음대로 하게 내버려 둬 달라며, 죠카는 하늘을 향해 담배 연기를 후우 뿜어냈다.

# 7 화 : 흰 뱀 선녀

그것은 어떤 손님의 이야기에서 시작되었다.

"어쩐지 요새 손님이 적더라니."

단정치 못한 자세로 누운 메이메이 언니가 바둑판에 돌을 늘어놓았다. 그 모습을 지켜보던 언니 직속의 여동이 고심하면서 돌을 놓았다. 진롱珍瓏*을 하고 있는 모양이었다.

"높으신 대신 나리들은 신기한 걸 좋아하니까."

죠카 언니가 그렇게 말하며 연기를 뿜어냈다. 마오마오는 언니들에게 부탁을 받고 뜸을 뜰 준비를 하는 중이었다. 둘 다 월경통이 심한 탓에 때때로 이렇게 뜸으로 자극하여 고통을 누그러뜨리곤 한다. 그래서 오늘은 둘 다 일이 없었다.

어제 메이메이가 바둑 상대를 해 주던 손님이 알려 주었다고

---

※진롱 : 묘수풀이 바둑.

한다. 녹청관의 세 아가씨보다 훨씬 진기한, 마치 선녀 같은 여자가 있다고 말이다.

"그래, 이제 우리는 나이가 많아서 필요 없다 이거지~ 옛날에는 그렇게 애간장이 녹아내릴 것처럼 보물 같고 곱다 예쁘다 해 주더니 말이야."

죠카가 내뱉듯 말했다. 마오마오는 "응, 그러게." 하고 맞장구를 쳐 주면서 죠카를 엎드리게 하고는, 피부 위에 약쑥을 올려놓고 불을 붙였다. "하아~" 하고 요염한 한숨과 함께 발가락 끝까지 힘이 들어가는 모습을 보면 아직 충분히 젊고 기운이 넘친다고 말해 주고 싶어진다.

"이야기를 듣자하니 머리카락이 완전히 새하얀 색이래. 그냥 그게 다라면 단순한 백발이라고 할 수 있겠지만. 글쎄, 눈까지 새빨갛다나 봐."

메이메이가 말했다.

'머리가 새하얗고 눈이 새빨간 색이라.'

그건 진기한 생김새라고 마오마오도 속으로 수긍했다. 그러면서 죠카 다음으로 메이메이에게 쓸 약쑥을 준비했다.

메이메이는 옷자락 사이로 늘씬한 다리를 내뻗었다. 마오마오는 옷자락을 태우지 않기 위해 조심스럽게 접어 올리고, 약쑥을 올려놓은 뒤 불을 붙였다.

"머리카락은 몰라도 눈이 빨갛다니, 그럼 백피증인가?"

"그런가 봐."

언니들이 고개를 끄덕였다. 바둑돌을 쥐고 있던 여동은 무슨 말인지 이해가 안 간다는 듯 마오마오의 소맷자락을 잡아당겼다. 얼마 전 진시가 황충을 먹는 모습을 보고 엉엉 울음을 터뜨렸던 바로 그 아이로 이름은 즈린梓琳이라고 한다. 언니도 비슷한 이름이었지만 아버지와 완전히 결별하기 위해 이름을 바꿀 예정이다. 어차피 바뀔 건데 뭐, 하고 마오마오는 외울 생각조차 하지 않았다.

마오마오는 귀찮다는 듯 눈을 가늘게 떴지만 즈린이 움찔하며 겁먹은 표정을 짓자 할 수 없이 입을 열었다.

"사람한테는 드물지만, 태어날 때부터 아무 색도 없는 애들이 있어. 머리카락도 피부도 하얗고, 눈은 그 속의 피가 비쳐 보여서 새빨간 색을 띠는 거야. 그런 녀석들을 보고 백피증*이라고 해."

동물 중에도 있다. 하얀 뱀이나 하얀 여우는 길하다고 여겨지며 신으로 모시는 경우가 많지만 그게 사람이라면 어떨까. 머나먼 이국에서는 하얀 피부를 지닌 아이들을 만병통치약이라고 여겨 잡아먹는 풍습이 있다고 한다. 하지만 그 이야기는 말도 안 되는 미신이다. 머리카락도 피부도 하얗지만, 원래 있어

---

※백피증 : 알비노.

야 할 색이 빠졌을 뿐이지 내용물은 무엇 하나 보통 사람과 다를 게 없다고, 마오마오는 아버지 뤄먼에게서 배웠다.

하얀 개체라면 마오마오도 딱 한 번 뱀을 잡아 본 적이 있는데, 그건 정말로 신기한 생물이었다.

이번에는 드물게도 선녀로서 추앙받고 있다고 한다. 흉조보다는 길조로 여겨진 모양이었다.

"높으신 분들도 조만간 질릴 거야."

"그게 말이야."

메이메이는 반대편 다리를 내밀며 말했다.

"정말로 선술을 쓴다나 봐."

그 말에 마오마오의 눈썹이 움찔했다.


그 선녀가 사용하는 선술이란 사람의 마음을 읽고, 금을 만들어 내는 힘이라고 한다.

의심스럽고 수상쩍기 짝이 없는 이야기였지만 신기한 것을 좋아하고 돈 씀씀이가 헤픈 사람들은 쉽게 단골이 된다고 한다. 처음에는 그냥 작게 천막을 쳐 놓고 선술을 보여 주던 것이 지금은 도성의 번듯한 극장까지 빌렸다니 말이다.

하룻밤에 한 번만 열린다는 그 구경거리에 부자들이 전부 모여드니 유곽의 기녀들이 불만을 품게 되는 것도 당연한 일이다. 손님이 오랜만에 왔나 싶으면 그 신비롭고 환상적인 선녀의 용모를 칭송하고, 그 능력을 숭배하는 말만 늘어놓으니 기분이 좋을 리가 없다.

평소보다 소득이 2할은 줄어들자 할멈도 곰방대만 탕탕 내리치고 있는 형편이다. 중급 기녀들의 손님은 크게 다를 바 없지만 녹청관은 고급 창관이다. 상급 손님이 오느냐 안 오느냐에 따라 가게의 매상이 크게 좌우된다.

"구경거리라면 한 번 보면 그만 아닌가?"

"글쎄 그게 아니라던데."

마오마오의 혼잣말에 남자 하인 우두머리인 우쿄가 반응했다. 마흔 직전의 이 남자는 최근 들어 쵸우와 사젠을 돌보느라 고생이 많다. 야간 영업을 알리는 사방등을 올리기 전 겨우 한숨 돌리고 있는 모양인지, 늦은 점심 대신 커다란 고기만두를 먹고 있었다.

마오마오가 재탕한 차를 내주자 우쿄는 "고맙다." 하고 잔을 받아 들고는 차를 꿀꺽꿀꺽 마셨다.

"연단술錬丹術이라고, 알고 있지?"

"이제 와서 무슨?"

연단술이란 불로불사의 신선이 되는 약을 만들고자 하는 기술이다. 아버지에게서 처음 그 이야기를 들었을 때 당연히 마오마오도 눈을 반짝였다. 하지만 아버지가 이야기를 해 주고 나서 바로 으름장을 놓았던 말 역시 기억하고 있다.

"그런 짓은 따라하지도 말거라."

뤄먼은 그렇게 말했다. 그런 종류의 술법이란 매우 수상한 사기나 다름없기 때문이다.

"불로불사의 힘에 조금이라도 덕을 보고 싶어서 그러는 건가?"

"그런 거지. 그리고 생김새도 신기하다고 하고, 심지어 사람의 마음까지 읽을 수 있다니 말이야."

"아하."

수상쩍게 여기면서 찾아왔던 높으신 분들은 단번에 자신의 마음을 읽혀 버리고서 무슨 생각을 했을까. 바보 취급하며 무시하던 만큼, 그 생각이 뒤집혔을 경우 오히려 신앙의 형태로 바뀌어 버릴지도 모른다. 그리고 불로불사의 약이라는 게 실재한다고 믿게 된 게 아닐까.

'그런 멍청한 일이 진짜 벌어지고 있단 말이야?'

마오마오는 불사의 약을 연구하다가 죽음에서 되살아나는 약을 만들어 낸 사람을 알고 있다. 의관으로서는 유능했다고 하지만, 지금은 그 부작용 때문에 옛 모습은 그림자도 남아 있지 않다.

마오마오는 주먹을 불끈 부르쥐었다. 그 의관의 지식이 있었다면 더 확실한 황해 대책법을 세울 수 있었을 텐데, 하고 안타까워해 봤자 소용없다는 사실은 잘 알고 있다. 재해는 아직 진행 중이다. 이제부터 어떻게 하느냐에 따라 추이가 바뀔 수도 있다.

진시와 그 주변 사람들은 앞으로 일어날지도 모르는 재해의 대책을 세우느라 머리를 쥐어짜고 있는데, 다른 높으신 분들은 참 태평하기도 하다는 생각에 마오마오는 한숨을 내쉬었다.

하지만 마오마오는 그 술법이라는 게 신경이 쓰였다.

"그러니까 그 선녀라는 여자가 불로불사의 약을 미끼로 손님들을 끌어들이고 있단 말이야?"

"거기까진 나도 모르지. 난 그냥 관리들을 따라온 시종들이 하는 이야기를 얼핏 들었을 뿐이니까."

우쿄는 남은 만두를 입 안에 쏙 집어넣고 찻잔에 남아 있던 차를 마셨다. 이제 사방등에 불을 켤 시간이 된 모양이었다.

"궁금하면 가 보지그래?"

"그렇게 비싼 구경거리를 무슨 돈으로 보라고?"

"그럼 부탁하면 되잖아."

우쿄는 재주 좋게 오른쪽 눈만 끔뻑하고는 후딱 가 버렸다.

'누구한테?'

마오마오는 쳇, 하고 투덜거렸다.

'그렇게 한가한 인간이 어디 있어.'


그로부터 며칠 후, 뜻밖의 인물이 찾아왔다.

"예상 못 했던 녀석이 왔는걸."

우쿄가 턱을 문지르며 말했다. 최근 아이 돌보는 일이 잦았기 때문에 우쿄는 낮에 녹청관에 있는 경우가 많다. 우쿄는 손님을 마오마오에게 안내해 주고는 재빨리 원래 일터로 돌아갔다.

"고르고 골라 하필이면 그쪽 방면인가?"

"그건 좀 실례되는 말 같은데."

목소리의 주인은 몸집 작은 남자였다. 동그란 안경에 여우눈, 그리고 주판을 들고 있다. 이름은 라한이라고 한다. 이름을 보면 알 수 있듯이 라 일족의 일원이다. 괴짜 군사의 조카이며, 양자이기도 하다. 라한이 약방을 찾아온 건 문제의 구경거리에 마오마오를 데려가기 위해서였다. 심지어 동행까지 데려왔다.

"구경거리에 관심이 있는 줄은 몰랐는데."

미지근한 재탕 차를 형식적으로나마 내놓으며 마오마오가 말했다.

"나도 남들이 그렇게 관심을 갖는 게 도대체 뭔지 궁금하지 않을 리가 없잖아."

안경을 쓱 치켜 올리며 말하는 몸집 작은 남자 옆에는 생글생글 웃는 낯선 남자가 함께 있었다. 서른이 채 되지 않아 보이는 정도로, 온화한 생김새에 선이 가는 얼굴을 가진 부드러운 미남자였다. 마오마오는 남자를 향해 가볍게 고개를 숙이고, 라한과 대화를 이어 갔다.

"그 백피증 선녀라는 게 상당한 미녀라던걸."

이 남자는 아름다운 것이라면 혼이 쏙 빠지는 인간이다. 하지만 평범한 남자들의 눈과 다르게, 그 아름다움이 숫자로 보인다고 한다. 괴짜의 양자는 역시나 괴짜였다.

"그래서 나하고 그 구경을 가겠다고?"

"너도 궁금하잖아?"

그 점은 부정할 수 없다. 하지만 마오마오를 꼬드겨 데려가는 게 도대체 이 남자에게 무슨 이득이 될까. 마오마오는 좌우를 둘러보았다.

"아버님은 안 오셨다. 그분은 안 가실 거야."

자신을 미끼 삼아 괴짜 군사의 환심이라도 사려는 줄 알았더니.

"진짜야?"

"그 부하라면 따라왔지만."

라한은 옆에 서 있던 청년 쪽을 쳐다보았다. 마오마오는 저도 모르게 얼굴을 찌푸리고 말았다.

"그런 표정 짓지 마십시오."

청년은 진심으로 상처 받은 얼굴이었다.

"라카…."

청년은 이름을 부르려 했으나 마오마오의 표정을 읽은 듯 에

헴, 하고 헛기침을 했다.

"군사님이라고 부르면 문제없겠지요?"

마오마오의 표정이 똑바로 바라볼 수 있는 정도까지 누그러진 모습을 보고 청년은 안도의 한숨을 내쉬었다.

"저는 군사님의 부하인 리쿠손陸孫이라고 합니다."

"…마오마오입니다."

"알고 있습니다."

마오마오는 라한을 물끄러미 쳐다보았다. 왜 괴짜 군사가 직접 안 오고 부하를 보냈느냐는 의문이 담긴 시선이었다. 곱슬머리 안경은 양손을 벌렸다.

"그게, 아버님께서는 한동안 저택 밖으로 나오시지 않을 것 같아서 말이야."

라한이 다소 난감한 표정으로 말했다.

"흐응…."

의미심장한 말투이긴 했지만 깊이 캐물어 봤자 마오마오에게 이득이 될 건 없다.

"그래서 나를 데려가려는 이유는?"

라한이 이해관계 계산 없이 자신을 데려가려 할 리가 없다. 이 남자는 마오마오가 아는 한, 녹청관 할멈 다음가는 수전노다.

"이번에 서방과의 거래가 있을 예정인데, 그때의 여흥으로 그 백피증 선녀 패거리를 데려갈까 생각하고 있어."

"그래서…?"

"그쪽 내빈 중에 여성도 있어서, 여성 입장에서 본 의견을 좀 들어 두고 싶은데."

"거짓말 하고 있네."

마오마오는 바로 대꾸했다. 옆에 리쿠손이 있거나 말거나 알 바 아니었다. 괴짜 군사의 부하에게 신경을 쓸 생각은 애당초 없었다.

라한은 일부러 그러는 것처럼 두 손을 펼쳐 보였다. 솔직히 아주 아니꼬운 동작이었다. 마오마오가 부정할 거라는 사실을 알면서 한 말이었으리라.

"사실은…."

리쿠손이 끼어들었다. 다소 난감한 표정을 짓고 있는 걸 보니, 뭐라고 설명해야 좋을지 고민이 되는 모양이었다.

"저어… 제 상사, 군사님께서 그 점이 궁금하시다고…."

지나가는 말처럼 중얼거렸다고 한다.

"그게 전부인가요?"

그 말이 마음에 걸렸던 리쿠손은 그 예인들에 대해 조사해 보았다고 한다. 괴짜 군사가 하는 말에 큰 근거는 없었다. 있다면 그 남자의 요괴 뺨치게 날카로운 감뿐이지만….

"신경 쓰이는 소문을 하나 들었습니다."

리쿠손은 차분한 표정으로 소문에 대해 이야기했다.

'귀찮은 일만 아니었으면 좋겠는데.'

마오마오는 그렇게 생각하며 웃옷을 걸쳤다. 옷 가게에서 공짜로 얻어 온 그 옷은 매우 질 좋은 솜옷이었다. 색이 좀 요란하긴 하지만 그냥 주는 물건을 안 받기는 아깝다. 그리고 받아서 안 입는 것도 아까운 일이다.

따뜻하게 입고 밖으로 나가 보니 마차가 기다리고 있었다.

밖은 벌써 어두워져 있었고, 하늘에서는 함박눈이 펑펑 내렸다. 쵸우에게 사정을 다 말하면 자기도 데려가라고 졸라 댈 게 뻔했으므로, 데려가서 저녁밥을 먹이도록 우쿄에게 맡겨 놓았다.

"그럼 가시지요."

리쿠손이 정중하게 마차 문을 열어 주었다. 마치 어느 나라 공주님을 대하는 태도 같았다.

마차 안에는 라한이 앉아 있었다. 평소와 안경이 다른 걸 보니 자기 나름대로 멋을 부린 모양이었다.

리쿠손이 라한 옆에 앉자 마부가 말고삐를 쥐었다.


선녀가 있다는 극장은 도성 중앙에서 약간 동쪽으로 치우친 곳에 있었다. 상점들이 늘어선 도성 안에서도 가장 번화한 장소였고, 고급 주택지에 가까운 위치였다. 평소에는 연극을 중심으로 상연하는 이 극장에서 선녀의 단독 공연이 열린다니 참 신기한 일이었다.

'아무래도 속세에 찌든 선녀 같단 말이야.'

선녀는 용모 때문에 바이냥냥白娘娘이라고 불리고 있다[*]. 일개 떠돌이 예인에게는 지나치게 과장스러운 이름이었다.

마차에서 내리자 눈앞에는 이미 수많은 사람들이 줄을 서 있었다. 접수 담당 남자가 돈을 받고 사람들을 안으로 쭉쭉 들여보내는 중이었다.

"뭐야, 이게?"

마오마오는 저도 모르게 중얼거렸다. 손님들은 하나같이 부유한 차림새였는데, 그 얼굴에는 기묘한 가면이나 면사를 쓰고 있었다. 맨얼굴을 드러낸 사람은 손가락으로 꼽을 수 있을 정도밖에 되지 않았다.

라한은 마오마오의 머리에 촉감 좋은 면사를 씌웠다. 그리고 라한과 리쿠손, 호위로 따라온 험상궂은 남자까지 각자 얼굴을 반 정도 가리는 가면을 썼다.

"너무 저속한 취미라고 다들 생각하고 있는 거지. 서로 얼굴을 모르는 척할 수 있는 소품이 있어야 매사가 원활하게 돌아갈 수 있는 거야."

---

※바이냥냥(白娘)의 이름에 들어가는 한자 중 娘娘은 '귀부인'을 칭할 때 사용한다.

부자나 높으신 분들이 이런 구경거리를 보러 온다는 것 자체가 너무 경박한 모습으로 비칠 수 있다는 말일까. 아니면 이 또한 축제의 여흥 같은 걸까. 마오마오는 그 수상쩍은 분위기에 압도당할 것만 같았다.

'출자자가 붙었군.'

입장료 액수를 보아하니 이렇게 거창한 극장을 빌리기는 어려울 듯했다. 대부분의 경우 연극을 상연할 때도 출자자가 붙기 마련이니, 예인 극단이라면 더더욱 그럴 것이다. 마오마오가 알아차릴 수 있는 일을 라한이 모를 리가 없다. 라한은 주위를 두리번거리며 머릿속 주판알을 튕기고 있었다.

극장은 안쪽 깊은 곳에 무대가 있고, 그 앞에 탁자가 수십 개 놓여 있었다. 2층에서도 내려다볼 수 있도록 천장이 2층까지 뚫려 있다. 따라서 한 번에 백 명 이상의 관객이 들어올 수 있으리라.

구조만 봐서는 차라리 후궁에 있던 건물에 더 많은 사람이 들어갈 수 있을 것 같지만, 이곳 극장은 전원이 무대를 볼 수 있게끔 설계되어 있다. 그만큼 기둥이나 난간에 새겨진 문양이 세밀하고 아름다웠다.

천장에 커다란 사방등이 드리워져 있었고, 일행은 그 빛에 의지하여 어둠침침한 공간 안을 걸어갔다.

마오마오가 앉은 장소는 무대에서 볼 때 두 번째 줄 왼쪽 자리였다. 맨 앞줄 한가운데 자리에는 풍채 좋은 남자가 젊은 여자를 끼고 앉아 있었다.

"중앙 자리가 인기가 많아. 가격도 쓸데없이 비싸지."

라한은 불만스러운 눈치였다. 지금 이 자리도 상당히 비쌌음이 분명하다. 수전노인 라한 입장에서는 꽤 큰 출혈을 감수했으리라.

탁자는 4인용이었으므로 세 사람과 함께 호위가 앉으면 딱 맞는다.

"아니, 더 뒷자리였어도 괜찮았을 텐데요."

리쿠손이 말했다. 하기야 좋은 자리를 잡으면 그 자리에 앉은 사람의 권력과 재산이 어느 정도인지 너무 상상하기 쉬워진다. 얼핏 보아하니 중앙 자리를 차지한 남자는 남아도는 게 돈밖에 없는 벼락부자로밖에 보이지 않았다. 그러고 보니 최근 들어 유곽에서 잘난 척하며 떵떵거리고 돌아다니는 무역상이 저렇게 생기지 않았던가.

자리에 앉자, 금세 상냥한 미소를 띤 하녀들이 술잔을 날라 왔다. 안주로는 구운 과자가 대접되었다. 희한한 조합인걸, 하고 마오마오는 생각했다.

마오마오는 잔 내용물의 냄새를 킁킁 맡아 보았다.

"술인데, 안 마시나?"

술은 좋아한다. 하지만 지금은 또렷한 정신으로 그 바이냥냥이라는 여자를 봐 두고 싶었다.

"나중에 마실 거야. 그런데 독 시식은 안 해도 되나?"

"아니, 됐다."

라한도 마오마오를 따라하듯 술잔을 탁자에 내려놓았다. 괴짜 군사와 마찬가지로 이 녀석 역시 그리 술이 세지 않다. 리쿠손은 그 모습을 보고 술잔에 아예 손도 대지 않았다.

"마시지?"

"아뇨, 저 혼자 추태를 보일 수는 없지요."

호위는 당연히 술잔을 집어 들지 않았다. 가리지 않은 입꼬리에서 상당히 아쉬워하는 표정이 엿보였다.

주위를 보아하니 잔에 든 그 술은 상당히 맛이 좋은 모양이었다. 다과도 술에 잘 어울리는지, 집어 먹고 있는 사람들이 보였다. 신경 쓰지 말고 그냥 마시고 싶으면 마시지, 하고 생각하면서 마오마오는 무대 쪽으로 시선을 돌렸다.

어두컴컴한 실내에 하얀 안개가 퍼졌다. 그리고 징 소리와 함께 무대 안쪽에서 반짝이는 빛을 내뿜으며 주역이 등장했다.

하얀 옷에 하얀 피부, 그리고 하얀 머리를 묶지 않고 뒤로 풀어 내린 소녀였다. 그 새하얀 색채 속에서 붉게 물든 입술과 두 눈동자만이 유난히 눈에 띄었다.

징 소리가 계속 울려 퍼지는 가운데 바이냥냥은 무대의 중앙으로 걸어가 섰다. 거기에는 아름다운 탁자 하나가 준비되어 있었다. 소녀는 그 앞에 서서 탁자 위에 미리 준비되어 있던 종이를 집어 들고 관람객들에게 보여 주었다. 거기에는 지금 소녀가 서 있는 무대와 관객석 탁자의 배치도가 그려져 있었다.

그때 단상에 흰 옷을 입은 남자가 나타났다. 머리카락은 검지만 그 외의 다른 모든 부분은 바이냥냥에 준하는 차림새였기 때문에 소녀의 부하라는 사실을 금방 알 수 있었다. 남자는 소녀에게서 그 배치도를 받아 들고 단상 벽에 붙였다. 그리고 그것을 향해 무언가를 던졌다.

투척 무기의 일종으로 보이는, 가늘고 긴 모양새의 그것은 종이를 뚫고 벽에 박혔다. 벽은 소품으로 만들어 놓은 종이 벽이었기 때문에 날카로운 무언가가 쉽게 박히게끔 되어 있었다.

"자, 이 자리에 앉은 손님은⋯."

종이에 구멍이 뚫려 있었다.

그곳은 대략 왼쪽, 앞에서 두 번째 자리였다.

"여기네."

"여기로군요."

한마디로 마오마오 일행이 앉아 있는 좌석이라는 뜻이다.

"어쩌지?"

"글쎄요, 딱히 뭐⋯."

라한은 큰 관심이 없는 듯했다. 리쿠손도 이런 일 때문에 법석을 피우는 성격은 아닌 듯했고, 호위는 그냥 호위일 뿐이다.

"네가 나갔다 오지그래."

라한이 마오마오를 가리키며 말했다.

"가까이서 볼 수 있는 기회잖아."

"……"

어떻게 할까 고민했지만 모처럼 온 기회였기에 마오마오는 승낙했다.

"그럼 다녀오겠습니다."

마오마오는 단상으로 올라갔다.

희미하게 흔들리는 사방등 불빛 아래에서 바이냥냥은 한층 더 휘황찬란하게 빛났다. 지나치게 하얀 그 피부는 투명해서 핏줄이 비쳐 보일 정도였다. 백분으로 희게 칠한 것과는 전혀 다르다는 사실을 충분히 알 수 있었다.

"좋아하는 숫자를 하나 적어 주시겠어요?"

꺼질 듯 가느다란 목소리가 들렸다. 그것을 보충하듯 옆에 있던 남자가 같은 말을 커다란 목소리로 반복했다.

"제게 보이지 않도록 쓰시고, 아무도 보지 못하도록 작게 접어 주세요."

바이냥냥과 남자는 뒤를 돌아보았다. 그사이 마오마오는 받은 종이에 붓으로 가볍게 숫자를 적었다. 붓에는 미리 먹물을 듬뿍 묻혀 놓았기에, 쓰기가 조금 불편했다. 쓰는 느낌이 썩 좋지 않은 걸 보니 그리 좋은 먹을 사용하지는 않는 모양이었다.

탁자에 먹물이 묻지 않도록 받침이 깔려 있었다.

'먹 좀 똑바로 갈아 놓지.'

왠지 까끌까끌한 느낌이 들었다. 이상한 부분이 자꾸 신경 쓰였다.

숫자를 다 쓴 마오마오는 종이를 작게 접었다.

"다 됐는데요."

그렇게 말하자 바이냥냥과 남자가 뒤를 돌아보았다. 남자는 무슨 짐수레 같은 것을 덜컹덜컹 밀고 왔다. 대신 방금 그 탁자는 무대 뒤로 내려갔다.

수레에는 기묘한 통이 바닥에 여러 개 꽂혀 있는 상자가 실려 있었다. 세로로 열 줄, 가로로 열 줄이니 도합 백 개다.

"그 종이를 원하시는 통 속에 넣어 주시겠어요?"

그렇게 말하고 나서 바이냥냥과 남자는 다시 등을 돌렸다. 일부러 뒤로 돌지 않아도, 관객석에서도 무대에서도 보이지 않을 텐데 말이다.

마오마오는 종이를 더 작게 접어 그 통 속에 쑤셔 넣었다. 종이는 부드러웠지만 쑤셔 넣을 통의 폭이 너무 좁아서 다소 애를 먹었다. 쑤셔 넣어진 종이는 통 속에 꽉 들어찼다. 도로 꺼낼 때 고생할 텐데.

다 넣고 난 뒤에는 상자 위로 얇은 천을 덮어, 보이지 않도록 했다.

그러자 남자가 다시 그것을 이동시켰다. 통으로 꽉 찬 상자를 무대 위 한구석에 있는 다른 탁자 위에 올려놓은 것이다. 천은 얇고 가벼워서 하늘하늘 흔들렸다.

"다 됐어요."

그 말이 떨어진 순간 또다시 징 소리가 뎅~ 하고 울려 퍼졌다. 저도 모르게 움찔 놀라며 눈을 크게 뜬 마오마오는 자신이 얼굴에 면사를 쓰고 있어서 다행이라고 생각했다.

바이냥냥은 생긋 웃으며 손을 내밀었다.

시키는 대로 마오마오가 손을 내밀자 하얀 손이 마오마오의 손목을 잡았다. 이번에는 짤그랑짤그랑 방울 소리가 들렸다. 바이냥냥은 마오마오를 물끄러미 바라보았다.

'아, 이 사람….'

마오마오는 바이냥냥이 눈이 나쁜 사람이라고 느꼈다. 때때로 눈동자가 이상하게 움직였기 때문이다. 그러고 보면 눈동자에 색소가 없으니 다른 사람에 비해 일상생활이 좀 부자유스러울 것이다.

'힘들겠네.'

그렇게 생각하고 있는데….

"종이에 쓰여 있는 숫자는 '七(칠)'이군요."

바이냥냥이 말했다.

"?!"

"정답이네요."

붉은 입술에 웃음이 싱긋 드리워졌다. 그 붉은 눈동자까지 더해져, 마오마오는 옛날에 잡았던 하얀 뱀을 떠올렸다.

붉은 눈과 하얀 가죽을 갖고 있던 그것을 꼬치에 꿰어 구우려던 마오마오는 아버지에게서 야단을 맞았다. 아버지는 신의 사자니까 그런 짓을 하면 안 된다고 했지만, 사실은 그렇지 않다는 사실을 마오마오는 알고 있었다. 신과는 아무 상관없이 그냥 하얀 가죽을 갖고 있을 뿐인데도, 아버지는 가끔 그런 윤리관을 들이대곤 하니 곤란했다.

마오마오가 그 붉고 동그란 눈동자 속으로 빨려 들 것 같은 기분을 느끼고 있는데 다시 징과 방울 소리가 울렸다.

주위에 안개가 끼어 있기 때문인지 묘하게 덥고 머리가 아팠다. 귀 주위에 모기가 맴도는 듯한 감각에 문득 짜증을 느끼고 있는데 바이냥냥이 다시 입을 열었다.

"위에서 세 번째, 왼쪽에서 두 번째."

"……."

"어때요?"

남자가 천을 걷고 상자 속을 관람객들에게 보여 주었다. 그리고 그 가운데 위에서 세 번째, 왼쪽에서 두 번째에 있는 통을 꺼내 그 속에 가느다란 막대기를 집어넣었다.

그러자.

통 속에 쑤셔 박혀 있던 종이가 떨어졌다. 가늘게 접혀 있는 그 종이를 남자가 펼치자, 종이에는 또렷하게 '七(칠)'이라는 숫자가 적혀 있었다. 말할 필요도 없이 마오마오가 쓴 종이였다.

도대체 어떻게 된 일일까 생각하며 마오마오는 자리로 돌아갔다. 주위에서는 환성이 울려 퍼졌다. 다들 얼근히 취했는지 목소리들이 명랑했다.

하지만 라한 일행은 가만히 앉아서 마오마오가 돌아오기만을 기다리고 있었다.

"이봐, 도대체 뭐가 어떻게 된 거야?"

"글쎄, 나도 잘···."

라한이 흥미진진한 표정으로 물었다.

"혹시 너한테 돈이라도 몇 푼 쥐여 준 것 아니야?"

"내가 당신이야?"

"나도 그런 수작에는 안 넘어가. 아름답지 못한 짓이라고."

돈을 좋아하는 주제에, 그런 행위의 미추를 따지는 이 남자의 기준을 마오마오는 통 알 수가 없었다. 하지만 옆에 앉은 리쿠손이 웃고 있었다.

"아무것도 안 받았어."

마오마오는 손바닥을 펼쳐 보이고, 소매도 뒤집어서 보여 주며 돈을 받지 않았다는 사실을 해명했다.

"누가 몰래 봤나?"

"아무도 못 봤을 텐데."

무대 위에는 바이냥냥과 남자 조수밖에 없었다. 글자를 본 사람도 없을 테고, 어느 통에 넣었는지 역시 상자 위로 천을 뒤집어씌웠기 때문에 알 수 없을 터였다.

'혹시….'

마오마오는 문득 무대 위를 바라보았다. 천장에는 사방등이 매달려 있고, 거기에 달린 붉은 술이 흔들렸다.

혹시 거울이 있었다면 마오마오가 쓴 글자를 볼 수 있지 않았을까 생각했지만 그렇지는 않았다. 천장에 그럴 만한 물건을 설치하기는 어려워 보였고, 무엇보다 그것을 보려면 거울이 필요하다. 그토록 안개를 자욱하게 피워 놓았으니, 시야도 어두컴컴한 데다 거울도 흐릿해질 수밖에 없다. 만일 구리거울이 아니라 이국에서 건너 온 고급 거울을 사용한다 해도 잘 보이지 않을 것이다.

무엇보다 바이냥냥은 눈이 나빠 보였다. 한 치 앞조차 뿌옇게 보일 터였다.

그렇다면 도대체 어떻게 한 걸까 고민하고 있는데 다음 순서가 시작되었다. 단상에는 다양한 도구들이 실려 있는 새로운 탁자가 날라져 왔다.

바이냥냥은 그중 작고 얇은 금속 조각을 젓가락으로 집어 들고, 그것과는 별개로 다른 접시를 손에 들었다.

남자 조수가 금속 조각과 접시를 받아 들고 쟁반에 담아 온 극장 안을 돌아다니며 보여 주었다. 금속 조각은 반짝반짝 닦아 놓은 평범한 구리 조각으로밖에 보이지 않았다. 접시의 내용물은 무슨 액체였는데, 흘러넘치지 않도록 접시가 움푹 파여 있었다.

아무래도 2층까지 돌 여유는 없었는지 위층에서 불만스러운 목소리가 드문드문 들려왔다. 하지만 이것 역시 좌석 가격의 차이이기 때문에 어쩔 수 없는 일이다.

바이냥냥은 돌아온 남자에게서 금속 조각과 접시를 받아 들었다. 그리고 금속 조각을 접시 속에 넣고, 어느샌가 준비되어 있던 불 위에 그 접시를 올려놓았다. 바이냥냥은 무슨 주문 같은 것을 읊으며 춤을 추기 시작했다. 안개가 자욱하고 어두컴컴한 실내에서 바이냥냥의 전신은 반짝반짝 빛나는 듯 보였다.

춤이 끝나자 바이냥냥은 젓가락을 들고 속에 들어 있던 금속 조각을 집어서 보여 주었다.

'색이 변했네.'

금속은 불그스름한 구리색에서 은색으로 바뀌어 있었다. 가까이 있던 사람들이 "오오!" 하고 환성을 질렀다.

"동에서 은으로 바뀌었다!"

"정말이야?!"

멀리 있던 사람들에게는 보이지 않았지만, 그래도 다른 사람들의 반응을 보고는 앞으로 계속 밀려왔다. 무대에 올라가는 일만은 호위들에게 제지당했지만, 그래도 그만큼 다가오면 보일 터였다.

바이냥냥은 무슨 액체 같은 것으로 금속 조각을 씻고, 천으로 물기를 닦았다. 그리고 이번에는 그 조각을 직접 불에 들이댔다.

환성이 더욱 커졌다.

"은이 금이 됐잖아!"

은색은 반짝이는 금색으로 바뀌었다.

바이냥냥은 그것을 젓가락으로 집어서 흔들어 열기를 식힌 뒤 접시 위에 올려놓았다. 금색으로 빛나는 판을 남자가 사람들에게 잘 보이도록 내보이며 돌아다녔다.

"…이건 설명할 수 있나?"

라한이 안경을 닦으며 물었다. 마오마오는 입가에 히죽거리는 미소만 지었다.

"나중에. 지금은 여흥을 좀 즐기고."

마오마오는 눈을 반짝반짝 빛내며 말했다. 솔직히 무대에서 눈을 떼기가 아깝다고 느껴질 정도였다. 라한의 앞에만 있으면 자꾸만 유곽에서 쓰던 말투가 튀어나온다. 리쿠손 앞에서 쓰기에는 다소 이상한 말투일 수도 있지만 어차피 그 괴짜의 부하이기 때문에 굳이 신경 쓸 필요는 없겠다고 마오마오는 결론을 내렸다.

그보다.

'이거 재밌네.'

마오마오는 진기한 술법을 하나도 놓치지 않기 위해 눈을 깜빡이는 것도 잊고 열중해서 보았다. 만일 바이냥냥이 진짜 선녀가 아니라 해도, 그만큼의 가치는 있는 구경거리였다.

그 후로도 바이냥냥은 흥미로운 구경거리를 다양하게 보여주었다. 젖은 돌을 종이 위에 올려놓고 거기에 주문을 걸면 눈 깜짝할 사이 불꽃이 피어오르는 일도 있었다.

아무것도 없는 곳에서 나비가 튀어나왔나 싶더니, 그것이 날아서는 불이 붙어 재가 되어 사라져 버리기도 했다. 모든 구경거리들이 하나같이 관객의 환성을 불러일으켰다. 그리고 마지막에는….

바이냥냥이 반짝이는 은색 액체를 가지고 왔다. 신기한 그 액체에 모든 사람들이 주목하는 가운데 바이냥냥은 그것을 작은 잔에 넣고 훌쩍 마셔 버렸다.

"?!"

마오마오는 하마터면 자리에서 벌떡 일어날 뻔했다. 간신히 참긴 했지만, 엉거주춤 일어선 자세로 바이냥냥을 응시했다.

"오늘 밤 공연도 즐거우셨나요?"

바이냥냥은 미소를 지으며 무대에서 내려갔다.

아직 열기가 식지 않은 극장 안에서는 관객들이 방금 일어난 일들에 대해 즐겁게 떠들어 대고 있었다. 어떤 이는 활활 타오르는 눈동자로, 또 어떤 이는 숭배라도 하듯이 선녀가 있던 장소를 바라보았다.

하지만 마오마오 일행만은 그렇게까지 흥분하지 않았다. 술을 마시지 않은 게 원인이었는지도 모른다.

"심상치 않은 느낌이 드는군요."

리쿠손이 그제야 술잔으로 손을 뻗었다.

마오마오는 저도 모르게 그 손을 막았다. 리쿠손이 의아한 표정으로 쳐다보았다.

"왜 그러시죠?"

"그게⋯."

마오마오는 자기 앞에 놓여 있던 술잔을 집어 들고 냄새를 맡은 뒤, 피부 위로 한 방울을 떨어뜨렸다. 그리고 반응을 보고 나서 혀끝으로 살짝 핥아 맛을 보았다.

"⋯뭔가가 섞여 있는 것 같습니다."

주정은 얼마 되지 않는다. 과일 음료에 가까운 형태였기에 마시기는 편했으나, 그것과 별개로 뭔가 아주 복잡한 맛이 희미하게 났다. 여러 종류의 혼합물이 섞여 있는 듯했다. 소금이 약간 들어 있다는 사실은 알 수 있었다.

"독은 아니지만….”

하지만 주정이 얼마 들어 있지 않은 데 비해 취기가 빨리 돌게끔 되어 있었다. 그게 전부였다.

게다가….

살랑살랑 흔들리는 사방등. 어둑어둑한 실내. 신비로운 안개와 환상적인 선녀. 눈앞에서 펼쳐지는 불가사의한 현상.

'이것 참….’

누군가를 맹신하게 만들기에는 충분한 환경이 아닐까. 그리고 이 극장 안 사람들 중 몇 할이나 그 의도에 걸려들었을까. 마오마오는 고개를 갸웃거리며 술을 홀짝홀짝 마셨다.

'아무래도 좀 짭짤해.’

소금은 안 넣는 게 낫겠다고 생각하던 바로 그 순간이었다.

"?!”

마오마오는 술잔 속에 손가락을 담갔다가, 마치 먹물에 찍어 글씨를 쓰듯 그 손가락을 탁자 위에 문질렀다.

"뭐 하는 거지?”

"이런 거였군.”

라한의 물음에는 대답도 하지 않고, 마오마오는 주위를 둘러보았다.

'그게 이거라면, 거기에도 무슨 속임수가 있을 텐데.’

마오마오는 무대 위에 서 있을 때 주위를 더 자세히 둘러봐

둘 걸 그랬다고 후회했다. 거기엔 뭐가 있었을까.

무대는 안개가 다른 곳보다 짙게 끼어 있었고, 덥고, 머리가 아프고, 자꾸만 집중력이 끊어졌다.

'안개….'

아마 그것은 습기가 아니었을까. 무대 뒤에서 증기를 내뿜고 있었던 거라면, 그렇게 더웠던 이유도 이해가 간다.

그렇다면 머리가 아팠던 건 왜일까. 마치 귓가에서 모기가 윙윙거리는 듯한 감각이었다. 그건 대체 뭐였을까.

'응?'

혹시…? 하고 생각하고 있는데 무대 안쪽에 바이냥냥이 흘끗 보였다.

마오마오는 입에 손가락을 대고 입술을 오므려 바람을 후 불었다.

"휘파람은 왜 부는 거야? 환호치고는 너무 저속한데."

라한이 눈을 가늘게 뜨고 마오마오를 쳐다보았다.

그렇게 큰 소리로 분 건 아니었다. 주위가 웅성웅성 시끄러우니 그리 멀리까지 들리지도 않을 휘파람 소리였다. 그런데도 바이냥냥은 어깨를 움찔하며 주위를 둘러보는 듯했다.

'아아, 그랬구나.'

마오마오는 씩 웃으며 안주로 나온 구운 과자로 손을 뻗었다.

밖은 추웠다. 녹청관으로 돌아가서 이야기를 할 수도 있겠지만 라한을 비롯한 세 사람은 도대체 무슨 일이 있었는지 빨리 알고 싶은 눈치였다. 그래서 일행은 어디 밥집에라도 들어가서 이야기를 나누기로 했다. 조금 비싼 밥집을 선택했더니 라한이 떨떠름한 표정을 지었지만 마오마오로서는 알 바 아니었다. 일행은 급사에게 안내를 받아 원탁에 털썩 자리를 잡고 앉았다. 마오마오는 추천 요리와 가장 비싼 고급술을 주문했다.

"너는 사양이란 걸 모르나?"

"녹봉도 많이 받으면서 무슨 소리야?"

"우리 집은 작년에 아주 비싼 걸 샀단 말이다. 지금 쪼들려 죽을 지경이야."

그건 잘 알고 있다. 녹청관에서 사 갔으니 말이다.

마오마오는 우선 동을 은과 금으로 바꾸는 방법에 대해 설명하기로 했다.

"그건 황백술黃白術이라는 것과 아주 비슷한데."

연단술이라고 말하면 더 알기 쉬울 것이다. 화약 또한 그 기술에 의해 만들어진 물건이다. 황백술은 그중에서 비금속을 금속으로 바꾸는 방법이라고 한다. 마오마오는 급사가 가져온 숟가락을 손가락으로 장난치듯 만지작거렸다.

연단술은 사람의 수명을 늘리기 위한 술법이지만 실제로는 사기에 가까운 수상한 것들이 대부분이다. 오래된 시대의 어느 황제가 불로장생을 꿈꾸다 그만 잘못된 방법으로 목숨을 잃었다는 기록도 남아 있다.

비슷하긴 하지만, 굳이 따지자면.

"서방의 연금술이라는 것에 더 가까운 느낌이 듭니다."

"서방?"

"그래."

라한의 질문에 마오마오는 고개를 끄덕였다. 라한을 상대할 때와 리쿠손을 상대할 때 자신의 말투가 달라지는 데에서 마오마오는 어색한 느낌이 들었다. 그냥 리쿠손 앞에서도 아무렇게나 말해 버릴까 싶기도 했다.

"나는 아버지한테서 이야기를 들은 게 전부고, 실제로 본 건 처음이야. 그건 은이 된 것도 금이 된 것도 아니야. 표면에 도금을 하고 불에 그슬림으로써 다른 무언가로 바꾼 것에 불과해."

마오마오는 시험해 보고 싶었지만 아버지가 제일 중요한 재료를 알려 주지 않았다. 물론 가르쳐 줬다 하더라도 약방에 놓여 있던 재료는 아니었으리라.

"그러니까 뭐야? 도금이라는 게…."

"금속 주위에 다른 금속으로 막을 씌우는 일을 말해."

마오마오는 양손 손가락 사이에 숟가락을 끼운 채 말했다.

"자세히 알고 싶으면 우리 아버지한테 물어보든가. 그리고 대답을 듣게 되면 나한테도 가르쳐 주면 고맙겠어. 아니, 꼭 가르쳐 줘."

마지막에는 사심 가득한 눈빛을 빛냈다.

그 외에 종이가 혼자서 불이 붙어 타오른 현상도 그 과정에서
생겨난 부산물을 이용하면 가능한 일이며, 느닷없이 허공에서
튀어나온 나비도 사실 정교하게 만들어진 종이 나비라고 생각
하면 납득이 간다.

그 자리에 있던 사람들은 안개 때문에 시야가 흐릿했고, 심지
어 질 나쁜 술까지 마셨다. 술을 마시지 않은 라한 일행조차 속
아 넘어갔으니 사실상 그 속임수의 비밀을 알아차린 사람은 없
을 것이다.

참고로 종이 나비는 동방의 어느 섬나라에 전해져 내려오는
기묘한 술법 중에 비슷한 무언가가 있을 것이다. 그 술법에서
쓰는 나비는 얇은 고급 종이를 잘라서 만든다.

"그럼 네 마음은 어떻게 읽은 거지?"

라한이 고개를 갸웃하며 물었다.

"그것도 뭐…."

마오마오는 어떻게 설명해야 좋을까, 머리를 굴렸다. 때마침
그때 급사가 전채로 나온 탕을 가지고 왔다.

'이거면 되겠지?'

마오마오는 탕 그릇에 숟가락을 넣었다.

"종이."

"너 태도가 건방지다?"

라한이 가느다란 눈을 더욱 가늘게 뜨면서 품에서 종이를 꺼내 주었다.

마오마오는 그것을 받아 들고, 탕에 담갔던 수저를 그 위로 문질러 마치 아이들 낙서 같은 그림을 회지에 그렸다. 그리고 팔랑팔랑 흔들어 말리자, 마른 종이에는 그림의 흔적이 남지 않게 되었다.

"보이나?"

"젖은 부분이 쭈그러들었군."

"사소한 부분은 신경 쓰지 말고."

"의붓 오라버니를 공경할 생각은 없는 건가?"

죽어도 싫다.

"그래서 이것과 무슨 관계가 있다는 말입니까?"

라한 대신 리쿠손이 물었다.

"이렇게 합니다."

마오마오는 벽 옆에 달려 있던 사방등 쪽으로 다가갔다. 그리고 사방등의 바깥쪽 틀을 살짝 비틀어 열고, 거기에 종이를 비췄다.

""""?!""""

반응이 있으면 재밌겠지만 이건 전에도 한 번 했던 일이다. 진시와 가오슌이었다면 여기까지 보여 주기도 전에 이미 알아차렸을 것이다. 불에 비추면 종이에 글자가 떠오르는 수법이다. 수저로 탕 국물을 묻힌 부분만 불에 검게 그을려 있었다.

"어떤 것 같으세요?"

"글쎄요, 그게 마음을 읽는 술법과 도대체 무슨 상관이죠?"

마오마오는 라한의 입에 수저를 쑤셔 넣었다.

"맛이 어때?"

"해산물로 국물을 낸 것 같은데, 조금 짠맛이 나는군."

"즉, 소금을 넣었다는 뜻이지."

"소금이 뭐 어쨌다는 거야?"

뭐 어쨌느냐고 한다면 소금이 들어가 있었다고밖에 말할 수가 없다. 어디에? 그 까끌까끌하던 먹에 말이다. 어쩐지 글씨가 잘 안 써진다 했다.

"먹물에 소금이 들어 있었던 거야. 그 속에 녹아들어 있었으니 모를 수밖에 없지. 이렇게 탕 속에 녹여 두면 안 보이는 것처럼. 하지만 이렇게 들어 있었던 건 확실해."

종이를 불에 그슬려 보면 거기에 물 외의 다른 무언가가 들어 있다는 사실을 알 수 있다.

"불에 그슬려서 봤다고? 어떻게?"

"불에 그슬리는 방법과는 다르지만 그 외에도 볼 수 있는 방법이 또 있어."

마오마오가 숫자를 썼던 종이 밑에는 검은 깔개가 놓여 있었다. 거기에는 먹물의 흔적이 가득 남아 있었을 것이다.

라한은 국물의 흔적이 떠오른 종이를 보고, 그 흔적 위로 손가락을 쓸어 보았다.

"…그랬군."

"그래, 그랬지."

꼭 소금이라고 할 수는 없다. 먹에 녹일 수 있고, 말렸을 때 표면으로 떠오르기만 한다면 무엇이든 상관은 없다.

"먹물에 무언가를 녹였던 거야."

가령 소금이라 치자. 그것이 먹물에 녹아 있었다. 그 먹으로 종이에 숫자를 썼다고 하면, 얇고 부드러운 종이에서 스며 나온 먹물이 검은 깔개 위로 배어들 것이다. 그것을 말리면 어떻게 될까. 먹물에 녹아 있던 소금이 말라서 위로 떠오른다.

검은 깔개 위에 하얀 가루가 떠오르면 뭐라고 적혀 있는지 못 알아볼 수가 없다.

"그런 방식이었군요."

리쿠손이 손뼉을 치며 납득했다.

"그럼 어느 통에 종이가 들어 있는지 알아낸 방법은 뭐지?"

"그거? 그건…."

마오마오는 회지를 작게 찢은 뒤 두 번 접고는 한가운데에 구멍을 냈다. 그리고 그것을 손가락에 끼운 뒤 접은 종이와 종이 틈새로 숨을 불어 넣었다. 피잇, 하고 공기 새는 소리가 들렸다.

"피리의 구조 정도는 알고 있겠지?"

"숨을 불어서 소리를 내는 것 아닌가?"

"소리를 바꾸려면?"

"숨이 빠져나가는 구멍의 개수를 바꾸면 되는 거잖아? 그 정도는 나도 안다."

그렇다면 한 번에 알아들을 수 있을 텐데. 아니, 그 종이를 감췄던 통의 구조를 가까이서 보지 못했으니 모르는 것도 무리는 아니지만.

"그 종이를 쑤셔 넣은 통이 피리 구멍 역할을 했다면?"

"피리? 거기서 그런 소리는 안 들렸는데."

그 극장 안에서는 방울과 징 소리가 계속 울렸다. 하지만 그 소리에 가려져 있던, 또 하나의 중요한 소리가 있었다.

"나는 그 자리에 있을 때 굉장히 머리가 아팠어. 아마 알아차리지 못할 정도로 높은 음역대의 소리가 나고 있었을 거야."

높은 소리가 나면 귀가 아프다. 소리라고 인식하지 못했어도, 마오마오는 무의식적으로 불쾌감을 느꼈던 모양이다.

"높은 소리?"

"그래."

마오마오는 휘파람을 불었다.

"이 소리는 들려?"

"들리는데."

"그럼 이 소리는?"

마오마오는 더욱 높은 소리로 휘파람을 불었다. 예전에 진시와 동굴 속에 갇혔을 때도 휘파람을 분 적이 있었는데 그때와 마찬가지였다. 라한은 아무렇지 않은 표정을 지었으나 리쿠손은 살짝 고개를 갸웃거렸다. 호위는 혼자 눈을 가늘게 떴다.

"들려."

"어렵사리 들렸습니다."

"…저는 안 들렸습니다."

호위는 이야기에 끼어들어도 좋을지 조금 망설이면서 입을 열었다. 조금 미안해졌다. 아무래도 이 자리에서는 조심스러울 수밖에 없는 입장일 것이다.

"그거 다행이네. 나이를 먹을수록 점점 들리지 않게 된다고 하니까."

호위의 나이는 대략 30대 중반쯤 되어 보였다. 호위는 명백히 충격을 받은 표정을 지었다. 왠지 가오슌의 반응과 비슷했다. 중년이란 대부분 이런 느낌인 걸까.

"사람은 각각 들을 수 있는 소리의 높이가 달라."

그것은 같은 연배 안에서도 다르다. 시력이 좋은 사람과 나쁜 사람이 있는 것처럼, 청력 역시 사람마다 차이가 난다.

그리고 한마디로 단정해 말하긴 어렵지만, 눈이 나쁜 사람은 그것을 보충하기 위해 귀가 좋아지는 경우도 있다고 한다.

"그 선녀는 귀가 아주 민감한 것 같았어."

바이냥냥은 위치도 멀고, 그렇게 잡다한 소리들이 울려 퍼지는 곳에서 마오마오의 휘파람 소리에 반응했다. 언제나 피리 소리를 구분해서 듣는 훈련을 하고 있는 게 아닐까 하고 마오마오는 생각했다. 예전에 리하쿠가 피서지에서 데리고 놀던 사냥개가 떠올랐다.

그래서 그 극장에서 연주하던 악기들 중에는 피리 종류가 없었는지도 모른다.

세로로 부는 피리든 가로로 부는 피리든 대롱에 구멍을 뚫어 만든 물건이므로, 그 구멍을 어떻게 막느냐에 따라 소리의 높이가 달라진다. 만일 그 상자 속에 꽂혀 있던 백 개의 통이 피리 구멍을 대신했다고 치자. 마오마오가 종이를 접어 통 속에 꾸역꾸역 집어넣었다면, 피리 구멍을 막은 것과 같은 효과가 발생한다.

"즉, 백 가지 소리를 구별해서 몇 번째인지 알아냈다는 말인가? 그럼 그 상자를 피리처럼 불었다고? 도대체 어떻게?"

"그 문제에 대해서는 확실한 해결책이 있어."

징과 방울 소리를 신호 삼아 피리를 열 번 불었다면 어떻게 될까. 상자 위로 천을 씌워 놓았으니 남자 조수가 근처에 있어도 문제가 되지 않았다. 그 남자가 상자 옆에서 공기를 불어 넣는 곳을 조작했다면.

백 가지 소리를 기억할 수는 없어도, 열 가지 소리를 구분해 내다면 어렵지 않다.

"그리고 어떻게 불었는지에 대해서는 그 안개로 설명할 수 있지."

안개는 김이다. 따라서 어딘가에서 물을 끓여서 일부러 만들어 냈다고 보아야 한다.

그 증기를 책상 밑에서 뿜어낸다면 어떻게 될까. 사람들은 모두 책상 위만 주목하느라 그 아래에 있는 책상의 구조까지는 쳐다보지 않는다.

"이제 납득할 수 있겠지?"

"그래."

라한 일행은 고개를 끄덕였다.

"끝으로…."

마오마오는 바이냥냥이 마지막에 마셨던 은색 액체에 대해 설명했다.

"그건 맹독이야. 진짜 마신 건지는 잘 모르겠지만 절대로 아무도 따라하면 안 돼. 고관들에게 설명할 기회를 만들어 두는 편이 좋겠어."

마오마오는 진지한 눈빛으로 라한에게 말했다.

며칠 후, 바이냥냥의 무대는 온데간데없이 사라지고 말았다. 대신 남은 것은 도성 상인들 사이로 퍼진 수수께끼의 식중독 사건이었다.

도대체 뭘 하고 싶었던 걸까. 하얀 뱀 같던 선녀는 그런 수수께끼만 남기고 사라져 버렸다.

아주 먼 옛날, 당시의 권력자들은 남몰래 불로불사의 명약을 추구했다. 그래서 물처럼 생긴 은을 복용했다. 결과적으로 그것이 자신의 목숨을 단축시킨다는 사실도 모르고.

그 물 같은 은은 이름 그대로 수은水銀이라 불리고 있다.

당시 수은을 그냥 마신 바이냥냥은 어떻게 되었을까, 하고 마오마오는 생각했다. 마시는 흉내만 낸 걸까, 아니면 정말로 마신 걸까. 수은은 액체 상태 그대로 몸에서 배출되기만 하면 맹독으로 작용하지 않는다. 그러나 증기 형태로 들이마시거나, 다른 무언가가 결합해 형태를 바꾸면 아주 강한 독이 된다.

수은은 때때로 약으로 이용되기도 한다. 약이든 독이든 다 사용하기 나름이다.

마오마오는 단사丹砂*의 선명하고 새빨간 빛깔을 바라보며 그것을 슬며시 약서랍으로 되돌려 놓았다.

----

※단사 : 수은으로 이루어진 적색계의 광물성 안료. 주홍색이며 때로 적갈색을 띤다. 진사(辰砂)라고도 한다.

## 8 화 : 적성에 맞고 안 맞고

"……."

"그럼 실례하겠습니다."

약방에 편지를 전해 준 사내는 볼일이 끝나자 잽싸게 나가 버렸다. 마오마오는 무표정하게 편지를 다 읽고 문갑에 집어넣었다.

그것은 진시에게서 온 편지였으나, 내용이 평소와 조금 달랐다. 마오마오는 팔짱을 끼고 고개를 갸웃거렸다.

'자, 어떻게 할까.'

항상 귀찮은 일을 물고 오는 진시지만 이번 용건은 한층 더 번거롭고 귀찮아 보였다. 어차피 거절하고 싶어도 거절할 수가 없으니 무슨 준비가 필요할 것 같았다.

'할멈은 어떻게 설득하지.'

그런 생각을 하고 있는데 시끌벅적 떠들어 대는 꼬마들 목소리가 들렸다. 손에 바구니를 든 아이 둘이 보였다. 쵸우와 즈린이었다. 바구니에는 어린 풀이 가득 담겨 있었다.

'그러고 보니 쑥떡을 먹고 싶다고 했지.'

마오마오는 그 모습을 멍하니 지켜보다, 부엌으로 향하는 두 사람의 모습을 보고 후다닥 쫓아가서 목깃을 움켜잡았다.

"아, 왜 그래?!"

"잠깐 그것 좀 보여 줘 봐."

마오마오는 쵸우가 들고 있던 바구니를 뒤집어엎어, 그 속에 들어 있던 풀들을 뒤져 보았다.

"……."

도대체 왜 착각하는 걸까. 마오마오는 눈을 가늘게 뜨고, 늘어놓은 풀들을 쳐다보았다.

"대체 뭘 어떻게 헷갈리면 이 근방에서 투구꽃을 따 올 수가 있는 거야?"

마오마오는 쵸우를 쳐다보았다. 쵸우는 뚱한 얼굴로 앉아 있었다. 옆에서 소녀가 걱정스러운 표정으로 지켜보고 있었다. 그때 그 빈민가 자매의 딸, 즈린은 이제 완전히 쵸우의 부하로 정착된 모양이었다.

"그치만 비슷하게 생겼잖아."

"…이걸로 떡 만들어 먹으면 죽는다."

쑥떡을 먹고 싶어서 새싹을 따 온 모양이었지만, 아이들이 들고 온 것은 쑥과 비슷하게 생긴 독초였다.

'아니, 이 근방에는 이런 풀이 없을 텐데.'

마오마오도 파악하지 못하고 있었는데 도대체 어디서 어떻게 따 온 건지, 신기하기 짝이 없는 일이었다.

"끄응, 그럼 쑥떡 못 먹는 거야?"

쵸우와 즈린은 얼굴을 마주 보며 슬픈 표정을 지었다.

"포기해."

"주근깨 너도 맨날 캐 오잖아. 그거 조금만 나눠 줘."

"그건 뜸 뜰 재료라 안 돼."

마오마오가 쌀쌀맞게 거절하자 쵸우는 일부러 그러는 것처럼 입을 삐죽거렸고, 즈린도 그 모습을 따라했다. 마오마오는 두 사람의 입 안에 사정없이 손가락을 쑤셔 넣고 뺨을 꼬집어 당겼다.

"아야야! 너무해, 너무하잖아!"

"?!"

즈린도 표정으로 항의했다.

"너무하긴 뭐가? 녹청관에 식중독을 퍼뜨릴 셈이야? 그리고 마음대로 바깥에 나가 돌아다니지 말라고 했잖아!"

"같이 나갔어! 사젠이랑 같이 갔단 말이야!"

"뭐야?"

마오마오는 얼굴을 찌푸렸다. 그때 문제의 사젠이 손에 천 주머니를 든 채 뒤늦게야 느릿느릿 다가왔다.

"저 좀 떼어 놓고 다니지 말아 주세요~ 이젠 그렇게 젊지도 않다고요~"

왠지 상당히 저자세로 나오는 말투였다. 쵸우의 과거를 아는 사젠은 아무리 그만두라고 해도 자꾸만 쵸우를 도련님 취급하게 되는 모양이었다.

"야, 사젠. 네가 늦으니까 주근깨한테 내가 혼나고 있잖아."

마오마오는 말없이 쵸우의 머리를 쥐어박았다. 즈린이 입을 뻐끔거리고, 사젠도 하고 싶은 말이 있는 듯 입을 벌렸다 다물었다 했지만 마오마오는 두 사람을 노려보아 아무 말도 못 하게 했다.

마오마오는 약방에서 어제 따 온 쑥을 꺼내 왔다. 조금 시들긴 했지만 형태는 그대로 유지하고 있었다. 마오마오는 그것과 쵸우가 따 온 투구꽃을 사젠의 앞에 나란히 놓고 보여 주었다. 꼬마들한테는 말해 봤자 소용이 없을 테니 인솔자인 어른에게 구분법을 알려 주는 게 낫다.

"이봐, 이게 뭔지 알겠어?"

"당연히 쑥하고 투구꽃이잖아."

천연덕스럽게 내뱉는 사젠을 보고 마오마오는 깜짝 놀라서 입만 딱 벌렸다.

"나중에 슬그머니 바꿔치기할 생각이었는데, 애들이란 왜 저렇게 서둘러 대는지 모를 일이야."

사젠은 천 주머니에서 따 온 쑥을 꺼냈다. 그리고 그 속에서 또 하나 천으로 싼 무언가를 꺼내 마오마오에게 건넸다. 마오마오가 고개를 갸웃거리며 꾸러미를 풀어 보자 그 속에서는 식물의 구근이 나왔다.

"이건…?"

"투구꽃 뿌리. 아마 꽃이 예쁘니까 누가 산에서 캐 와서 심은 모양인데, 위험하니까 뿌리째 뽑아 왔어. 그냥 말려 죽이는 건 좀 아깝잖아. 그것도 다 쓸 데가 있지 않아?"

투구꽃 뿌리는 약재료로 사용할 수 있다. 마오마오는 무표정한 얼굴로 사젠의 손을 덥석 잡았다.

"어?"

그리고 사젠을 끌고 약방 안으로 들어간 마오마오는 서랍장에 있던 약초를 하나하나 꺼내서 늘어놓았다.

"이게 뭐지?"

"어? 비파 잎이잖아."

"효능은?"

"기침도 멎게 하고, 설사도 멈추게 해 주지. 그 외에도 이런저런 효과가 있고."

마오마오는 다음 약초를 가리키며 똑같은 질문을 던졌다. 사젠은 고개를 갸웃거리며 대답했다. 입구에서는 쵸우와 즈린이 안을 빼꼼 들여다보고 있었다.

한바탕 질문을 마친 마오마오는 팔짱을 끼고 생각에 잠겼다.

"대충 아는 게 여기 있는 것들 중 절반쯤 되는군."

"갑자기 왜 그러는 거야?"

마오마오는 사젠의 질문을 무시하고, 서랍에서 어떤 책을 꺼내 사젠에게 건넸다.

'그러고 보니…'

사젠은 생활이 안정되면 팔았던 도감을 되사 올 생각이라고 말했던 적이 있다.

"글자 읽을 줄 알아?"

"영감님한테 배웠어."

영감님이란 이제 제정신으로는 돌아올 수 없는 전직 의관을 말한다. 아까 그 약초 지식도 의관에게서 배웠다고 생각하면 앞뒤가 맞는다.

달가운 오산이었다.

"그럼 이거 외워 와! 그리고 한동안 낮에는 약방에 다녀."

마오마오는 사젠에게 건넨 책을 탁 때렸다.

"어?"

"할멈하고 우쿄한테도 내가 제대로 설명해 놓을 테니까."

도대체 무슨 의미야, 하고 고개를 갸웃거리는 사젠에게 마오마오는 친절하게 설명해 주었다.

"당신, 창관의 남자 하인 일은 별로 적성에 안 맞잖아."

"아니, 그, 저…."

"아예 약사가 되는 편이 낫지 않겠어?"

"그 말은…."

마오마오도 약사 일을 그만둘 생각은 없지만 원래 아버지와 둘이서 함께 꾸려 나가던 약방이니, 약사를 한두 명 정도 더 늘리더라도 무리는 없을 터였다. 몸이 부자유스러운 쵸우에게 약 조제 방법을 가르쳐야겠다고 생각하고 있었지만, 그 건방진 꼬마는 약에는 큰 관심을 보이지 않고 놀러 나가거나 그림을 그리는 데에만 열중하곤 했다.

그렇다면 차라리 이 남자에게 가르치는 편이 훨씬 빠르다. 무엇보다 진시와의 연결 고리가 있는 이상 마오마오는 때때로 약방을 비워야만 할 때가 있었다. 예비 인원을 만들어 두어서 나쁠 건 없다.

'문제는….'

이 남자에게 할 생각이 있느냐 없느냐였다.

사젠은 고개를 숙이고 책을 물끄러미 내려다보았다. 그리고 팔락팔락 책장을 넘기며 심각한 표정으로 훑어보았다.

"…나는 일개 농민에 불과해. 딱히 먹고살 길이 없어서 그 요새에 갔을 뿐이고, 글도 영감님한테 배운 게 전부야. 약을 배웠다고는 해도, 그냥 시키는 걸 찾아서 갖다 준 게 전부였을 뿐이지."

약사라 하면 생각보다는 꽤 중요시되는 직업이다. 이 남자가 망설이는 이유는 자기 스스로에게 자신이 없기 때문일 것이다. 주위 사람들에게서 계속 부정만 당하며 살다 보면 자연스레 성격도 비굴해질 수밖에 없다.

마오마오 입장에서 볼 때 그것은 매우 곤란한 일이었다. 모처럼 쌓은 지식을 살리지 않는 건 너무 아깝다.

"그게 뭐 어쨌다는 거야? 세상에는 수상쩍은 주술로 생계를 유지하는 녀석들도 있어. 감기를 낫게 하려면 이상한 춤을 추는 것보다는 몸을 따뜻하게 하고 기침약과 해열제를 먹이는 편이 더 유효하지. 당신도 그 정도는 만들 수 있을 텐데."

"아니, 할 수는 있는데. 그래도 만약에 중병에 걸린 사람이 오면 어떻게 해?"

"못 할 것 같으면 그냥 못 하겠다고 말해. 약을 먹든 안 먹든 어차피 죽을 놈은 죽어. 어설프게 진단을 내릴 바에야 차라리 딴 데로 돌려. 당신보다도 약 못 만드는 의사는 생각보다 꽤 많거든."

'돌팔이 의관도 그렇고.'

아니, 그래도 의관으로서의 지식은 어느 정도 갖추고 있는 것 같지만 그걸 통 응용하질 못한다. 사람은 좋지만 실력은 글러 먹었다.

"일단 결정이야."

"아닌 밤중에 홍두깨도 아니고, 일이 너무 빠르지 않아?"

"빨리 안 하면 시간이 없어."

마오마오는 오늘 아침 받은 편지의 내용을 떠올리고, 멍한 표정으로 서 있는 사젠을 무시한 채 두 꼬마 앞으로 가서 섰다.

"놀고 있을 시간이 있으면 가게 앞 청소나 해. 책 내용은 달달 외워 오고."

그렇게 말하며 마오마오는 꼬마 둘을 밖으로 내쫓은 뒤 사젠 앞에 책들을 착착 쌓아 놓았다.


마오마오가 생각했던 대로 사젠의 지식 흡수는 상당히 빨랐다. 간단한 조제법은 금세 배웠고, 도감도 더듬거리면서나마 읽을 줄 알았다. 마오마오는 집 근처에 있는 밭과 외벽 밖에 있는 밭으로 사젠을 데려가 어떤 약초가 있는지 열심히 가르쳤다.

'독초도 가르치고 싶긴 한데…'

쓸데없는 생각은 안 하겠지만, 자세히 가르칠 생각은 없었다. 관심을 갖고 공부하면 자연스럽게 알 수 있으므로 지금은 자주 쓰는 약의 조제법만 가르치기로 했다. 낙태약 만드는 법을 가르치자 사젠은 얼굴을 찌푸렸지만 물리적인 낙태 방법보다는 훨씬 낫다는 사실을 알고 고분고분해졌다. 기녀를 찬물에 집어넣거나 배를 때리는 것보다는 당연히 좋은 방법이니 말이다.

일단은 쵸우에게도 가르치긴 했지만 건방진 꼬마는 약 조제에는 아무런 관심도 보이지 않았고, 정신을 차리고 보면 도망쳐서 놀러 나가곤 했다. 용돈벌이도 순조롭게 진행되고 있는지 최근 들어서는 다른 가게 기녀들의 그림도 그릴 정도였다.

마오마오는 사젠에게 간단한 약 조제를 부탁한 뒤 꾸러미를 들고 밖으로 나갔다. 다른 가게 기녀에게 부탁받았던 약을 배달하러 가려는 참이었는데, 그때 어딘가에서 딸랑딸랑 방울 소리가 들렸다. 무슨 일이지, 하고 그쪽을 쳐다보니 무언가가 마오마오를 들이박았다. 발밑에서 뱅글뱅글 맴도는 그것은 삼색고양이 같았다.

"……."

이 녀석이 여길 왜? 하는 생각이 들었다. 어디에나 흔히 있는 삼색고양이 같았지만 목에 맨 목사리가 보통 고급스러운 게 아니다. 비단 직물에, 바다 건너에서 온 세공품 방울을 달고 있다. 흔해 빠진 동네 고양이가 이런 걸 달고 다닐 수 있을 리가 없다.

"마오마오モモ, 어디 갔니~"

귀에 익은 목소리가 먼 곳에서 들려왔다. 뚱뚱한 배를 흔들며 뛰어오는 건지 걸어오는 건지 알 수 없는 속도로 가까이 다가오는 중년 남자.

돌팔이 의관이었다.

마오마오는 상당히 몸집이 커진 그 고양이를 붙잡아, 꾸물꾸물 오고 있는 돌팔이 의관에게 건넸다.

"아, 아가씨, 오랜만이야."

돌팔이 의관은 숨을 헐떡거리며 싱긋 웃었다.

"오랜만입니다. 그런데 이게 도대체 어떻게 된 일인가요?"

후궁에 있어야 할 고양이 마오마오와 돌팔이 의관이 이런 유곽에 있을 리가 없다.

"아니, 그게 말이야…."

돌팔이 의관이 계속 숨을 헐떡이는 통에 마오마오는 약방으로 돌아가 차를 준비했다. 마오마오가 일부러 차를 식혀 내주자 돌팔이 의관은 그것을 단숨에 벌컥벌컥 마셨다.

"그런데 여긴 왜…. 아니, 말씀 안 하셔도 괜찮습니다."

가엾게도 결국 해고당한 모양이다. 하기야 나쁜 사람은 아니지만 녹봉 도둑이라는 사실은 부정할 수가 없으니 할 수 없는 일이다. 전직 환관이라서 새 직업을 얻긴 힘들 테니, 마오마오 자신이 최선을 다해 도와줘야겠다고 생각하고 있는데….

"아가씨, 혹시 무슨 착각하고 있는 거 아냐?"

돌팔이 의관이 의심스런 눈으로 빤히 쳐다보고 있었다.

"아뇨, 신경 쓰지 마세요. 그런 건 부끄러워하실 일이 아니에요. 인생에 한 번 정도는 있는 일이잖아요."

"아니, 그러니까…."

돌팔이 의관은 그리 풍성하지 않은 머리를 쓰다듬었다. 무릎 위에서는 고양이 마오마오가 하품을 하고 있었다.

고양이 마오마오를 돌보는 일은 돌팔이 의관이 계속해서 하고 있었던 모양이다. 황제의 딸, 링리 공주는 썩 원치 않았다고 하지만 교쿠요 비는 황후가 된 지금 후궁을 나간 상태다. 황태후가 사는 궁 옆에 살게 되어, 여러모로 규칙이 까다로워졌다고 한다. 애완동물 한 마리 정도는 봐줘도 될 텐데 말이다.

'황태후 본인은 별로 신경 안 쓰겠지만….'

주위 궁녀들이 가만히 있지 않을 것이다. 비취궁에 원래 있던 일곱 명만으로는 부족할 테니, 시녀도 늘렸을 테고 말이다.

마오마오는 조금 쓸쓸한 기분을 느꼈지만 교쿠요 황후를 따라가지 않은 건 역시 정답이었던 모양이다. 마오마오 스스로가 이렇게 생각하는 것도 뭣하지만, 아마 자신은 고양이 마오마오보다 훨씬 큰 소동을 일으켰을 게 뻔하다.

"그게 말이야."

돌팔이 의관은 겨우 숨을 가다듬고 차를 마셨다.

"오랜만에 고향에 다녀와도 된다는 허가를 받았어. 그래서 집에 가는 길이었는데…."

"호오, 드디어 낙향하시는 거군요."

"아가씨, 지금 일부러 그러는 거지?"

돌팔이 의관은 어처구니가 없다는 표정으로 말했다. 이야기가 통 진행이 되질 않으니, 돌팔이 의관을 놀리는 건 이쯤 해 두기로 했다.

"그래서 이쪽엔 왜 오신 건가요?"

"그게 있잖아."

의관은 신기하다는 표정을 지으며 마오마오를 바라보았다.

"이상한 조건이 내걸렸어. 아가씨는 못 들었어?"

"…무슨 조건이었는데요?"

"별로 대단한 건 아니었는데, 중간까지 동행하고 싶다는 사람이 있다나 보더라고. 궁관장 부탁이었으니까 이상한 사람은 아니었겠지만."

그리고 그 사람과의 약속 장소가 이곳이었다고 한다.

'……'

마오마오는 며칠 전에 받았던 편지를 떠올렸다. 그것은 한동안 멀리 출타 좀 해야겠으니 너도 따라오라는, 진시의 일방적인 통보였다. 기간도 적혀 있지 않았고, 어디로 가는지 또 언제 가는지에 대해서도 아무런 이야기가 없었다. 아무리 그래도 이럴 때마다 매번 가게 문을 닫을 수도 없었고 녹청관 할멈의 시선도 따가웠기 때문에 마오마오는 사젠을 서둘러 가르칠 수밖에 없었다.

'시간이 조금 더 있었으면 좋았을 텐데.'

다행히 사젠은 배움이 빨랐고, 만들어서 쟁여 놓은 약 재고도 넉넉했다.

하지만 왜 돌팔이 의관과 동행하게 되었는지에 대한 의문은 남아 있다. 그것은 나중에 물어봐야겠다.

"그래서 기왕 이렇게 된 거, 마오마오ㅌㅌ는 내 고향 집에서 키워 달라고 하려고."

하기야 이젠 돌팔이 의관 하나밖에 돌봐 줄 사람이 없다면 그러는 편이 나을 터였다. 돌팔이 의관은 섭섭하겠지만 원래 링리 공주가 고집을 피워서 키우게 된 고양이였다. 계속 데리고 있기는 좀 뭣할 것이다.

"그쪽에서는 쥐를 퇴치해 주면 좋겠다면서 다들 반가워하고 있어."

십수 년 만에 고향에 가게 되었으니 돌팔이 의관도 기쁜 표정이었다. 돌팔이 의관의 고향에서는 종이를 만들고 있고, 그것을 궁정에도 납품하고 있다고 들었다. 쥐가 종이를 갉아먹지 않도록 감시하는 역할로도 딱 좋을 것이다.

"그렇군요."

하지만 상당히 먼 곳일 텐데, 과연 거기까지 가는 동안 고양이 마오마오가 얌전히 있어 줄까 생각하던 참이었다.

"와! 고양이다!"

아직 낮이라 손님이 없는 기녀들의 목소리가 들렸다. 고양이 마오마오는 그 높은 목소리에 깜짝 놀랐는지, 돌팔이 의관의 무릎을 있는 힘껏 할퀴며 약방 밖으로 나가 버렸다.

"아얏! 마오마오, 어딜 가니!"

"무슨 이름이 그래?"

기녀가 뛰쳐나오는 고양이를 눈으로 좇으며 웃었다.

상당히 불쾌한 이름을 가진 고양이는 약방 문 틈새를 빠져나가 녹청관의 현관을 향해 달려갔다. 마오마오와 돌팔이 의관은 신발을 꿰어 신고 다급히 고양이를 쫓아갔다.

막 아침 목욕을 마치고 차림새를 아직 가다듬지 않은 여자들 사이를 빠져나가, 방에 깔려 있던 이불을 개는 남자 하인들의 가랑이 사이를 지나, 고양이가 향한 곳은 식당이었다.

네 개의 짧은 다리가 보였다. 늦은 식사를 하고 있던 꼬마들이었다.

"이건 뭐야?"

고양이 마오마오는 아이들 앞에 멈춰 섰다.

쵸우가 젓가락을 잘근잘근 씹으며 삼색고양이를 쳐다보았다. 즈린도 동그란 눈을 깜빡거리며 고양이를 보고 있었다. 고양이는 앞다리를 쵸우의 발 위에 척 얹었다.

"혹시 이거?"

쵸우가 젓가락으로 생선을 집었다. 그냥 숯불에 굽기만 한 청어였지만 따로 간을 하지 않아도 짭짤한 맛이 났다.

"야옹!"

고양이가 쵸우의 손을 쳐서 생선을 떨어뜨리게 했다.

"앗! 이 자식!"

생선은 흙바닥 위로 무참히 떨어졌고, 고양이는 그것을 재빨리 덥석덥석 먹어 치웠다. 분명 평소에 좋은 걸 먹으며 잘 지내고 있을 텐데 도대체 이 뻔뻔한 먹성은 어디서 나온 걸까. 누굴 닮은 걸까.

"마오마오, 뭐 하는 거니. 그러면 안 돼."

돌팔이 의관이 숨을 헐떡이며 뛰어왔다.

"뭐야, 이 고양이! 그리고 아저씨는 누군데?!"

게다가….

"이름이 마오마오라니, 그건 또 뭐야."

쵸우가 히죽히죽 웃으며 마오마오를 쳐다보면서 말했다. 즈린도 목소리 아닌 목소리를 죽여 웃고 있었다.

마오마오는 불쾌해진 기분으로 일단 삼색고양이를 붙잡았다. 고양이는 주둥이에 생선을 야무지게 물고 있었다. 놓을 기색은 전혀 없었다.

쵸우는 아쉬운 듯 생선을 보다가도 다시 재미있다는 표정으로 고양이를 쳐다보았다. 그리고 분홍색으로 물든 그 발바닥을 콕콕 찔러 보고는 "오오!" 하고 소리를 지르며 눈을 빛냈다.

일단 고양이 마오마오가 도망치지 않도록 잘 지켜보라고 일러 둔 뒤, 아이들에게 맡기기로 했다. 그리고 남자 하인 한 명에게도 말을 해 놓았으니 못된 장난은 치지 않을 것이다.

약방에 돌아가 이야기의 본론이 무엇이냐고 묻자 돌팔이 의관은 수염을 만지작거리며 이야기하기 시작했다.

"내 고향에서 종이를 만든다는 건 알고 있지?"

"네."

"실은 이번에 귀향하게 된 게, 거기서 조금 마음에 걸리는 일이 있어서 그래."

예전에 종이 질이 떨어진 문제와 관련해서 돌팔이 의관의 여동생이 편지를 보낸 적이 있었다. 그 문제는 이미 해결이 되었을 텐데, 혹시 또 새로운 문제라도 생긴 걸까.

"그 덕분에 휴가를 얻긴 했는데 높으신 분께서도 내 고향 마을을 보고 싶으신가 봐."

진시는 환관 시절부터 종이 제조업에 대해 이런저런 일을 해 왔다. 혹시 실물을 직접 볼 수 있는 좋은 기회라는 생각에 따라가기로 결심하기라도 한 걸까? 그나저나 이번에는 도대체 무슨 문제가 생긴 걸까.

"편지에 뭐라고 쓰여 있던가요?"

"아니, 여기서 말하긴 좀 뭣한데."

돌팔이 의관은 살짝 거북한 표정이었다.

"설명은 도착한 다음에 해 줄게."

"…알겠습니다."

마오마오가 승낙하기를 기다리기라도 한 듯, 밖에서 말이 히힝거리는 소리가 들렸다.


　눈앞에 나타난 것은 아주 수수한 청년이었다. 이목구비가 깔끔하긴 하지만, 오른뺨에 화상 흉터가 있고 얼굴에 수심이 드리워져 있는 남자였다. 화상 흉터를 감추려는 듯 앞머리를 길게 길러 내리고 어두운 분위기를 풍기는 그 인물의 모습이 마오마오에게는 낯이 익었다.

　'제법인걸.'

　예전에 녹청관 기녀들을 불러 연회를 열었을 때 그 자리에 있던 손님이었다. 기녀에게는 신경도 쓰지 않고 혼자 술만 마시던 손님, 진시였다. 얼굴의 상처를 화상 자국으로 가려서 평소의 반짝반짝 빛나는 미모를 깎아 버리니 완전히 다른 사람이라고밖에 할 수가 없었다. 마오마오가 예전에 변장 방법을 가르쳐 준 적이 있는데, 그것을 교묘하게 응용한 모양이었다. 마오마오도 은근히 음울한 성격이나 변장한 모습을 직접 목격한 적이 없었다면 전혀 알아차리지 못했으리라.

　실제로 돌팔이 의관 역시 그 아름다운 귀인을 코앞에서 보고도 실눈을 뜨며 경계심을 노골적으로 드러내고 있었다. 상대가 누구인지 전혀 알아보지 못한 눈치였다.

　"준비는 다 되었나?"

　변장한 진시는 슬그머니 뒤로 물러나고, 대신 바센이 두 사람에게 물었다. 옷은 바센이 더 고급스러웠고 진시는 마치 종자 같은 태도였다. 그 때문인지 바센은 다소 거북스러워 보였다. 물론 그 거북함의 반 정도는 바이링 언니에게 자신이 왔다는 사실을 들키는 것을 두려워해서 그러는 것 같기도 했지만.

"준비가 다 되었느냐고 물으시기에는 너무 갑작스러운 방문이 아니신가요?"

하기야 며칠 전에 편지를 받긴 했지만, 자세한 일정에 대해서는 적혀 있지 않았다. 당연히 아무런 준비도 되어 있지 않았다.

"그건 어쩔 수 없군. 세상에는 옳은 시기라는 게 있는 법이야. 네 짐이나 소지품에 대해서는 이쪽에서 다 준비하도록 하지."

진시의 차림새를 보면 잠행이라는 건 명확하다. 그리고 잠행을 하기에는 기간이 너무 긴 듯하니, 다소 무리를 해서 나왔다는 사실도 알 수 있다. 하지만 여자가 몸단장을 하는 데에 준비가 필요하다는 이야기, 자기가 말하면서도 그게 무슨 뜻인지 알긴 하는 걸까.

그나저나 친동생인지 뭔지는 모르지만 황제도 자기 동생을 너무 심하게 부려 먹는 것 같긴 하다. 후궁에도 아직 하던 일이 남아 있을 테고, 그 외에도 골치 아픈 일들이 잔뜩 있을 텐데 말이다. 그게 본인의 역할이라면 어쩔 수 없는 일이지만 마치….

'마치 후계자를 키우는….'

마오마오는 거기서 생각하는 걸 포기해 버렸다.

현재 동궁은 교쿠요 비, 아니 교쿠요 황후가 낳은 황자다. 그리고 리화 비 역시 사내아이를 낳았다.

황제는 아직 30대 중반이며 아직까지 튼튼한 육체를 지닌 대장부다. 동궁이 성인이 될 때까지 아무 일도 없다면 쭉 건재할 터였다. 괜히 불온한 생각은 하지 않기로 했다.

약사의 혼잣말

## 9 화 : 종이를 만드는 마을

마차로 이틀을 달리면 도성의 남서쪽에 있는 돌팔이 의관의 고향이 나온다. 산기슭 숲 가까운 곳에 있다고 한다. 나라를 동서로 가르는 커다란 강의 원류 부근을 찾아가다 보면 나오는 위치다. 강을 따라 수로가 나 있긴 하지만 밭에는 잡초처럼 보이는 것이 자라고 있었다.

마오마오가 물끄러미 밖을 바라보자 수다 떨기 좋아하는 돌팔이 의관이 열심히 설명해 주었다. 목소리가 작은 건 대각선 맞은편에 있는 바센을 신경 써서 그런 걸까. 그 옆에는 진시가 앉아 있는데 전혀 알아차리지 못하고 있다.

"저건 보리야."

"보리라고요? 관개 시설이 굉장히 잘되어 있는데요."

밭 주위에 수로가 만들어져 있었다. 보리농사에 그만큼 물이 필요할까, 하고 마오마오는 고개를 갸웃거렸다. 마오마오의 발

밑에는 고양이 마오마오가 있다. 바구니 속에 담겨 있는 것도 지겨운지 무릎 위에서 뒹굴다 창밖을 내다보기도 한다. 진시가 누군지 알아보는지 가끔 발밑으로 다가가 몸을 비비대곤 했다.

바센은 고양이를 다뤄 본 적이 없는지 계속 피해 다니고 있었다. 불편한 것도 많은 남자다.

"그건 여름 벼농사용이거든. 여기선 1년에 벼와 보리 두 종류를 다 키워."

"그렇구나."

"무논에 심는 벼는 다른 작물과 같은 토지에 키워도 땅이 척박해지지 않거든."

한 해에 작물을 두 번 키운다면 흙에서 그만큼의 영양분을 빼앗아 가게 된다. 하지만 무논이라면 물이 영양분을 날라다 주기 때문에 토지의 손상도 덜하다. 물이 풍부한 지역이기 때문에 할 수 있는 농법이다.

밭을 빠져나가니 숲이 보였다. 그 부근에 마을이 있다.

"상당히 풍요로운 토지인가 보네요."

그만큼 풍요롭다면 굳이 종이 같은 걸 만들지 않아도 살 수 있을 것 같지만, 거기에는 다 곡절이 있다고 한다.

"이곳에 처음 이주해 왔을 때는 이미 평지를 다른 사람들이 다 차지하고 있었으니 말이야. 그래서 숲은 아무런 관심도 못 받은 채 방치되어 있었지."

가까운 산에서 솟아난 샘물이 흐르는 그 숲에는 종이의 원료가 되는 나무가 자라고 있었다. 대량으로 생산하기는 어렵지만, 고급스러움을 강조한 장사에는 성공했다. 근처에 강이 있기 때문에 운송 또한 편리했다.

만드는 물건이 겹치지 않으니 그 지역에 원래 살던 사람들과도 큰 문제없이 잘 지낼 수 있었으리라.

"처음 왔을 때는 참 좋은 지주분이 있었지."

하지만 마음에 걸리는 부분이 있다.

보리를 밟는 농민들과 눈이 마주쳤다. 보리를 강하게 키우기 위해 이루어지는 그 행위에 무슨 원한이라도 담겨 있는 걸까, 이쪽을 보는 눈은 묘하게 날카롭고 음울한 느낌이었다.

마오마오는 못 본 척하면서 돌팔이 의관의 말에 맞장구만 쳤다.


마을에 도착하니 마흔 정도 되어 보이는 아주머니가 맞이해주었다. 온화한 눈매와 살짝 처진 눈썹이 돌팔이 의관을 꼭 닮았다. 돌팔이 의관의 여동생인 모양이었다.

아주머니는 돌팔이 의관에게서 고양이를 받아 안고는 눈을 가늘게 뜨며 그 부드러운 털을 쓰다듬었다. 사전에 이야기를 들은 모양이었다. 하지만 마오마오 일행이 덤처럼 졸졸 따라 들어가자 아주머니는 조금 의아한 표정을 지었다.

"어머나, 세상에. 오라버니, 어서 와."

"다녀왔다."

돌팔이 의관은 얼핏 보기에는 차분한 표정인 듯했지만 그 눈에는 어렴풋이 눈물이 고여 있었다. 십수 년 만에 돌아온 고향이니 당연한 일이다.

"부모님 성묘를 다녀오고 싶어."

아마 후궁에 있는 사이 돌아가셨을 것이다. 돌팔이 의관이 코를 훌쩍거리며 말했다.

"응, 알았어. 그보다…."

아주머니가 마오마오 일행을 흘끔 쳐다보았다.

"이분들은 같이 오신 일행이야?"

아주머니는 고개를 갸웃거리며 말했다. 그 얼굴은 저녁 식사준비를 고려하기 시작한 주부의 얼굴이었다.

"어머머, 그래그래. 직장 상사랑 조수였구나. 그럼 빨리 말해주지 그랬어."

'조수라고 이야기한 건가.'

돌팔이 의관의 동생, 이름이 뭐라고 듣긴 들었는데 익숙지 않은 어감이어서 솔직히 금방 잊어버렸다. 음, 할 수 없으니 돌팔이 아줌마라고 부르자. 조수라는 말은 반은 정답이고 반은 틀렸다. 상사라는 건 뭐라고 형언하기 힘들지만 일단 바셴이 아무 말도 하지 않으니 그걸로 충분할 것 같다.

돌팔이 아줌마는 긴 탁자 위에 요리를 하나하나 차려 나갔다. 향초를 넣은 민물생선 찜, 찜기에 들어 있는 만두, 금빛으로 반짝이는 볶음밥 등 음식들은 맛있어 보였다. 가짓수를 채우느라 급히 만든 음식치고는 상당히 괜찮았다.

고양이 마오마오를 위해 일부러 생선을 섞은 죽까지 내주었다. 마오마오는 고양이 주제에 몹시도 뻔뻔한 태도로 음식을 넙죽넙죽 얻어먹었다. 심지어 탁자 위에 놓인 생선까지 노릴 정도였다.

"설마 환관이면서 이렇게 젊은 아내를 데려왔나? 했지 뭐야."

"하하하, 그럴 리가 있나."

"그러게 말이야."

별 의미 없는 대화가 오가는 가운데 갑자기 쨍그랑! 하고 밥그릇 깨지는 소리가 났다. 무슨 일인가 싶어 돌아봤더니 진시가 접시를 떨어뜨린 상태였다.

"어머나, 새 접시를 가져와야겠네요."

돌팔이 아줌마는 얼굴에 음침한 화상 흉터가 있는 남자도 소홀히 하지 않았다. 마오마오가 보기에는 종자 취급을 할 거라면 마차에서 휴대 식량이나 먹이는 게 나을 것 같았지만, 아마 바센은 그런 점까지는 미처 생각을 못 한 듯했다. 변장은 완벽한데 이상한 곳에서 허점이 드러나서는 안 될 텐데 말이다.

긴 탁자 위에 요리가 대강 놓였을 무렵 돌팔이 아줌마의 가족들이 들어왔다. 머리에 수건을 두른 중년 남자 한 명과 젊은 남자 두 명이었다. 중년 남자는 아줌마의 남편이고, 나머지가 아들이라고 보면 될 것 같다.

"형님, 오랜만에 뵙습니다."

남편이 머리의 수건을 풀며 돌팔이 의관에게 공손하게 인사했다. 돌팔이 의관은 생글생글 웃으며 "그래, 오랜만이야." 하고 대답했다. 남편에 이어 젊은 남자 하나도 인사를 하러 왔다. 하지만 다른 한 명은 돌팔이 의관을 무시하고 의자에 앉아 걸신들린 듯 밥을 먹기 시작했다.

"이 녀석, 인사 안 하고 뭐 해!"

아줌마가 아들을 노려보았다.

"형….."

다른 한 명의 젊은 남자가 무어라 형언하기 힘든 표정으로 쳐다보고 있었다. 이쪽이 동생이고, 태도 불손한 쪽이 형인 모양이었다.

돌팔이 조카 1은 따끈따끈한 만두를 반으로 쪼개 입에 넣었다. 속에는 돼지고기 소가 들어 있어, 마오마오도 침을 주르륵 흘렸다.

"아무리 큰외삼촌을 공경하라고 해도 벌써 몇 년이나 고향에 온 적 없는 환관이잖아? 왜 이제 와서 부른 거야? 심지어 손님까지 이렇게 잔뜩 끌고 오다니."

그 말에 돌팔이 의관은 평소와 다름없이 처진 눈썹에 난처한 미소를 지었다. 환관이라는 이유로 노골적인 무시를 당하는 일에는 익숙하겠지만, 조카에게까지 이런 대접을 받는 건 속이 상할 터였다.

마오마오도 약간은 불쾌했다. 그래서 저 못된 조카 놈 혼자만 맛있는 걸 먹게 내버려 둘 수는 없지, 하는 생각에 의자를 끌어 당겨 앉아,

"식으면 맛이 없으니 잘 먹겠습니다."

하고 조카가 집으려 하는 반찬을 하나하나 다 빼앗아 먹었다.

젊은 놈이 뭐야? 하는 표정으로 마오마오를 노려보았지만 그런 건 알 바 아니었다. 마오마오는 이런 녀석보다 훨씬 체격이 좋은 남자 하인이나 무관들을 알고 있다. 바센은 뭔가 하고 싶은 말이 있는 눈치였지만 마오마오의 태도를 보고는 그냥 가만히 있기로 한 모양이었다. 그런 점에서 진시는 아주 자연스럽게 배경과 하나가 되어 있었다.

아줌마도 화가 많이 났는지 사람들에게 죽과 탕을 나누어 주면서 큰아들 몫만 빼놓았다. 남편과 작은아들은 괜히 긁어 부스럼 만들고 싶지는 않은지 그 행동을 그냥 모르는 척했다.

가족의 태도에 화가 났는지 큰아들은 만두 하나를 더 집어 들고는 밖으로 나가 버렸다.

아들이 방을 나간 뒤 아줌마의 남편은 머리를 긁적이며 돌팔이 의관 앞에 고개를 숙였다.

"죄송합니다. 저 녀석, 형님이 이 마을을 위해 얼마나 애써 주셨는지 잘 몰라서 그래요. 상사분도 와 계신데."

"괜찮아, 난 신경 안 써. 이런 일에는 익숙하거든."

돌팔이 의관은 그렇게 말하면서 바센의 눈치를 보는 듯했다. 마오마오가 발끝으로 툭 치자 바센은 움찔했다.

"아니, 우리야말로 갑자기 들이닥치게 되어서 실례가 아닌지…."

그래도 형식적인 인사 정도는 할 줄 아는 모양이다. 마오마오는 안심했다. 물론 진시가 가만히 노려보고 있던 이유도 있겠지만.

"그렇다면 다행이군요."

돌팔이 의관이 죽을 맛있게 먹으며 말했다.

본인은 별생각 없이 한 말이겠지만, 익숙하다는 그 말에 돌팔이 아줌마는 괴로운 표정을 지었다. 원래 돌팔이 아줌마가 후궁에 팔려 가지 않는 대신 돌팔이 의관이 환관이 되었으니 말이다. 돌팔이 의관의 부모 입장으로서도 딸보다 아들이 더 소중했을 텐데.

"그건 그렇고, 사실은 식사보다 더 중요한 할 말이 있었던 것 아니야?"

"……."

돌팔이 의관이 묻자 일가족은 입을 다물었다. 이것이었을까, 돌팔이 의관이 고향으로 돌아온 이유라는 게.

어차피 마오마오는 그냥 듣는 입장이기 때문에 식사를 멈출 생각은 없었다. 생선찜은 간이 딱 맞았고, 향초 풍미도 느껴져 맛이 좋았다. 나중에 조리법을 물어보고 싶다는 생각까지 들 정도였다.

남편은 젓가락을 내려놓고 돌팔이 의관을 바라보았다. 그리고 천천히 고개를 숙였다.

"형님이 천자님의 아기가 태어나셨을 때 직접 받았을 정도의 명의라는 이야기를 들었습니다. 그래서 천자님께 부탁드리고 싶은 게 있어요."

"뭐?!"

'아기를 받았단 말이지….'

실제 아기를 받은 사람은 돌팔이 의관이 아니라 마오마오의 양부인 뤄먼이지만, 어차피 이 돌팔이 의관이라면 편지에 잔뜩 과장된 이야기를 써서 보냈을 게 뻔하다. 마오마오도 이 자리에서 입 다물고 가만히 있어 줄 정도의 친절함은 가지고 있다. 바센은 조금 굳은 표정이었고, 진시는 살짝 멍한 눈으로 쳐다보고 있었다.

하지만….

돌팔이 의관은 처진 눈썹을 더욱 늘어뜨리며 젓가락을 내려놓았다.

"내 말을 들어주실 거라고 생각하는 건 분수도 모르는 짓이야."

"총비님의 출산 자리에 입회했는데도?"

말도 안 되는 소리다. 아무리 고관이라도 황제 앞에서 발언이 허락되는 자리는 한정되어 있는데, 직접 담판을 지으려 했다가는 불경죄로 목이 날아간다.

마오마오는 황제와 이야기를 나눌 기회가 몇 번 있긴 했지만 그건 언제나 황제가 마오마오의 발언을 허락했기 때문이다. 교쿠요 비도 이젠 비가 아니라 황후가 되었기에 연락 자체가 어려운 상황이다.

이대로 가다가는 아줌마의 남편이 돌팔이 의관의 등을 강제로 떠밀어 사태를 강행시킬 것만 같았기에 마오마오가 대신 이야기하기로 했다. 괜히 바셴이 끼어들었다가는 더 골치가 아파지기 때문이다.

"예전에 후궁에 계시던 의관님은 자기 책임도 아닌 일 때문에 트집을 잡혀 육형을 당하고 후궁에서 쫓겨나셨습니다."

"?!"

"소문에 따르면 몰라도 좋을 것을 괜히 알아 버리는 바람에 그렇게 되었다고 하더군요."

아버지 이야기이긴 하지만 아주 거짓말은 아니다. 여기까지 말해도 좋을지 어떨지 조금 망설여지긴 했지만 바센도 진시도 반응하지 않았다. 그 두 사람이 이상한 과잉 반응을 하지 않은 덕분에 마오마오는 안심했다.

　돌팔이 아줌마의 가족들은 "윽…." 하고 얼굴을 찌푸리더니 금세 어깨를 축 늘어뜨렸다. 돌팔이 의관은 그 모습을 보더니 다급히 양손을 내저으며 몸을 앞으로 내밀었다.

　"아니, 천자님께 직접 말씀드리긴 어렵겠지만 달리 이야기할 수 있는 상대가 있을지도 몰라. 도대체 무슨 일인지 말이나 해 보렴."

　그러자 아줌마와 남편은 슬그머니 얼굴을 마주 보았다. 마오마오는 자신들이 이곳에 있어서 방해가 되는 게 아닌가 생각했지만 기왕 이렇게 된 거 무슨 사정인지 전부 듣고 싶었다. 진시와 바센도 마오마오와 같은 의견인 듯 움직일 기색을 보이지 않았다.

　"말해 주지 않겠나? 어느 정도 힘이 될 수 있을지는 모르겠지만…."

　바센이 입을 열었다. 본래는 진시가 해야 할 말이지만 지금은 바센이 대신하고 있었다. 돌팔이 의관은 그 말을 듣고 고개를 끄덕였다.

　"여기 계신 분들은 아주 훌륭하신 분들이야."

드물게도 돌팔이 의관이 분위기 파악을 한 모양이었다.

돌팔이 아줌마는 망설이면서 말했다.

"그럼….."

이야기는 그렇게 시작되었다.

"이 마을의 토지 권리에 관한 일인데….."

원래 이 마을의 토지는 빌린 땅이라고 한다. 근린에 사는 지주가 안 쓰는 땅이라면서 싼값에 빌려주었다고 하는데, 빌려 산 햇수가 점점 길어지면서 사들이는 게 낫겠다는 쪽으로 이야기가 진행되었다. 그 당시의 지주는 인심 좋은 나리였고 이 마을 사람들과도 사이좋게 지냈다고 한다.

그러나 몇 년 전 그 지주가 죽고 아들이 대를 잇자 상황은 바뀌었다.

새로운 지주는 선대와 달리 외부인을 싫어했다. 게다가 직공이라는 것 자체를 매우 하찮게 취급했으며, 이들이 종이 만드는 일로 어용직이 되었다는 사실 자체를 마음에 들어 하지 않았다고 한다.

예전에 종이 품질이 떨어졌을 때, 이 마을에 몇 번이고 찾아와 빚 독촉을 했다는 모양이다.

예전 지주와는 서면으로, 20년에 걸쳐 금액을 지불하여 마을의 토지와 숲을 양도받는 계약을 했다. 금액 또한 명시되어 있었고 지불을 밀린 적은 한 번도 없었는데….

"툭하면 너희가 물을 더럽혀서 쌀 수확량이 줄었다는 둥, 물이 부족해서 벼가 잘 자라질 않는다는 둥 시비를 걸지 뭐에요."

지긋지긋하다는 표정으로 아들 2가 말했다.

"그 시비가 이번에는 특히 집요해져서 빨리 돈을 내라, 돈을 못 낼 거면 이 땅에서 나가라고 협박을 하는 겁니다."

지불 기간은 앞으로 5년이 남아 있다. 아무리 그래도 5년분을 한꺼번에 내라는 건 너무 무리한 소리다.

상대방은 이 지역의 유지다. 마오마오가 녹청관 할멈의 말을 거스르지 못하듯 이들 역시 세게 대응할 수는 없을 것이다.

"나가게 된다면 집이나 도구들은 전부 놓고 나가야 돼. 새 땅을 찾을 때까지 앞으로 얼마나 걸릴지도 알 수 없고."

"그쪽에서는 우리 마을을 그대로 넘겨받아서 자기들이 종이를 만들려는 꿍꿍이를 갖고 있는 것 같아."

"그건 또 왜? 떡은 떡집한테 맡겨야지."

돌팔이 의관이 미꾸라지 수염을 살랑살랑 흔들며 말했다. 발 밑에서 한가하게 웅크리고 있던 고양이 마오마오는 그것을 보고 펄쩍 뛰어오르고 싶어 궁둥이가 근질거리는 눈치였다.

"그게 사실은⋯."

고개를 절레절레 저으며 아줌마가 말했다.

"올해 곡식 세금이 갑자기 올랐거든."

"그리고 우리의 경우 재작년부터 종이 만드는 세금이 내려갔기 때문에 그것 때문에 더 기분이 나쁜가 보더라고."

'그렇게 된 거구나.'

종이 세금이 내려간 데에서는 앞으로 식자율을 높이기 위해 종이를 널리 보급하고자 하는 의도가 엿보였다. 곡물에 매기는 세금이 올라간 것도 마찬가지다. 이모작이 가능한 이 토지라면 수확량에 맞춰 세금을 올리더라도 곤궁해질 정도는 아닐 거라고, 나중을 대비하여 미리 생각해 두었으리라.

마오마오는 진시 쪽을 흘끔 쳐다보았다. 일견 아무렇지 않은 듯했지만 실은 마음속으로 굉장히 안절부절못하는 눈치였다.

'황해 대책 때문이었군.'

풍요로운 토지에서 생산된 곡식을 피해가 심한 곳으로 보내기만 해도 굶주리는 사람이 상당수 줄어든다. 진시와 그 보좌관들의 대처는 충분히 이해가 되고, 그것이 잘못되었다고 생각하지는 않지만 갑자기 세금이 올라간 당사자들로서는 당혹스럽기 그지없는 상황이리라. 그러니 다른 곳에서 부족분을 채우고자 하는 것도 당연한 일이다.

그리고 그 화살 끝은 이 마을을 향했다.

하지만 돌팔이 의관 말처럼 이 마을을 손에 넣는다고 해도 그리 쉽게 종이 제작을 바로 시작할 수 있을 것 같지는 않았다. 그 제조법에는 그간 축적된 지식과 경험이 포함되어 있기 때문에 양질의 종이를 만들 수 있는 것이다.

"게다가 더 난감한 게 저 녀석입니다."

남편이 말하는 '저 녀석'이란 아까 불손한 태도를 보였던 큰아들을 말하는 모양이었다.

"저 녀석은 약간 이유가 있어서, 그쪽 농민들 편을 들고 있어요."

"아, 형은⋯."

동생이 어색하게 웃었다.

"뭐랄까, 완전히 맹목적인 사람이 되어 버렸어요."

하고 싶은 말을 채 다 하지 못하는 듯, 애매한 말투였다.

"부끄럽지만 그 녀석은 배움이 없어서, 관리라는 건 다 똑같다고 생각하고 있는 모양입니다."

그래서 환관과 세금을 올린 관리를 다 똑같다고 생각하고 돌팔이 의관에게 화풀이를 했던가 보다.

"그래서 부탁이라는 게⋯."

물론 세금을 낮춰 달라고 대신 부탁해 줄 수 없는지에 대한 이야기였다.

'어려운 얘기군.'

아무리 이 자리에 진시가 있다 해도 그건 힘든 일이다. 아침에 내린 명령을 저녁에 거둬들였다가는 국가 기강이 흐트러진다. 끼니를 굶을 정도로 곤궁한 상황이라면 모를까, 그렇게까지 힘든 상태 같아 보이지도 않았다.

돌팔이 의관도 난감해하고 있었다. 그도 그럴 게 돌팔이 의관이 어떻게 해 볼 수 있는 일이 아니니 말이다. 돌팔이 의관의 무릎 위에는 여전히 마오마오가 앉아서, 살랑살랑 흔들리는 미꾸라지 수염을 잡으려 앞발을 슬쩍슬쩍 휘두르고 있었다. 턱에는 벌써 할퀸 상처가 생겼다.

　"나는 일개 환관에 불과한데⋯."

　돌팔이 의관의 소극적인 대답에 모두가 어깨를 축 늘어뜨렸다. 하지만 실망하면서도 아줌마의 남편이 입을 열었다.

　"그럼 하다못해 내일 회합이 있는데, 그 자리에라도 같이 가 주실 수 없을까요?"

　"그 정도라면야⋯."

　돌팔이 의관이 마오마오를 흘끔 쳐다보았다. 마오마오는 그 시선을 바센 쪽으로 흘려보냈다.

　"나도 동행해도 될까?"

　바센이 물었다. 모르는 척하고 있지만 사실은 당사자이니 무척이나 신경이 쓰일 것이다.

　"제삼자의 입장으로 그 자리에 함께하고 싶은데."

　"그건⋯."

　남편이 잠시 망설였다. 아마 자신들은 괜찮아도 상대방 쪽에서 승낙하지 않을 거라고 생각한 모양이었다.

　"나는 그냥 뒤에 서 있기만 할 뿐, 아무 말도 하지 않겠네. 상대방이 시비를 건다면 내가 이야기를 하도록 하지."

바센이 그렇게 말하자 남편은 잠시 망설이다가 결국 고개를 끄덕였다.

"나도 따라갈 테니까 너무 걱정하진 마."

돌팔이 의관이 말했다.

'아무 도움도 안 되겠지만.'

마오마오는 겸사겸사 자신도 따라갈 수 없을까 생각하면서 돌팔이 의관을 계속 할퀴는 마오마오를 움켜잡았다.


돌팔이 의관의 고향 집은 돌팔이 아줌마의 남편이 촌장이기도 한 덕분에 손님들을 전부 재울 수 있을 정도로 넓었다. 원래 가도 부근의 여관에 묵을 예정이었으나 결국 그대로 돌팔이 의관의 고향 집에서 신세를 지게 되었다.

마오마오는 작은 방 한 칸을 얻었고 돌팔이 의관은 자기 매부의 방, 그리고 진시와 바센은 넓은 손님방을 배정받았다. 호위가 몇 명 더 있었는데 이들은 한꺼번에 별채에 묵게 되었다. 납기가 얼마 남지 않았을 때 일용직을 고용하는 일도 있었으므로, 넓은 방에서 여럿이 묵을 만큼의 침구도 충분히 준비되어 있었다.

돌팔이 아줌마네 가족들은 손님이니 목욕물도 준비하겠다고 말했지만 그렇게까지 신세를 질 수 없다며 바센이 사양했다.

솔직히 뜨거운 물로 목욕하고 싶었지만, 바센이 그렇게 말한다면 마오마오는 따르는 수밖에 없다. 진시가 슬그머니 지시를 내린 모양이었다.

마오마오는 방에 대야를 들여놓고 수건을 물에 적셔서 그것으로 몸을 닦았다. 워낙 추우니 몸은 그냥 흘린 땀을 닦는 정도로만 해 두지만, 머리는 약간 기름이 낀 느낌이었기에 감기로 했다. 머리 감을 용도로 뜨거운 물을 한 잔 정도만 통에 부어 놓은 뒤 묶었던 머리를 풀어 통 속에 집어넣고 충분히 적신 뒤 세발제를 발랐다. 그리고 두피를 꼼꼼히 문지르며 더러움을 닦아 냈다.

거품을 씻어 내고 젖은 머리를 수건으로 감싸 물기를 빨아들이게 했다. 발이 시렸으므로 아직 따뜻한 대야 속에 발을 집어넣었다. 그렇게 머리를 다 감았을 무렵 문을 똑똑 두드리는 소리가 났다.

"네."

마오마오가 대답을 했지만 밖에서는 아무 소리도 들리지 않았다. 마오마오는 의아한 기분으로 문틈을 통해 고개를 내밀었다. 그러자 밖에는 화상 흉터가 있는 음침한 남자가 서 있었다.

"……."

마오마오는 아무 말 없이 문을 열고 음침한 남자, 즉 진시를 방으로 들였다. 몸을 씻는 중이었기에 창문은 닫아 놓았고, 이

방 옆은 진시와 바센이 쓰는 방이었으며 그 옆에 있는 방과는 다소 거리가 떨어져 있었다.

"말씀하셔도 문제없을 것 같습니다."

"목욕하던 중이 아니었나?"

흘러나온 목소리는 여전히 천상의 울림처럼 아름다웠다. 이번에는 일부러 목을 망가뜨려 목소리를 쉽게 만드는 짓은 하지 않았던 모양이다. 계속 아무 말 없었던 건 그 때문이었으리라.

"머리를 감고 있었을 뿐입니다. 흉한 꼴을 보여 드려 죄송합니다."

마오마오는 젖은 머리를 닦으며 더운물이 든 대야를 방 한구석으로 치웠다. 방이 좁았기 때문에 앉을 만한 곳은 침대밖에 없어, 마오마오는 선 채로 진시를 바라보았다.

"좀 앉지그래?"

"머리가 아직 젖어 있습니다."

도대체 왜 왔느냐는 은근한 시선을 보내며 마오마오가 말했다.

진시는 오른뺨 화상 흉터를 쓰다듬으며 품에서 천 꾸러미를 꺼냈다.

"이걸 지우고 싶은데, 넌 이 화장 방법을 흉내 낼 수 있나?"

꾸러미 속에는 붉은 염료와 풀, 그리고 백분이 들어 있었다. 쌀을 정성껏 빻아 만든 그 풀은 살짝 말라 있었다. 잘 보니 진시의 흉터 자국이 약간 흐릿해진 상태였다. 아무리 날씨가 추워도 땀은 날 것이고, 자려고 누우면 아무래도 지워질 수밖에 없다.

"아마 할 수 있을 겁니다."

염료를 풀에 녹여서 피부에 바른 뒤 그 위에 백분을 톡톡 두드리면 그럴듯한 모양이 나온다. 그리고 안색이 어두워지도록 얼굴에 그림자를 드리우면 된다.

"그럼 부탁하지. 일단 화장을 지워 줘."

진시는 그렇게 말하며 더운물 대야에 수건을 담갔다.

'앗….'

"왜 그러지?"

"물을 새로 준비하겠습니다."

"아니, 괜한 수고를 들일 필요는 없어. 이거면 돼."

마오마오는 아무 말 없이 대야만 쳐다보았다. 겉으로만 봐서는 그렇게 더러운 물 같진 않지만.

"왜 그러지?"

"아뇨, 아무것도 아닙니다."

머리를 감은 다음 발도 씻었는데 거기까지 말할 필요는 없겠지. 본인도 신경 쓰지 않는 것 같으니 새로 더운물을 얻어 올 필요는 없는 것으로 해 뒀다.

마오마오는 그 젖은 수건으로 진시의 얼굴을 닦았다. 목면으로 만든 새 수건이었지만 염료와 풀이 덕지덕지 묻는 바람에 지저분해지고 말았다. 빨갛게 얼룩이 진 수건은 빨아도 깨끗해지지 않을 거라고 생각하니 아까워졌다. 더 낡은 수건으로 닦아 줄 걸 그랬다고 마오마오는 후회했다.

진시는 미지근한 수건이 얼굴에 닿는 느낌이 좋은지 눈을 감고 가만히 있었다. 이렇게 부주의해서야 웃다가 목이 잘리는 건 아닌지 걱정이 될 정도였다.

'무좀이 얼굴에 옮기도 하던가?'

만일을 위해 말해 두는데 마오마오에게 무좀은 없다.

풀이 녹자 진시의 맨얼굴이 드러났다. 섬세한 피부는 여전했고, 그것을 양단하는 상처 자국 또한 아직 남아 있었다. 흉터에는 아직 붉은 기운이 남아 있었지만 시간과 함께 조금씩 옅어져 갈 것이다. 하지만 평생 사라지진 않으리라.

"진시 님."

"뭐지?"

"왜 의관님의 고향 집에 따라오셨나요?"

그것도 일부러 마오마오까지 데리고.

"이곳은 통과 지점이다. 기왕 기회가 되었으니 봐 두고 싶었지."

"통과 지점…."

그렇다면, 돌아가는 데 시간이 더 걸린단 말인가.

'어딜 가려는 거지?'

"마침 때가 맞았다. 증세增稅에 대한 반응도 볼 수 있었고."

"그건 그렇군요."

세금을 거둘 때는 매년 그 해의 작물 수확량을 확인한다. 위에서는 그것을 인구와 맞춰 보고, 무리가 없는 선에서 세금을 징수하고 있을 터였다. 하지만 그것은 어디까지나 수치상의 계산일 뿐 그것을 곧이곧대로 믿어서는 안 된다.

"게다가 이 지방에 좀 신경이 쓰이는 점이 있어서."

"그게 무엇인가요?"

"나는 잘 모르겠지만, 네 사촌 오라비가 자꾸 신경이 쓰인다고 주판알을 튕겨 대는 걸 보면 수상하다고 생각할 수밖에 없지 않겠어?"

숫자에 대한 라한의 집착은 어마어마하다. 설령 완벽하진 않다 해도, 보다 아름다운 숫자를 찾아 밤낮으로 일하는 괴짜다. 그런 녀석이 진시에게 신경 쓰인다고 말했다면 뭔가가 틀림없이 있을 것이다.

"요 몇 년 동안의 쌀 출하량이 이상하다더군."

라한은 괴짜지만 그 점에 대해서는 믿을 수 있는 인물이다.

"그나저나 설마 그 자리에서 이런 일을 마주할 줄이야. 안 그래도 이제부터 제지업에 힘을 실어 주려던 참인데, 숙련된 직공이 갑자기 초보로 바뀌어서는 곤란해."

동네 유람이나 하러 나온 처지는 아니다. 이렇게 열심히 일을 하고 있는데 발 씻은 물로 얼굴을 닦게 만든 게 미안해졌다.

진시는 슬슬 잠이 오는지 차츰 자세가 무너지더니 결국 침대 위에 드러누웠다. 마오마오는 귀찮다고 생각하면서도 침대에 앉아 진시의 머리카락을 조심스럽게 어루만졌다. 향을 피우지도 않았는데 희미하게 꽃향기 같은 냄새가 났다. 체질까지 천녀 체질인 모양이다.

"화상 자국은 지금 만들까요? 아니면 내일 아침에 할까요?"

"지금 부탁해."

몽롱한 그 목소리는 평소보다 훨씬 더 선정적으로 느껴졌다. 이 상태로 방에서 내쫓는다면 그야말로 대참사가 벌어질 거라고 생각하며 마오마오는 손으로 염료와 풀을 섞었다. 거기에 물을 약간 섞어서 다소 무르게 만든 뒤, 상처 자국 주위에 바르기 시작했다.

'도대체 누가 생각한 걸까?'

상당히 진짜 같은 흉터였다. 물에 젖으면 약해지지만 요즘처럼 건조한 계절에 비가 내릴 일은 거의 없다.

"바센 님이 해 주시지 않나요?"

"그 녀석은 그런 재주가 없어."

"저를 데려온 건 이것 때문이었군요."

"그게 전부는 아니야."

진시는 무언가가 피부에 닿는 느낌을 좋아하는 모양이었다. 마오마오가 손가락으로 풀을 살살 펴 바르자 진시는 갓난아기처럼 눈을 감았다.

"주무시진 마세요. 그러기 전에 바센 님을 부를 겁니다."

"그 녀석을 부른다고 뭘 어떻게 할 수 있을 것 같아?"

아니, 아무것도 못 하겠지. 마오마오는 생각했다. 바센은 아버지인 가오슌과 달리 아직 그런 요령이 없다. 솔직히 진시의 보좌관으로서는 아직 역량이 한참 부족한 느낌이다.

"왜 바센 님을 보좌로 삼으신 건가요?"

저도 모르게 입 밖으로 내어 묻고 말았다. 한동안 가오슌을 만나지 못해 마음의 안정을 잃은 탓도 있었다. 그 중년 아저씨가 가끔 보여 주던 귀여운 모습이 그리웠다.

진시는 마오마오의 질문에 천천히 눈을 떴다. 흑요석 같은 눈동자가 다소 공허한 분위기를 띠었다.

"…아니, 그 녀석도 자기 나름대로는, 음. 할 일 제대로 하고 있거든?"

"말투가 너무 애매하다고 생각하지 않으세요?"

진시도 젖형제라는 이유로 바센에게 무른 걸까. 아니, 진시 곁에 있으면서 묘한 충동에 휩쓸리지 않는 것만으로도 대단한 인재일지도 모른다.

진시의 화상이 완성되자 마오마오는 끈적끈적해진 손을 씻으려 했다. 그러다 문득 떠오른 생각에, 깨끗한 한쪽 손으로 짐을 뒤져 거울 대신 쓰는 구리판을 꺼냈다. 그리고 자신의 얼굴을 비춰 보면서 풀을 입 주위에 발라 보았다. 괴물 같은 얼굴이 되는 바람에 마오마오는 얼굴을 찡그렸다.

"그건 너무 심한걸."

그렇게 말하면서도 진시는 웃고 있었다. 마오마오는 어차피 씻으면 그만이라는 생각에 신이 나서 눈 주위나 뺨에까지 치덕치덕 발랐다. 구리판에는 기괴한 얼굴이 비치고 있었다. 마치 죽은 사람 같았다.

진시는 그 모습이 정말로 우스운지 소리를 죽여 웃고 있었다. 너무 웃어서 괴로워하고 있는데 미안하지만 아예 끝장을 보겠다는 생각에 마오마오는 진시에게로 다가섰다.

그때….

"들어간다."

문을 똑똑 두드리는 소리와 함께 바셴의 목소리가 울려 퍼졌다. 그리고 말릴 틈도 없이 문이 열렸다.

커다래진 바셴의 눈에는 배꼽을 잡고 웃는 진시, 그리고 얼굴과 손이 시뻘겋게 물든 마오마오가 서로 앉은 채 몸을 들이대고 있는 모습이 비치고 있을 터였다.

"……."

""…….""

다음 순간 비명을 지르려는 바셴의 입을 마오마오가 수건으로 막고 진시가 몸으로 깔아뭉갰다. 마오마오가 진시를 만난 후 지금까지 이렇게 호흡이 척척 맞은 순간은 처음이었다.

다음 날 회합 자리에는 마오마오도 동행하게 되었다.

장소는 그 지주의 마을에 있는 밥집이었고, 종이 만드는 마을에서 그리 멀지 않은 곳에 있다고 했다. 걸어서 한 시간도 안 걸린다.

밥집은 살풍경한 분위기였으나 규모 자체는 큼지막했다. 본래 지방 사람들을 상대로 하는 게 아니라 가도를 지나가는 여행자들을 대상으로 하는 가게인지 여관도 겸하고 있었다. 어젯밤 돌팔이 의관의 집에 묵지 않았더라면 아마 이곳을 숙소로 삼았을 것이다.

이쪽에서는 돌팔이 의관의 매부와 그 아들 둘, 그리고 마을에 사는 장년 남자 셋이 나왔다. 돌팔이 의관과 마오마오, 바센, 진시 등의 덤까지 합쳐서 총 열 명이다. 혹시 싸움이 벌어졌을 경우 바센이 진시를 확실히 지켜 줄 수나 있을지 좀 걱정이 되었지만, 진시도 주먹깨나 쓸 줄 아는 모양이니 뭐 어떻게든 되겠지 싶다.

그에 반해 상대편 쪽에서는 체격 좋은 아저씨 열다섯 명 정도가 나왔고, 그중에서 가장 지위가 높아 보이는 수염 난 중년이 당당하게 떡 버티고 앉아 있었다.

밥집 주인 부부는 짜증스러운 표정으로 그 무리를 지켜보았다. 나눌 이야기가 워낙 골치 아픈 화제이다 보니 혹시 난투가 벌어질 가능성도 있어 일부러 이 장소를 선택했겠지만, 가게 주인 입장으로서는 민폐일 뿐이다.

돌팔이 의관은 부들부들 떨고 있었다. 가게 주인아줌마를 제외하면 여자는 마오마오밖에 없어서 확실히 너무 튀었다. 하지만 안타깝게도 다들 닭뼈처럼 비쩍 마른 여자애한테는 관심이 없는지 '왜 이런 게 여기 있지?' 하는 표정으로 고개를 갸웃거리거나 코웃음만 쳤다.

마오마오는 여기 따라오느라 꽤 고생했다.

돌팔이 아줌마가 자꾸 말렸기 때문이었다. 아무리 이렇게 생겼어도 아직 시집도 안 간 어린 아가씨인데 혹시 위험한 일이라도 벌어졌다간 어떻게 하느냐는 주장이었다. 무엇보다 그 자리에 있기에는 너무 안 어울리는 존재다.

하지만 한편으로는 돌팔이 의관이 불안한 듯 마오마오를 쳐다보고 있기도 했고, 마오마오도 그 계약인지 뭔지가 궁금했다.

마오마오는 할 수 없이 적당한 이유를 대충 지어냈다.

"제가 아는 사람 중에 이쪽에 대해 잘 아는 사람이 있으니까, 그런 일이 있었다고 전달해 드리면 안 될까요?"

아줌마는 '이쪽'이라는 말을 듣고 사법관이라고 생각했는지 마지못해 승낙했다. 사실 마오마오가 말한 '아는 사람'이란 함께 온 진시 일행을 말하지만, 그 말을 굳이 할 필요는 없다.

그런 연유로 마오마오는 조금 떨어진 자리에 앉아 가게 주인 아줌마에게서 차를 얻어 마셨다. 술집도 겸하고 있는지 술 냄새가 풀풀 풍겨, 마오마오는 하마터면 술을 시킬 뻔했다가 간신히 참았다. 진시와 바센도 같은 탁자에 앉아 있었다.

"그나저나 너까지 올 필요가 있었나?"

아까 돌팔이 아줌마와 실컷 주고받았던 이야기를 바센이 또 끄집어냈다. 그럼 그때 말하지 그랬나.

"의관님이 제발 좀 같이 와 달라고 부탁하셔서요. 제가 같이 안 오면 너무 불쌍하잖아요."

"아니, 그건 말이 너무….''

바센은 납득하지 못한 눈치였으나, 아까부터 계속 돌팔이 의관이 이쪽을 흘끔흘끔 쳐다보고 있었기에 그 이상 아무 말도 하지 않았다.

"그나저나 가게 규모에 비해 술이 많군."

바센이 주위를 둘러보며 말했다. 선반에 술이 가득 늘어서 있긴 했지만 주로 파는 술은 통에 담긴 탁주로 보였다. 조리장 쪽에 커다란 술통이 있는데 그 속으로 하얀 술이 엿보이고 있었으니 말이다. 도성에서는 주로 맑은술이나 증류주를 선호하니 탁주는 아무래도 전형적인 시골 술이라는 인상이 느껴진다. 숙박객들에게는 선반의 술을, 동네 사람들에게는 통에 든 술을 파는 모양이었다.

마오마오가 술에 정신이 팔려 있는 사이 다른 사람들은 이미 이야기를 주고받기 시작했다.

"돈은 준비됐나?"

삼류 연극의 악역 같은 대사를 내뱉은 사람은 아니나 다를까, 거만하게 앉아 있던 수염 난 중년 남자였다. 문제의 지주로 여겨지는 이 사내의 곁에는 온통 소작인인지 호위꾼인지 모를 험상궂은 남자들이 빈틈없이 지키고 있었다.

이쪽 사람들도 체격은 괜찮지만 아무래도 인원수로 볼 때 불리하다고 마오마오는 생각했다. 만일 난투극이 벌어지면 어디로 도망쳐야 하나, 하는 생각에 주위를 둘러보았다.

"기한이 아직 남아 있습니다. 조금만 더 생각해 주실 순 없으신가요?"

돌팔이 아줌마의 남편이 차분한 표정으로 말했다. 지주와 남편 사이에는 한 장의 종이가 놓여 있었다. 저게 계약서인 모양이었다.

"생각할 여유 따위는 없어. 이쪽 입장에서도 선의만으로 할 수 있는 일이 아니야. 돈을 낼 수 없다면 썩 나가."

몹시도 냉담한 태도였다. 이런 쌀쌀맞은 소리를 벌써 여러 번 들었을 것이다.

"우리도 어느 정도의 편의는 봐주려고 생각하고 있어. 그러니까 내년까지 기다려 주겠다는 것 아니야. 대신 그동안 약간의 가르침을 청하겠다는 뜻이지."

'순 억지잖아.'

지금 당장 나가거나, 아니면 내년에 나가거나. 만일 유예 기간을 얻는다 해도 그것은 상대에게 자신들의 기술을 가르쳐 주어야 하는 기간일 뿐이다.

새롭게 살아갈 터전도 찾지 못하고, 후자를 선택한다면 기술의 유출을 막을 수가 없다. 아마 어용 직공 간판은 그대로 걸어두고 일하는 사람만 바꿔치기하려는 수법일 것이다.

화는 나지만 그런 방식이 통할 리가 없다. 그 증거가 바로 탁자 위에 놓여 있었다.

하지만 마오마오는 이상하다는 생각이 들었다. 굳이 이쪽 농민들에게 제지업을 전수시킨 다음에 내쫓는 방법보다는, 빚을 무기 삼아 이쪽 마을 사람들을 마음대로 부려 먹는 편이 훨씬 편리하니 말이다. 그렇게 외부인이 싫은 걸까.

중년 남자 쪽을 쳐다보니 증오스러운 표정으로 제지 기술자들을 쳐다보고 있었다. 특히 두 아들들을 유심히 노려보는 것 같았다.

마오마오는 종종걸음으로 다가가 아줌마의 남편 뒤에 가서 섰다. 옆에서는 돌팔이 의관이 수염만 달달 떨고 있었다. 건너편에서 바센이 "뭐 하는 거야!"라며 마오마오를 노려보았지만 마오마오는 신경도 쓰지 않았다.

계약서는 벌써 10년 이상 전에 작성된 물건일 텐데 종이 질이 무척 좋았다. 조악한 품질이었다면 몇 년 지나지 않아 너덜너덜해졌을 텐데 말이다. 계약서에는 20년 동안 매입금 지불을 마쳐야 한다는 내용과 다달이 낼 변제 금액이 적혀 있었다. 마지막에는 화압인花押印, 즉 서명 대신으로 사용되는 인감까지 빠짐없이 찍혀 있었다.

이렇게 당당한 정식 계약서가 있는데 저 지주는 도대체 뭘 믿고 저렇게 거만하게 버티는 걸까. 마오마오가 고개를 갸웃거리고 있는데 작은아들이 슬그머니 가르쳐 주었다. 제 형과는 다르게 눈치가 빠른 녀석이다.

"계약서가 무효라고 주장하는 거야."

그리고 계약서 내용은 다른 사람이 대필했다고 한다.

"화압이 찍혀 있는데?"

"그건 진짜지만…."

선대 지주는 글을 읽지 못하는 사람이었다고 한다.

"못 읽었다고요?"

마오마오가 물었다. 그건 이상하다는 생각에 마오마오는 고개를 갸웃거렸다. 지주라면 서류를 훑어볼 일도 많을 테고, 무엇보다 글 읽는 교육을 받지 않았을 리가 없다.

"데릴사위였거든."

'아….'

그제야 사정을 눈치챌 수 있었다. 데릴사위라면 이해가 된다. 선대 지주는 아마 성실하게 일하던 소작인들 중 한 명이었을 것이다. 그렇다면 공부를 했을 리도 없고, 사위가 되고 나서 글을 좀 배워야겠다는 마음은 있었어도 쉽게 할 수 있는 일이 아니었으리라.

"전에는 대필꾼이 아니라 마님이 하셨는데…."

그 마님이 세상을 떠난 후에 맺은 계약이라는 모양이다.

'흐음….'

계약서는 진짜라고 믿고 싶다. 화압인이 진짜라는 걸 보니 선대 지주의 눈앞에서 맺어진 계약이라는 사실은 틀림이 없을 것이다.

"대필꾼과 그 자리에 입회했던 사람은 지금 없나요?"

"그게, 둘 다 죽었거든."

15년 전에 맺은 계약이었고 두 사람 다 당시에 이미 고령이었다고 한다.

'진짜 엉망진창이네.'

마오마오가 머리를 긁적이는 사이 지주는 도저히 하나를 고를 수 없는 두 개의 선택지를 돌팔이 아줌마의 남편에게 강요하고 있었다. 주위의 다른 농민들이 기분 나쁘게 히죽히죽 웃고 있으니 종이 만드는 마을 사람들은 아무래도 입지가 불리할 수밖에 없었다.

하지만 장남만은 복잡한 표정으로 입술을 깨물고 있었다.

"지금 당장 나가지 못하겠다면 할 수 없지. 내일부터 우리 쪽 젊은이들을 그쪽으로 보내겠어. 도와줄 테니까 연말까지는 일을 전부 가르쳐 놓도록 해."

종이 기술자들이 주먹을 부르르 떨었다. 돌팔이 의관은 따라오긴 했지만 아니나 다를까 꿔다 놓은 보릿자루나 다름없었다. 도움이 될 리가 없다.

마오마오는 혼자 담담하게 주위 상황을 살피고 있었다. 자꾸만 술이 신경 쓰였다. 나중에 슬그머니 한잔할까 생각했지만 이런 가운데에서 그런 짓을 하는 건 아무리 그래도 너무 분위기 파악 못 하는 짓이다.

하지만 지주 측에서는 기분 좋게 술을 시키기 시작했다.

"이봐, 이 녀석들한테도 가져다줘."

지주가 후한 인심을 베풀자 농민들은 신이 나서 소란을 피우기 시작했고, 반대로 이쪽은 마치 장례식장 같은 분위기였다. 가게 주인아줌마는 시키는 대로 술과 잔을 날라 왔다.

마오마오는 코를 쿵쿵거렸다.

'응?'

농민들이 들고 있는 술잔 속을 보니 탁주가 아니라 투명한 술이 들어 있었다. 그리고 지주가 마시는 건 그것과 전혀 다른 호박색 액체이며, 증류주라는 사실을 알 수 있었다. 상당히 독

해 보이는 술이었다. 아마 선반에 진열되어 있던 술인 모양이었다.

지주가 마시는 건 이해가 간다. 자기 취향에 맞는 술을 마시는 건 당연한 일이다. 하지만 소작인들까지 맑은술을 마시는 건 아무리 인심이 후해도 좀 지나친 처사다. 가장 질이 떨어지는 탁주가 이 밥집에 넉넉히 준비되어 있을 텐데 말이다.

'……'

마오마오는 귀찮다는 표정으로 술을 날라 오는 아줌마에게 미안하다고 생각하면서도 손을 들어 불렀다.

"왜 그러니?"

"저도 한 잔. 그 술로."

아줌마는 할 수 없다는 표정으로 술을 가져다주었다.

"아가씨, 왜 이런 때…."

돌팔이 의관뿐만 아니라 다른 종이 기술자들까지 어이가 없다는 표정으로 쳐다보고 있었다. 물론 바센도 그랬지만, 진시만은 자신에게도 같은 것을 주문해 달라고 손짓으로 지시를 내렸다.

'눈치챘나?'

마오마오는 진시와 바센의 몫까지 시켰다.

그리고 마오마오는 술을 벌컥벌컥 들이켰다. 달콤한 맛이 느껴지는 괜찮은 술이었다. 도성의 술만큼 세련되진 않지만 이것도 나름대로 나쁘진 않다. 하지만 맛이 달콤한 데 비해 주정은 생각보다 도수가 셌다.

이것이 지독하게 맛이 없었다면 그래도 이해가 된다. 마오마오는 혀로 입술을 날름 핥았다.

귀찮은 손님을 들여야 하는 밥집 안에 놓여 있는 대량의 탁주. 게다가 지주는 횡포가 심하지만 농민들에게는 다른 술을 먹이고 있다.

'흐음, 그렇군….'

마오마오는 어처구니가 없다는 표정을 짓고 있던 돌팔이 아줌마의 남편을 쳐다보았다.

"실례지만 이 부근에 양조장이 있나요?"

"…아니, 그런 건 없었던 것 같은데."

"그렇겠죠."

마오마오는 입술을 일그러뜨리며 히죽 웃고는 술이 든 잔을 들고 웅성웅성 떠드는 지주 일행 앞으로 다가가 섰다. 그리고 잔을 탁자 위에 쿵 내려놓고는 마치 맹금류 같은 웃음을 지었다.

"뭐야, 아가씨. 술이라도 따라 주려고?"

지주가 비웃으며 그렇게 말하자 주위에서 커다란 웃음이 일었다.

"아, 아가씨!"

돌팔이 의관이 마오마오에게 매달리면서 도대체 무얼 하는 거냐며 나무랐다. 바센도 자리에서 일어나려 했으나 진시가 슬그머니 옷자락을 붙잡기라도 했는지 그냥 제자리에 도로 앉았다.

마오마오는 웃으면서 지주를 향해 말했다.

"주량 대결이라도 하지 않으시겠어요?"

그렇게 말하며 마오마오는 자신의 몸을 툭 쳤다.

"주량 대결? 배짱 한번 좋구만."

느닷없이 눈앞에 나타난 건방진 소녀를 향해 지주가 말했다. 농민들은 배를 잡고 웃고, 종이 기술자들은 어처구니없다는 표정을 짓고, 돌팔이 의관은 그저 어쩔 줄 몰라 하기만 했다. 마오마오의 배짱 두둑한 행동에 익숙한 진시만은 바센이 행동에 나서지 못하도록 꽉 붙잡고 있었다.

"이봐, 진심이야?"

종이 기술자들이 걱정스러운 듯 마오마오를 쳐다보며 물었다.

"문제없어요. 그보다 질문이 있는데 빚이 어느 정도 남아 있나요?"

"…연간 은 1000장. 올해는 이미 반을 지불했으니까 앞으로 4500장 남았어."

그 정도 금액이라면 대금업자에게 부탁해도 쉽게 빌려주진 않을 것이다. 아무리 어용 직공이라고는 해도 대량 생산에는 맞지 않는 업종이니 돈이 쉽게 벌리지도 않을 테고 말이다.

"그렇군요."

마오마오는 의자에 털썩 주저앉았다.

"기왕이면 내기를 걸고 대결하지 않으실래요?"

"내기? 이거 세게 나오는데."

지주는 어지간히 주량에 자신이 있는지 마오마오를 완전히 깔보고 있었다.

"그래서 뭐 걸 만한 게 있긴 한가?"

"네. 그러니까 아까부터 계속 이야기하고 있잖아요."

마오마오는 자신의 가슴을 팡 때렸다.

"뚜쟁이한테 팔면 은 300은 나올 거라고요."

푸핫! 하고 술을 뿜는 남자들이 속출했다. 종이 기술자들은 그저 아연한 표정이었다. 우당탕 소리가 나나 싶더니 진시가 벌떡 일어나 있었다. 마오마오는 걱정하지 말라는 의미로 그쪽을 향해 고개를 끄덕였다.

"하하하하! 300이라니 크게도 부르는구만. 아가씨, 물건에는 시세라는 게 있다는 걸 알기나 해?"

농민 중 하나가 마오마오를 비웃으며 말했다. 알고 있으니까 하는 말인데 말이다. 돈으로 팔려 온 여자들을 자신이 얼마나 많이 봤는지 알지도 못하면서.

"아무리 쓸 만한 계집애라도 100도 못 받아. 그런데 300이라니, 300이라니…."

우스워 죽을 지경인 모양인지 농민들은 침을 튀기며 웃어 댔다. 술기운도 적절하게 오른 듯했다. 그런 사내들을 향해, 마오마오는 보란 듯이 "풋!" 하고 웃었다. 노골적으로 비웃는 그 표정에 욱한 주정뱅이들의 절반이 마오마오를 노려보았다.

"아니, 지저분하게 흙 묻은 무를 그냥 팔아 봤자 은 50도 안 나오는 건 당연한 일 아닌가요? 그런 상식도 모르다니…."

마오마오의 몸이 비틀비틀 흔들렸다. 누군가가 멱살을 잡고 끌어올리는 바람에 까치발로 설 수밖에 없는 상황이었다. '무'라는 게 시골 처녀를 야유하는 말이라는 의미가 충분히 전달된 모양이었다.

마오마오는 움직이지 말라는 뜻을 담아 진시를 곁눈질로 노려보았다. 여기서 상대에게 손을 댔다가는 일이 괜히 번거로워진다.

"다시 한번 말해 봐!"

얼굴이 시뻘게진 농민들 중 하나가 마오마오를 을러댔다. 치켜든 주먹은 흙으로 시커멓게 더럽혀져 있었고, 굳은살이 가득했다. 맞았다가는 뼈도 못 추릴 것이다.

'맞아도 할 수 없긴 하지만….'

여기서 물러설 수는 없다. 돌팔이 의관은 쓰러져 있었고, 종이 기술자들은 그저 굳은 표정만 지을 뿐이었다.

"읽고 쓰기도 제대로 할 줄 모르다니, 후후. 그래서야 종이라고는 평생 쓸 일도 없겠네요. 만드는 법을 배운다고 제대로 만들 수나 있겠어요?"

농민은 마오마오를 향해 주먹을 휘둘렀으나 그 손은 마오마오에게 닿지 못했다.

쿵, 하고 탁자를 내리치는 소리가 나고 마오마오와 농민 사내 사이에 누군가가 끼어들었다. 내리쳐진 탁자 위에는 커다란 돈주머니가 놓여 있었다. 끼어든 사람은 진시였다.

진시는 돈주머니를 뒤집어엎었다. 금과 은으로 된 덩어리들이 쩔그럭쩔그럭 소리를 내며 우르르 쏟아져 내렸다. 그 자리에 있던 모든 사람들이 눈을 휘둥그렇게 뜨고 입만 떡 벌렸다. 바센 역시 도대체 뭐 하느냐는 표정으로 입을 뻐끔거렸다.

"이 소녀를 은 300에 살 수 있다니 아주 싼값이군."

진시는 목소리를 바꿔 말했다. 평소보다 낮은 그 목소리와, 단정하지만 음침한 얼굴이 그 자리를 압도했다. 마오마오는 자신의 멱살을 잡고 있던 남자의 손을 매섭게 뿌리쳤다.

'그렇게 큰돈을 사람들 앞에서 보이는 건 좋지 않은데.'

마오마오는 그렇게 생각하면서도 일단 이 상황을 이용하기로 했다. 옷매무새를 가다듬은 마오마오는 의자 위에 한 발을 떡하니 올려놓고 얄팍한 가슴을 당당하게 폈다.

"그것 봐, 아는 놈은 딱 보면 알잖아."

마오마오를 때리려 했던 농민이 이를 갈며 노려보았다.

진시와 마오마오는 둘이서 나란히 기분 나쁘게 웃으며 농민들을 자극했다.

"이 자식들한테 뜨거운 맛을 좀 보여 줘야지 안 되겠어!"

농민 사내가 자기 패거리에게 그렇게 말하고 있는데, 손 하나가 뻗어 와 가로막았다.

"제멋대로 일을 저질러서는 곤란해."

대지주가 말했다. 농민은 움찔하더니 몸을 움츠렸다.

"그래, 뭐 걸 판돈만 있다면 이쪽 입장에서는 그걸로도 상관없어."

대지주는 내기에 응할 마음이 있는 모양이었다. 마오마오는 대담하게 웃으며 의자에서 발을 내렸다.

"자, 누구부터 시작할까요?"

종이 기술자들이 어처구니가 없다는 표정으로 넋이 나간 채 마오마오를 쳐다보고 있었다. 밥집 주인 부부는 조마조마한 얼굴들이었고, 돌팔이 의관은 여전히 바닥에 뻗어 있었다.

그리고 진시는 굉장히 불쾌한 표정으로 마오마오를 노려보고 있었고, 바센은 그 모습이 매우 걱정이 되는 모양이었다. 돈주머니는 탁자 위에 그대로 놓여 있었다.

"내가 제일 먼저 상대해 주마!"

마오마오에게 시비를 걸었던 남자가 말했다. 그야말로 바라 마지않던 상대였다.

빈 술병이 벌써 바닥에 몇 개째 굴러다니고 있는지 모른다. 그리고 바닥에 축 늘어져 있는 사내놈들의 수는 셋, 방금 네 명째가 쓰러졌다.

"…말도 안 돼."

돌팔이 의관을 간호하고 있던 작은조카가 기가 막힌다는 목소리로 중얼거렸다.

"어머, 벌써 끝인가요?"

마오마오는 잔에 남아 있던 술을 쭉 들이켰다. 목구멍이 불타는 듯 아주 독한 증류주였다. 이런 시골 밥집에서 팔기에는 너무 고급스러운 술이다. 하지만 더 독한 술을 마시는 데 익숙한 마오마오에게는 별것 아니었다.

마오마오를 빨리 무너뜨리기 위해 주정이 센 증류주를 내놓은 게 패인이었다. 익숙지 않은 도수 높은 술 앞에서 남자들은 하나하나 취해 쓰러져 나갔다. 다들 뻗어 있긴 하지만 뭐 죽지는 않았다. 마오마오 입장에서는 봐줄 생각이 없었다.

"300이라, 그 정도면 바가지 쓴 건 아니군."

귓가에서 진시가 속삭였다. 또 이 녀석에게 팔려 갈 수도 있다고 생각하니 여기서 질 수는 없었다.

참고로 뚜쟁이들이 값을 후려치면 시골 처녀를 은 20에 사들이는 수도 있다. 진시는 정말이지 금전에 관한 가치관이 엉망진창인 인간이다.

일단 진시가 내놓은 판돈을 본전 삼아 한 명은 이겼다. 그러자 두 명째가 달려들었다. 남자는 처음부터 마오마오에게 취기가 올라 있을 거라고 넘겨짚고, 독한 술을 단숨에 벌컥벌컥 마시다가 쓰러졌다.

세 명째, 네 명째도 그런 식으로 도전했다. 앞서 술을 마셨던 만큼 마오마오가 불리한 입장이었다. 상식적으로는 그렇지만, 안타깝게도 마오마오는 상상 이상의 주당이었다.

'이걸로 네 명.'

첫 번째가 300, 그리고 또 걸어서 두 명째에 600, 세 명째에 1200. 네 명째가 되면 은 2400이 마오마오의 수중에 들어온다. 그 점을 이해는 하고 있는 건지, 얼굴이 시뻘게진 사내들이 마오마오를 노려보고 있었다.

상대편 쪽에는 아직 인원이 남아 있지만 마오마오 입장에서는 승부에서 한 번 더 이기기만 하면 끝이다. 남은 빚은 4500이라고 했으니 말이다.

상대가 주정뱅이라 다행이었다. 마오마오 일행은 간단한 증거 문서를 대충 만들고 거기에 손도장까지 받아 낼 수 있었다. 그것이 총 네 장이다. 어차피 놈들은 그 증거 문서가 단순한 종이 쪼가리에 불과하다고 생각할 것이다. 그들의 위에 선 대지주님께서 그냥 무시하려 하는 걸 보면 알 수 있다.

끄으응, 하고 얼굴을 찌푸리는 가운데 드디어 진정한 목표물이 술병을 집어 들었다.

"어디 상대 좀 부탁해 볼까?"

수염 난 지주는 웃고 있었지만 그 눈빛은 날카로웠다.

마오마오는 배를 쓸어내렸다.

'괜찮으려나 모르겠네.'

아무래도 네 명을 상대한 뒤였기에 물배가 잔뜩 차 있는 상태였다. 지주는 항상 증류주를 마시는 걸로 봐서 술도 상당히 셀 터였다. 지주는 조금 힘들어 보이는 마오마오를 보고 비웃으며 증거 문서를 훑어보았다.

"이 녀석들과 나를 똑같이 보면 안 되지."

지주는 문서에 대충 휘갈겨 서명을 한 뒤 탁자 위에 탕 내려놓았다.

"형씨, 돈 낼 때 아까워하면 안 돼."

진시는 말없이 팔짱을 꼈다.

"그 정도는 알고 있습니다."

마오마오는 할 수 없다는 생각에 품에서 작은 병 하나를 꺼냈다.

"잠깐! 그건 뭐야?"

지주의 호위꾼들이 바로 트집을 잡았다.

"이 술맛에는 이제 질려서, 맛을 좀 바꿔 보고 싶었을 뿐인데요."

마오마오는 호박색 액체가 담겨 있던 술잔 속에 방금 꺼낸 작은 병의 내용물을 쪼르륵 부었다. 그 모습을 본 지주가 움찔하더니 바로 움직였다.

"잠깐 기다려. 그렇다면 내 몫도 받아야지."

그래서 마오마오는 작은 병을 지주에게 건넸다. 지주는 가만히 그 병을 바라보더니 나머지를 전부 자기 잔에 따라 버렸다.

"취기가 느리게 돌게 하는 약 같은 건 아니겠지?"

지주는 히죽 웃으며 말했지만 마오마오는 그러거나 말거나 무표정하게 자기 몫의 술을 들이켰다.

지주는 마오마오가 술잔을 비우고도 얼굴이 멀쩡한 것을 확인한 뒤 씩 웃으며 자기 잔을 기울였다. 그렇게 벌컥벌컥 한 잔을 다 마시고 나서….

쓰러졌다.

달려온 호위꾼들이 지주를 일으켰으나 지주는 완전히 정신을 잃은 후였다.

"이봐! 도대체 뭘 탄 거야?"

"타긴 뭘 탔다는 거죠? 저도 똑같은 걸 마셨는데요."

뻗어 버린 이유는 술을 마셨다는 것밖에 없다.

"내기는 제가 이겼네요."

"……."

일동 모두가 아연실색한 가운데 마오마오는 자리에서 일어나 증거 문서를 집어 들었다. 그리고 비틀거리지도 않고 그것을 종이 기술자인 돌팔이 아줌마의 남편에게 건넨 뒤, 밥집 주인아줌마 앞으로 다가가 섰다.

"뒷간이 어딘가요?"

"나가서 오른쪽이야."

"감사합니다."

마오마오는 살짝 종종걸음을 쳐서 뒷간으로 향했다. 술병을 여러 병 비웠으니 요의가 느껴지는 건 당연한 일이었다. 마오마오도 사람들 앞에서 소변을 지리는 건 창피하다고 느끼지 않을 도리가 없다.


"이봐, 아가씨. 도대체 뭘 어떻게 한 거야?"

돌팔이 아줌마의 남편이 도저히 이해가 안 간다는 표정으로 물었다. 손에는 접힌 증거 문서가 들려 있었다.

"저는 그냥 술맛을 좀 바꾸고 싶어서 주정을 더한 것뿐인데요."

마오마오는 옷깃 안쪽에 항상 약초나 의료 기구를 넣어서 지니고 다니곤 했다. 그리고 소독용 주정 또한 그런 식으로 들어있었다.

소독용이기 때문에 그 도수는 보통 술과는 비교도 되지 않는다. 보통 사람이라면 한 모금 마시기만 해도 쓰러질 텐데, 지주는 심지어 그런 액체를 잔에 하나 가득 찰랑찰랑 부었다.

"…하나만 물어봐도 될까?"

"뭐죠?"

"아가씨도 그 주정인지 뭔지를 넣어 마신 것 아냐?"

남편은 다소 굳은 표정으로 물었다.

"네, 그 정도는 괜찮다는 사실을 이미 알고 있었으니까요. 그냥 내기를 빨리 끝낼 수 있지 않을까 하는 마음에 꺼냈던 거죠."

그리고 그런 식으로 마오마오가 수상한 행동을 보이면 상대방 측에서도 당연히 반응할 거라고 생각했다. 정확히 원하던 대로 반응해 줘서 정말 다행이었다. 딱히 별 수작을 부리지 않고 주량 내기를 했어도 물론 이겼겠지만, 솔직히 그때까지 요의를 참을 자신은 없었다.

"늦지 않게 뒷간에 다녀올 수 있어서 정말 다행이에요."

"…그건 참 잘된 일이긴 한데, 아무리 자신이 있었다고는 해도 스스로의 몸을 담보 삼아 내기를 거는 건 별로 바람직한 일 같지는 않아. 하물며 우리를 위해…."

"뭐 착각하고 계신 것 아닌가요?"

마오마오는 접혀 있던 증거 문서를 돌팔이 아줌마의 남편 손에서 받아 들었다.

"이건 제가 받아 갈 몫이거든요. 아, 본전은 갚아야죠."

마오마오는 생긋 웃으며 말했다.

"자, 잠깐, 아가씨!"

아연실색한 표정의 아줌마 남편 대신 겨우 눈을 뜬 돌팔이 의관이 나섰다.

"굳이 그런 무정한 말을 할 것까지는…."

"하지만 제가 그렇게까지 할 의리가 없는 건 사실이잖아요. 게다가 아직 얘기가 전부 끝난 것도 아니고요."

마오마오가 시선을 슥 돌리자, 거기에는 어질어질한 머리를 붙잡으며 수하의 손을 빌려 겨우 몸을 일으키는 지주가 보였다. 바닥에 토사물이 흩어져 있는 모습을 보니 술을 토해서 강제로 정신을 차리게 한 모양이었다.

"더 주무시는 편이 낫지 않겠어요?"

"아까 그 내기는 무효야!"

저런, 예상대로의 반응이다.

"그냥 술자리의 여흥일 뿐이라고. 난 처음부터 진심으로 한 게 아니었어."

"하지만 여기 이렇게 증거 문서가 남아 있는데요. 손도장에 본인의 직필로 적혀 있는데 설마 이것도 글을 읽지 못한다는 핑계로 무시할 건가요?"

"그런 건 알 게 뭐야! 무효야, 무효!"

마오마오는 팔짱을 끼고, 할 수 없다는 표정으로 밥집에 놓여 있던 술통 앞으로 다가가 섰다.

"그럼 어쩔 수 없네요."

마오마오는 술통을 툭툭 쳤다. 그리고 진시 일행 쪽을 흘끗 보면서 씩 웃었다.

"탈세가 이루어지고 있었다는 사실을 관에 보고하는 수밖에 요."

마오마오의 한마디에 모든 이가 조용해졌다. 지주는 입만 딱 벌리고, 아직 정신을 차리는 중이던 농민들은 노골적으로 동요했다.

밥집 주인 부부는 살짝 불안해 보이긴 했지만 동시에 안도한 기색도 느껴졌다.

종이 기술자들은 서로 얼굴만 마주 보다가 이윽고 마오마오를 쳐다보았다.

돌팔이 의관은 그저 고개만 갸웃거리고 있었다.

진시를 비롯한 여러 사람이 숫자의 흐름을 보고 의아해하던 이유는 바로 여기에 있었다.

"탈세가 이루어지고 있었다고? 그게 무슨 뜻이야?"

제일 먼저 입을 연 사람은 돌팔이 아줌마네의 반항적인 큰아들이었다.

"술을 빚으려면 나라의 허가가 필요합니다. 개인이 혼자 즐길 정도의 소량이라면 모를까, 이렇게 가게를 통해 도매를 할 양이라면 당연히 주세 대상이 되지요."

장사를 할 때는 반드시 세금을 내게 되어 있다. 그리고 보통 기호품일수록 세율이 높다. 밥집보다 술집의 세금이 높고, 창관쯤 되면 세율이 어마어마하게 뛰어오른다. 녹청관 할멈도 툭 하면 그렇게 투덜거리곤 했다.

처음부터 이 밥집이 왜 지주와의 회합 장소로 선택되었는지가 의문이었다. 가게 자체가 세를 들어 살고 있는 곳이기 때문이라고 생각할 수도 있었지만, 그보다 이 대량의 술이 더 시선을 끌었다. 저렴하고 그럭저럭 맛이 괜찮은 술을 잔뜩 들여놓을 수 있다면 가게 입장에서도 큰 도움이 될 것이다. 그런 상대가 약간의 민폐를 끼친다 한들 함부로 대할 수는 없다.

지주가 술을 마실 때 이 탁주가 나오지 않은 데에는 그런 이유가 있지 않을까 하고 마오마오는 생각했다. 술을 직접 빚은 사람이라면 지긋지긋하게 마셨을 테니, 그걸 굳이 여기서 주문할 이유는 없을 터였다.

"혹시 술 빚는 재료를 가지고도 꽤 재미를 보고 있었던 게 아닌가요?"

술을 빚을 때는 대량의 쌀과 보리가 사용된다. 이 술에도 쌀이 들어간 듯했다. 문득 마오마오는 지주가 트집을 잡았던 말이 떠올랐다.

"너희가 물을 더럽혀서 쌀 수확량이 줄었다는 둥, 물이 부족해서 벼가 잘 자라질 않는다는 둥…."

마오마오는 그 말을 되새겨 보았다.

"이 말, 거짓말이죠? 오히려 전보다 수확량이 늘어났을 텐데요?"

벼농사는 상류에서 썩은 낙엽이나 흙의 영양분이 녹아든 물이 흘러 내려올 경우 그 덕을 볼 수 있기 때문에 땅이 척박해지지 않는다. 독을 풀었다면 모를까 종이를 만들 때 물 속에 녹아드는 건 쌀겨 등을 주재료로 삼는 풀이나 종이의 원료가 되는 목재 부스러기가 대부분이다. 오히려 좋은 비료가 될 거라고 마오마오는 생각했다.

예전 지주가 임대 계약이 아니라 토지 매도로 계약을 맺었던 데에는 그런 이유가 있었던 게 아닐까.

원인이 무엇인지 상대방 측에서는 전혀 파악하지 못했을 수도 있지만 어쨌거나 쌀 수확량이 늘어났다는 사실만은 분명하다. 그러니 이곳에 오래 머무르게 만드는 편이 앞으로 도움이 될 거라고, 선대 지주는 생각했으리라.

그리고 그 늘어난 수확량을 언제부턴가 감추고 술을 빚든 뭘하든 아무튼 다른 곳에 이용했을 것이라 추측할 수 있었다. 이중 탈세라면 상당한 중벌을 받게 될 터였다.

굳이 거기까지 말하면 아버지의 가르침에 반하게 되니 마오마오는 입을 다물고 있었으나 지주와 농민들의 표정을 볼 때 자신의 말에 틀린 부분은 없는 모양이었다.

"즈, 증거가 있어?"

농민들 중 한 명이 말했다.

"그래! 증거 있냐고!"

다른 농민들도 그 말에 호응하여 입을 모아 외쳤다.

증거고 뭐고 이 자리에 진시가 있으니 어차피 조만간 감사가 들어가긴 할 텐데 말이다.

"괜찮습니다. 정말로 무죄라면 관리들이 집을 조사해 봐도 아무것도 안 나올 테니까요."

마오마오는 일부러 가식적인 미소를 지으며 말했다. 거세게 항의하던 농민들이 모두 조용해졌다. 정곡을 찔렀나 보다.

"이거 허세가 너무 심한데, 아가씨."

아직도 머리가 어질어질한지 지주가 이마를 꾹 누르며 말했다.

"그런 짓을 하고도 멀쩡할 수 있을 것 같아?"

"그 말, 똑같이 해 드리죠. 적어도 지금 이 상황을 보고 말씀하시는 편이 좋을 텐데요."

마오마오는 지주를 내려다보는 위치에 서 있었다.

수하들 중 3분의 1은 술에 취해 쓰러져서 꼼짝도 하지 않았다. 지주 자신도 마찬가지였다. 나머지 역시 쓰러질 정도는 아니라 해도 얼근하게 취한 상태라, 제정신인 사람은 하나도 없었다.

그에 반해 이쪽에는 맑은 정신의 건장한 사내가 여섯 명 있다. 참고로 돌팔이 의관은 어차피 전력이 안 되니 처음부터 머릿수에 넣지 않았다. 무엇보다 진시와 바센이 있다. 그들에게 위기가 닥치면 밖에서 기다리고 있던 호위들이 바로 쳐들어올 것이다.

밥집 주인 부부는 가능한 한 상황에 끼어들고 싶지 않은 눈치였다.

폭력으로 해결하고 싶진 않지만 상대방이 그럴 생각이라면 이쪽 역시 똑같이 움직이는 수밖에 없다. 마오마오는 상당히 비열한 웃음을 지은 채 증거 문서를 지주의 뺨에 대고 팔랑팔랑 흔들어 댔다.

"도움을 청해도 상관은 없어요~ 대신 이쪽에서는 관청으로 파발마를 보내면 되는 일이니까요."

마오마오는 노래라도 하듯 기분 좋게 말했다. 사실 관청 사람들보다 더 무서운 사람들도 여기에 있고 말이다.

"아가씨, 왠지 평소랑 분위기가 많이 다른데?"

돌팔이 의관이 혼자 그렇게 중얼거렸지만 마오마오는 무시했다.

마오마오는 자신의 말에 대꾸하지 못하는 지주와 농민들을 쭉 둘러보았다. 그리고 지주의 귓가에 속삭였다.

"일을 저질렀으면 그만큼의 대가를 치를 각오를 해야지."

그 음험한 목소리에, 지주가 이를 빠득 가는 소리가 들렸다.

마오마오는 드러누워 있는 지주를 향해 싸늘한 시선을 보냈다.

"그렇게까지 괴롭힐 이유가 따로 있었던 건가?"

마오마오가 나직이 혼잣말을 내뱉었을 때였다. 밥집 문이 쾅 소리를 내며 활짝 열렸다.

무슨 일인가 했더니 밥집 입구에 깔끔하고 예쁜 옷을 입은 소녀 한 명이 서 있었다. 소녀는 안의 상황을 보더니 얼굴이 새파래졌다. 재빨리 달려와 쓰러진 지주의 앞에 선 소녀는 바로 무릎을 꿇고 고개를 숙였다.

"아버님이 또 말도 안 되는 무리한 요구를 하셨다는 사실은 알고 있습니다. 하지만 난폭한 일만은 제발 하지 말아 주세요."

소녀가 고개를 깊이 숙인 방향은 마오마오가 아니라 종이 기술자들 쪽이었다.

"아니, 우리 말고…."

돌팔이 아줌마네 차남이 고개를 가로저었으나 소녀는 여전히 고개를 숙인 채였다. 이마를 바닥에 짓찧고, 머리가 흐트러지거나 말거나 괘념치도 않았다.

"죄송해요, 용서해 주세요. 어리석은 제 아비를 제발 용서해 주세요."

주위의 목소리는 들리지도 않는지 소녀는 계속 사죄만 할 뿐이었다. 그런 가운데 돌팔이 아줌마네 건방진 장남이 갑자기 움직였다.

"그런 짓 안 해. 너희 아버님이시잖아."

장남은 소녀의 어깨를 조심스럽게 끌어안고 진정시키며 고개를 들게 했다. 소녀는 눈물을 뚝뚝 흘리며 장남의 얼굴을 보고는 고개를 끄덕였다.

그 모습을 본 지주가 버럭 화를 냈다.

"이 자식이! 어디서 온 말 뼈다귀인지도 모를 놈이 감히 내 딸을 넘봐?"

지주는 고함을 지르며 벌떡 일어나려다 아직 다리가 비틀거리는 바람에 그만 바닥에 쿠당탕 엎어지고 말았다.

"아버지!"

"아버님!"

"누가 네 아버님이라는 거야!"

뭐야, 이 분위기.

마오마오는 취기가 단숨에 날아가 버렸다.

차남이 어처구니없다는 표정으로 자기 형을 쳐다보고 있었다.

"이건 혹시….."

"지금 생각한 그게 맞을 거야."

장남이 자꾸 농민 편을 들던 이유, 그리고 지주가 유난히 외부인을 싫어하며 내쫓으려 하던 이유. 그 두 가지를 알 수 있었다.

알게 된 건 좋지만 차라리 그냥 모르는 편이 나았다고, 마오마오는 생각했다.

얼간이 같은 희극 속에서 벌어질 법한 난장판이 눈앞에서 벌어지고 있었으나 솔직히 묘사하고 싶은 생각도 들지 않는다.

"형은 워낙 외골수 같은 사람이라서….'"

"그런 일 때문에 마을 하나가 망해 나간다는 게 말이나 돼?"

마오마오는 그 자리에 있던 모든 종이 기술자 여러분의 마음을 대변하여 말했다. 모두가 동의하듯 고개를 끄덕였다. 애당초 장남을 이 회합 자리에 데리고 온 것 자체가 문제이긴 했지만, 잘 생각해 보니 자신은 이들이 돌팔이 의관의 친척이라는 사실을 잊고 있었다.

돌팔이 의관네 혈족이라면 어쩔 수가 없다.

'아니, 뭐가 어쩔 수 없어!'

어이없는 촌극 때문에 마을 하나가 무너지다니 웃기지도 않는다. 그런데 당사자들은 아무래도 진심인 모양이니 더 난감하다. 어처구니도 없고, 기도 막히고, 어리석기 그지없다.

마오마오는 더는 못 해 먹겠다는 생각에 의자에 털썩 주저앉았다.

"술 주세요."

그리고 손을 들어 주인아줌마를 불렀다.

"또 마시게?"

"더 마실 수 있어요."

그 말에 자신을 향해 어처구니없다는 시선이 모여들었지만 알 바 아니었다.

알고 보면 술기운이 꽤 올라 있었던 건지도 모른다. 자신이 평소보다 달변이었다는 사실을 깨달은 건, 취기가 가신 후의 일이었다.


결국 종이 기술자들의 마을은 예전과 마찬가지로 5년 안에 돈을 갚기로 하고 문제를 해결했다.

그리고 대지주가 마오마오에게 갚을 돈에 대해서는 향후 10년 동안 녹청관으로 쌀을 일정량 보내는 방법으로 정리하기로 했다.

너무 봐준 것 같긴 하지만 어차피 조만간 관청에서 자세히 조사가 들어갈 것이다. 과거 일까지 거슬러 올라가 캐묻지는 않을 거라고 하니 충분히 온정 있는 처사다.

돌팔이 의관의 조카와 지주의 딸 이야기는….

'그딴 거 내가 알 바야?'

그 한마디로 끝이다.

약사의 혼잣말

10화 : 마(麻)와 민간 신앙

"위에月는 순조롭게 서쪽을 향해 가고 있을까?"

하늘에 떠 있는 달을 바라보며 주상은 가오슌에게 말했다. 여기서 말하는 '위에'란 하늘에 떠 있는 저 달을 말하는 게 아니다. 친근함을 담아 그분을 부르는 이름이지만, 주상 외에 달리 그분을 이렇게 부르는 사람은 이 나라에 존재하지 않는다.

"종이 기술자들의 마을에 시찰을 겸해 가 계시니, 아직 여정의 절반 정도쯤 가셨으리라 여겨집니다."

진시라는 이름의 환관이 사라진 탓에 가오슌은 이렇게 다시 주상을 모시는 몸이 되었다. 마 일족은 대대로 나라의 화華를 모시는 역할을 맡고 있다. 따라서 아들 바셴이 그러하듯 가오슌 또한 어린 시절부터 주상과 알고 지낸 사이였다. 다른 한명, 주상의 젖형제와 셋에서 술래잡기를 하면서 놀 수 있었던 건 어린 시절이니까 할 수 있었던 일이다.

지금 '위에'라 불린 인물을 호위하고 있는 사람은 바센이다. 바센 말고 다른 한 명의 아들을 붙이는 편이 낫지 않을까 가오순은 고민하면서도 결국 막내를 보냈다. 아직 미숙한 녀석이지만 누구에게나 장점이 한 가지는 있는 법이다. 바로 얼마 전 '위에'를 잃을 뻔했던 실수를 저지른 아들이기에 걱정이 안 될 수가 없긴 하지만, 동행으로 약사 소녀가 따라갔으니 괜찮을 것이다. 그 소녀의 대담하고 뻔뻔한 성격에 대해서는 확실히 보증할 수 있다.

아들은 소녀의 동행을 주저했지만 가오순은 혹시 음식에 독이 들어 있을지도 모른다는 이유로 아들을 구워삶았다. '위에'께서는 두 번 말할 것도 없이 승낙하셨다.

당사자는 떨떠름해하면서도 받아들인 모양이고, 중간까지는 후궁 의관도 동행한다. 소녀는 미꾸라지 수염의 그 의관을 얕보고 무시하는 모양이지만 어쨌거나 둘이 사이가 좋다는 사실을 가오순은 잘 알고 있었다.

문제는 의관과 헤어진 뒤, 무엇을 하러 서도西都에 가느냐다.

"녀석도 곤란할 게야. 도대체 어떤 꽃들이 몰려들지."

"꽃이 몰려들다니, 재미있는 표현을 하시는군요."

"벌레에 비유당하면 화를 내지 않겠나? 내 화원을 보면 알 수 있지."

그런 말을 농담 삼아 던질 수 있는 이유는 이곳이 후궁도, 또

황태후나 황후가 사는 궁도 아니기 때문이리라. 현재 이들은 궁정 밖에 있는 별궁, 지금은 예전에 사부인이었던 아둬가 살고 있는 곳에 있다. 그리고 아둬는 바로 주상의 젖형제이자 가오슌의 소꿉친구이기도 하다.

주상이 다소 쓸쓸해 보이는 건 어쩌면 그 아둬가 자리를 비운 탓인지도 모른다. 아둬 또한 서도를 향해 가고 있는 중이다. 어떤 인물을 데리고.

'위에'라는 분은 생김새만큼 내면이 화려한 사람은 아니다. 어린 시절부터 계속 곁에 있었던 가오슌은 안다. 그분의 부친이나 모친보다도 오랜 시간을 함께했으니 말이다. 요란한 것을 즐기지 않고, 솔직하며 견실한 성품을 지녔다. 후궁 임무를 끝냈다고는 하나 이번에는 황제의 아우라는 입장에서 일을 해야만 한다. 도성을 떠나지 못하는 주상을 대신하여 임무를 다하러 나간 이유도 그 때문이었다.

"황해라…."

황해는 때로 나라 전체를 기울게 만들 수도 있는 자연재해다. 주상의 목소리에서 수심이 묻어나는 것을 보니 아무리 미신이라 해도 자신이 현재 황제로서의 역량이 모자란 것을 책망당하고 있는 게 아닌가 생각하고 있는 모양이었다. 시 일족을 멸망시킨 뒤 주상이 취한 행동은 사부인 중 하나였던 교쿠요 비를 정실로 들인 일이었다.

황해. 그것은 대부분의 경우 서쪽에서 불어오는 바람을 타고 온 황충 떼의 습격에서부터 시작된다. 수백 리, 때로는 천 리 이상 먼 지역에서 황충은 날아온다. 그 황충은 이 나라의 땅에서 번식하여 우선 소규모의 황해를 일으킨다. 그것을 그냥 방치하면 다음 해에는 피해가 더욱 확대된다.

기우일 수도 있다. 하지만 대책은 필요했고, 그 대책을 강구하는 임무를 맡은 사람이 바로 '위에'였다.

그러나 황해는 국내에만 영향을 미치는 사건이 아니다. 황충은 서쪽에서 날아온다. 즉, 서쪽에도 피해를 끼쳤을 가능성이 높다.

사람은 굶주리면 거칠어진다. 기근 때문에 농민이 강도가 되는 일도 드물지 않다. 그리고 그런 일이 쌓이고 쌓이면 나라가 황폐해진다. 황폐해진 국가는 풍요로운 땅을 약탈하려 든다.

과거에 벌어졌던 전쟁은 대부분의 경우 원인이 거기에 있었다.

서방, 서술주西戌州를 관할하던 이戌 일족은 몇 십 년 전 이미 대가 끊어졌다. 여제 시절에 좋지 못한 꿍꿍이를 품었다가 그 때문에 멸망당했다. 지금 그곳을 대신 통치하고 있는 사람이 바로 교쿠요 황후의 부친이다. 지금은 이름 없는 가문이지만 조만간 주상이 한 글자짜리 이름을 내려 주실 것이다. 예정에 따르면 원래는 이름을 내린 뒤 교쿠요 황후를 정실로 들일 계획이라 했다.

만일 전쟁이 시작된다면 서방은 반드시 필요한 지역이 된다.

황후 자리에 서쪽의 이방인 공주를 앉혀 놓은 건 그 때문이었다. 아무리 공주와 동궁, 두 아이를 낳았다고는 하나 주위에서 시기상조라고 말리던 이유도 충분히 이해가 된다. 본래 그 자리는 황제에게 보다 가까운 혈통을 지닌 리화 비가 앉을 곳일텐데 말이다.

혼인은 정사의 수단이다. 그리고 고위직으로 올라갈수록 그 관계는 복잡하게 얽히고설킨다. 국가의 정점에 선 자라 해도 장인의 비위를 맞출 필요는 반드시 생긴다. 이렇게 투덜거리는 소리를 다 들려주는 것도 황제가 가오슌을 신뢰한다는 증거일 터다.

그런 장난기를 보여 준 주상은 술잔을 흔들며 웃고 있었다.

"가끔은 짐의 노고를 알아주는 사람도 있어야지."

그러면서 달을 올려다보며 술 한 잔을 단숨에 들이켰다.

가오슌은 아련한 눈빛으로 머나먼 서쪽에 있을 아름다운 이의 안부를 근심했다.

○●○

북아련北亞連이라는 나라가 있다. 리국의 북서쪽에 있는 나라다. 광대한 곡창 지대와 삼림 지대를 보유하고 있는 이 나라는 리국과 때때로 대립한 역사가 있다. 현재 리국에 이민족이 가끔 시비를 거는 이유도 바로 이곳 북아련에 있다.

국교는 없다. 직접적인 대화를 나눈 적도 없고, 필요하면 타국이 중재해 준다.

갑자기 왜 이런 이야기가 나왔냐면, 현재 마오마오가 향하는 장소는 서도다. 그곳에서 타국의 높은 사람들과 회담을 가질 예정인데, 그 자리에 간접적으로 문제의 나라와 관계가 있는 높은 사람도 온다는 이야기가 있기 때문이다.

'설마 서도에 가게 되다니….'

돌팔이 의관네 고향 마을을 뒤로하고, 본래의 목적지를 들은 마오마오는 턱이 빠질 뻔했다. 마차와 배를 연달아 갈아타고 가도 반달 이상이 걸리는 장소다. 도성에 두고 온 쿄우와 사젠이 걱정되기 시작했다.

'뭐, 알아서들 잘하겠지.'

여기서 아무리 고민해 봤자 소용없는 일이니 그냥 포기하기로 했다. 대신 나중에 진시에게서 보수를 두둑하게 받아 내야겠다.

그런 연유로 바센이 골치 아픈 정치 사정에 대해 마오마오에게 미주알고주알 가르쳐 주고 있었다. 그러고 보면 예전에도 이런저런 설명을 들은 적이 있다. 일단은 그쪽 방면의 교양이 꽤 풍부한 모양이라고, 마오마오는 실례되는 생각을 하면서 하품을 꾹 참으며 들었다.

　고양이 마오마오와 돌팔이 의관은 종이 만드는 마을에 남고, 다른 사람들은 또다시 긴 여정을 이어 갔다.

　진시로 말할 것 같으면 화상 흉터 화장이 마음에 들었는지 아직도 하고 있었다. 보급 때문에 중간 중간 마을에 들를 때, 이상한 복면을 쓰는 것보다는 훨씬 편리하다고 생각했는지도 모른다. 도성에서 한참이나 멀리 떨어진 곳이니 왕제의 얼굴을 아는 사람은 없겠지만 걸을 때마다 젊은 처녀들이 자꾸 말을 붙이니 몹시 귀찮은 모양이었다.


　"오늘은 이 마을에 숙소를 잡도록 하지."

　마오마오는 계속 앉아 있었던 탓에 아픈 엉덩이를 문지르며 마차 밖으로 나갔다. 그럴듯한 마을이라기보다는 그냥 작은 역참 동네에 불과했지만 바셴 입장에서 어차피 시골은 다 똑같아 보일 터였다.

　"어슬렁거리지 마."

　"식량 사 올게요."

　마오마오는 바셴에게 손을 내밀었다. 노골적으로 용돈을 조르는 손이었다.

　"내 말 듣긴 한 거야?"

　바셴은 실눈을 뜨고 쳐다보았지만, 대신 진시가 마오마오의 손바닥 위에 돈주머니를 올려놓았다.

"지···."

바센은 '진시 님'이라고 부르려다 입을 다물었다. 함께 온 호위들은 주종 관계를 반대로 알고 있었기 때문이었다.

"따라가겠습니다."

진시가 목소리를 바꿔 말했다.

'이 자식···.'

자기도 숨통을 좀 트고 싶었던 건가, 하고 생각하며 마오마오는 얼굴에 화상이 있는 청년을 흘끔 쳐다보았다.


"뭐 재미있는 걸 좀 팔고 있나?"

진시가 주위에 목소리가 들리지 않도록 살며시 귓속말로 물었다. 소름이 끼칠 정도의 미성이었으나 그 목소리에 담겨 있는 것은 묘하게 앳된 호기심이었다. 예전에 도성의 시장을 돌아보았을 때와 비슷하다. 도련님은 엉뚱한 데서 순진한 모양이었다.

"이 근방에서는 마 재배가 성행하나 보군요."

주민들의 옷은 전부 마로 만들어져 있었다. 그것만으로는 추운지 짐승 모피도 겹쳐 입었다. 가게에서 팔고 있는 빵 위에도 마 열매가 올라가 있었다. 마로 기름을 짰는지 끈끈한 액체가 들어 있는 항아리도 보였다. 근처에서는 직공으로 보이는 사람들이 곰방대를 피우고 있었다. 건조시킨 마 잎으로 담배를 피우는 모습을 보고 마오마오는 얼굴을 찌푸렸다.

"왜 그러지?"

"아뇨, 지나치게 많이 피우는 것 같아서요."

마는 소량이라면 약으로 사용할 수 있지만, 일상적으로 피우기에는 너무 의존성이 높기 때문에 그리 권장할 만한 일은 아니다. 아부용阿芙蓉, 즉 아편과 마찬가지로 소량은 약, 대량은 독이 되는 식물이다.

"독이라는 말만 들으면 뭐든지 냉큼 달려드는 것 아니었나?"

진시가 놀리듯 말하자 마오마오는 뾰로퉁한 표정을 지었다.

"의존성이 높은 약은 아주 위험하다고요. 독을 빼려 해도 빠지질 않아요. 그만두려 해도 한겨울 아침의 이불 속보다 훨씬 더 유혹이 크니까요."

"그런가? 방이 따뜻하면 그렇게까지 빠져나오기가 힘들진 않은데."

아차, 이 인간에게 서민적 가치관으로 설명한 건 자신의 실수였다고 마오마오는 뒤늦게 깨달았다. 분명 진시가 일어나기 전 할멈이 열심히 화로에 불을 피워 방을 따뜻하게 데워 놓을 것이다. 초로의 시녀 스이렌을 그렇게까지 부려 먹다니 못된 주인이다. 심지어 당사자는 그 노고를 알아차리지도 못하는 모양이다. 마오마오는 저도 모르게 실눈으로 째려보고 말았다.

"오랜만에 그 눈빛을 보는 것 같군."

딱히 비난하지도 않고 오히려 감개무량한 표정으로 말하는 진시를 보며 마오마오는 이 인간 정말 괜찮은 걸까, 하고 생각했다. 가오슌이 옆에 있었다면 이마를 짚으며 뭔가 하고 싶은 말이 있는 표정으로 마오마오를 쳐다봤을 게 분명하다.

이번에 보좌로 따라온 바센은 현재 물자 보급에 여념이 없다. 앞으로 더욱 기후가 건조한 지방으로 들어가야 하기 때문에 말도 그 기후에 익숙한 녀석들로 준비해 두고 싶은 모양이었다. 말은 매일같이 바꿔 타고 있었지만, 이제부터는 아예 종류를 바꿔야 한다고 들었다. 숙소를 중심으로 수십 개의 민가가 점점이 퍼져 있는 아주 작은 동네지만 가도를 따라 난 마을이기에 그런 문제는 해결이 가능한 모양이었다. 하지만 마차용 말과 호위들의 말까지 한꺼번에 갖추는 데에는 시간이 좀 걸릴 듯싶었다.

"그보다 식량을 사야죠."

마오마오는 가게 앞에 진열되어 있는 빵을 바라보았다. 기름도 함께 팔고 있기 때문인지 튀김빵 종류가 눈에 띄었다. 밀가루 반죽을 배배 꼬아 튀긴 과자, 마화麻花도 있었다. '마 열매 들어 있음'이라고 적혀 있고, 예쁘게 장식도 해 놓았다. 튀긴 과자라면 어느 정도 보존도 가능할 테고 무엇보다 진시가 흥미진진한 얼굴로 들여다보고 있다.

'귀인의 입에 맞으려나 모르겠네.'

마오마오는 그렇게 생각하며 빵 반죽을 꼬고 있는 아저씨 쪽을 바라보았다.

"하나 주세요."

"자, 여기. 달랑 하나는 섭섭한데 하나 더 사지그러니?"

"먹어 보고 맛있으면."

마오마오는 조릿대 잎으로 싼 마화를 한 입 베어 물었다. 갓 튀겨서 아직 부드럽고 뜨끈뜨끈했다. 화상을 입지 않도록 조심하며 오물오물 씹어 보았다.

"이봐, 혼자만 먹으려고?"

"독 시식을 해야죠."

마오마오는 당당하게 대답했다. 갓 튀겼다는 이점이 있긴 하지만, 이 정도라면 누구나 다 맛있게 먹을 수 있을 듯했다. 여러 개를 사면 조릿대 잎에 다 쌀 수가 없기 때문에 성기게 짠 마 주머니에 담아 준다. 속에는 기름이 배어나지 않도록 싸구려 종이를 깔아 놓았다.

진시가 하나를 집어 들고 입에 쏙 넣었다.

"그럭저럭 먹을 만하군."

아니, 이게 평소 먹는 것보다 맛있다면 궁정 요리사들은 전부 폐업해야 할 텐데.

"진시 님은 일 안 하고 노셔도 되는 건가요?"

"종이 기술자 마을에서 바센이 꽤 고생을 한 것 같더군. 한동안은 내가 게으름을 피워 줘야 그 녀석도 편할 거야."

누가 봐도 거짓말을 못 하게 생긴 바센은 진시의 상사 노릇을 하는 게 많이 벅찬 모양이었다. 그런 부분에서 위장병을 앓는 것도 가오슌을 닮았다.

또 뭐 쓸 만한 것이 없는지 둘러보았다. 서쪽에 가까워질수록 방목이 늘어나기 때문에 유제품을 쉽게 손에 넣을 수 있다. 마오마오는 창고 앞 선반에 늘어놓아 둔 유제품 쪽을 돌아보았다. 그 집안사람으로 보이는 아주머니 하나가 가마솥에 불을 때고 있었다. 부엌 기둥에는 묘한 문양이 새겨져 있었다. 지방에 따라 다양한 신앙이 존재한다고 하는데, 이곳에서는 뱀을 모시는 모양인지 그 비슷한 문양이었다. 그것을 알아차린 진시가 살짝 미간을 찌푸렸다.

"저기, 죄송한데요."

마오마오가 아주머니에게 말을 걸었다.

"왜 그러니?"

"몇 개만 파시면 안 될까요? 돈 드릴게요."

휴대 식량이라 하면 아무래도 초라해질 수밖에 없다. 일정에 어느 정도 여유가 있긴 하지만 조금이라도 호화로운 식사를 하고 싶었다.

"흐응, 뭘 사고 싶은데?"

아주머니는 마오마오와 진시를 노골적으로 빤히 쳐다보며 물었다.

"이거랑 이거, 그걸 10인분 정도 주세요. 그리고 뭐 색다른 게 있으면 그것도."

"잠깐만 기다려 봐라."

아주머니는 선반에 든 것들을 마 주머니 속에 하나하나 담았다.

"이 정도면 되겠니?"

가격을 매기는 듯한 시선을 두 사람에게 보내던 아주머니였지만 생각보다 그리 비싸지 않은 값에 물건을 팔아 주었다. 물건도 질 좋은 것들로 골라 주었다.

"저희가 필요해서 부탁드린 건데, 정말 감사합니다."

마오마오가 감동한 표정을 짓자 아주머니는 환하게 웃었다.

"신령님이 어디서 어떻게 보고 계실지 모르는 일이잖니. 당장 여기에도 있고 말이야."

아주머니는 기둥의 문양을 가리키며 말했다.

'흐응….'

하지만 그런 신앙이 딱히 싫진 않다. 그저 손해를 보는 게 아닌지 걱정이 될 뿐이다.

"이곳에는 뱀 신앙이 있나 보네요."

"그게 말이야, 흰 뱀이 나온 해에는 풍작이 들지 않니?"

미신일 뿐이겠지만 진시의 표정은 더욱 흐려졌다.

바이냥냥 이야기는 진시의 귀에도 들어간 모양이었다. 어쩌면 그 문제의 대응을 맡고 있는지도 모른다. 화상 때문에 안 그래도 음울하게 생긴 얼굴이니 저리 좀 갔으면 좋겠다. 아주머니가 이상한 표정을 짓고 있었다.

마오마오도 뱀을 싫어하는 건 아니지만 흰 뱀이라는 말을 듣고는 하마터면 얼굴을 찌푸릴 뻔했다. 그 수상한 선녀는 도대체 어디로 간 걸까.

"혹시 여기서 더 서쪽으로 가는 길이라면 조심하는 게 좋을 거야."

아주머니는 정성스럽게 유제품을 포장하며 말했다. 부탁한 만큼보다 훨씬 많은 양을 덤으로 얹어 주고 있었다.

"왜요?"

"최근 들어 서쪽 가도에서 도적이 자주 출몰한다니까 말이야. 상인들도 피해 다닐 정도야."

그렇구나. 어쩌면 선반의 식량은 그 상인들에게 팔던 물건인지도 모른다. 다 팔지 못하고 남을 바에야 이렇게 마오마오 일행에게 파는 게 훨씬 나을 것이다. 어쩐지 대접이 후하다 했다.

"고맙습니다. 조심할게요."

마오마오는 감사 인사를 한 뒤 슬슬 돌아가자는 표정으로 진시를 돌아보았다.

숙소에서는 말 준비를 마친 바센이 한숨 돌리며 차를 한잔하고 있었다. 향긋한 차 냄새가 풍겼다. 진시가 돌아온 모습을 본 바센은 늘어져 있던 자세를 바로 고쳤다.

"내일 아침에는 준비가 다 끝날 것 같습니다. 단, 바샤쿠馬借를 이용하게 됩니다."

바샤쿠란 운송업자를 말한다. 말 그대로 말을 취급하는 이들이다.

"아무 문제없어."

진시는 방에 들어오자마자 의자에 털썩 주저앉았다. 바센이 '빨리 차 좀….' 하고 눈빛으로 호소하는 통에 마오마오는 할 수 없이 뜨거운 물을 받으러 가려 했다.

"아니, 그거면 충분해. 난 미지근한 게 좋아."

"괜찮으시겠어요?"

본인이 좋다고 하니 문제없겠지, 하고 마오마오는 새 찻잎을 꺼냈다. 주전자 속에는 아직 물이 잔뜩 들어 있었다.

"도적 이야기를 들었는데."

진시가 미지근한 차를 마시며 말했다.

"네, 저도 들었습니다. 그래서 바샤쿠를 이용하는 조건으로 말을 빌려준다고 합니다."

도적도 종류가 여러 가지다. 이곳의 도적은 소위 말하는 **통행**

**료**를 뜯어내는 부류인 모양이다. 마주치지 않는 게 당연히 최고지만, 만일 마주쳤을 경우 이야기가 통하는 바샤쿠가 있으면 짐을 몽땅 빼앗지는 않고 어느 정도는 보내 준다고 한다.

마오마오는 진시와 바센을 교대로 쳐다보았다. 둘 다 무인으로서 상당히 단련된 몸을 갖고 있다. 본인들의 입장을 고려해 볼 때도 도적을 가만히 놔둘 수는 없겠지만 지금은 도적이나 퇴치하고 있을 여유가 없다. 벌레 씹은 표정을 짓는 두 사람을 본 체만체하며 마오마오는 그저 도적과 만나지 않기만을 바랄 뿐이었다.

## 11 화 ⦂ 도적

"도적이 나온다카믄 아마 이 근방일 낀데."

마치 일부러 그러는 것처럼 심한 사투리 억양으로 말한 바샤쿠가 지도의 한 부분을 가리켰다. 양피지에 그려진 지도였다. 산과 산 사이를 빠져나가는 중간 장소이니 매복했다 기습하기에는 이보다 더 좋을 수 없는 위치다.

"그 사람들도 바보는 아이니께 살생은 최대한 안 하고 싶어 할 낍니더. 짐의 반을 놓고 가믄 보통 봐주고. 마주치는 기는 한 세 번에 한 번 정도 될까예."

이해가 된다. 그 정도 빈도라면 상인들도 고민이 될 것이다. 매번 습격을 당하는 것도 아니고, 멀리 돌아가려면 시간과 인건비가 많이 든다.

"쫌 비싼 교통비를 지불한다고 생각하믄 되지예. 그카고 그짝에서는 즈그들이 의적이라고 생각한다카요."

"의저억?"

바센의 입에서 노골적으로 불쾌한 목소리가 흘러나왔다. 과연 도적에게 습격을 당했을 때 이 인간이 고분고분 '얌전히' 있기나 할 수 있을지 걱정이 된다.

진시는 건조 기후에 익숙한 말이 마음에 들었는지, 마차에서 내려 직접 말을 탔다. 그러면 바센도 말에 타야 한다. 덕분에 마오마오는 널찍한 마차 안에서 짐을 풀고 침상을 만들 수 있었다. 계속 앉아 있었더니 엉덩이가 너무 아파, 차라리 눕고 싶은 마음이었다.

습격을 당할지 안 당할지에 대해 고민해 봤자 어차피 시간 낭비라고 여겨졌기에 마오마오는 잠이나 자기로 했다. 운이 좋으면 눈을 떴을 때쯤에는 이미 의적의 관문을 통과한 뒤일 수도 있을 것이다.

안타깝게도 그런 평화는 찾아오지 않았다.


산길의 반도 채 가지 않았을 무렵 마오마오는 마차 안에서 굴러다니는 신세가 되고 말았다. 말이 히힝거리며 소란을 피우고 마차가 갑자기 멈춰 섰다. 잠이 덜 깬 눈으로 부딪힌 허리를 문지르며 밖을 내다보니 도적은 없고, 대신 바샤쿠가 바센에게 무언가를 설명하고 있었다.

"무슨 일인가요?"

마오마오가 마부에게 물었다.

"아, 도적이 나와서 요 앞에 가던 마차가 습격을 당했답니다. 좀 기다리는 게 나을 거라는데요."

즉, 여기서 시간이 경과하기를 기다리고 있으면 이쪽 일행은 피해 없이 지나갈 수 있다는 이야기였다. 도망쳐 온 앞 마차 사람들이 이쪽에 도움을 요청한 모양이다. 바셴과 무슨 이야기를 나누고 있는지는 알 수 없지만 바셴은 몹시 화를 내고 있었다. 그러나 그것을 간신히 꾹 누르고 있는 눈치였다.

하지만 상황이 변했다. 도움을 청하러 온 자가 무언가를 내밀자, 그것을 본 바셴과 진시의 안색이 바뀌었다. 진시는 그것을 받아 들고 빤히 내려다보았다.

궁금해진 마오마오는 뻗친 머리 그대로 마차에서 내렸다. 그리고 진시에게 다가가려 하는데 갑자기 바셴이 말을 타고 달려갔다. 진시는 호위 몇 명에게 바셴을 따라가도록 명령했다. 그러는 사이 바셴의 모습은 이미 자취를 감춘 상태였다.

"자고 있었던 것 아니었나?"

"무슨 일인가요?"

진시의 질문에 마오마오는 시치미를 뚝 뗐다.

"뺨에 이상한 게 붙어 있는데."

"…그보다 도대체 어떻게 된 일이죠?"

마오마오는 손바닥으로 뺨을 문지르며 말했다. 진시는 아까

받은 무언가를 말없이 내밀었다. 그것은 꽃 모양의 낙인이 찍혀 있는 나무패로 마오마오의 눈에도 낯익은 물건이었다. 후궁에서 비들은 각각 문양을 하나씩 부여받는데, 그중 하나였다.

도대체 누구의 문양이었더라.

"습격을 당한 게 아둬 님의 마차였다."

진시가 말했다.

'아둬 님이 왜?'

지금은 그런 질문을 하고 있을 때가 아니다. 하지만 아둬라면 도적에게 금품을 건네주고 문제를 매끄럽게 해결했을 것 같은데, 도대체 어떻게 된 일일까. 괜히 자극하는 건 좋지 않은데.

그 질문에 대답하듯 진시가 말을 덧붙였다.

"리슈 비도 함께 있었고."

이게 도대체 무슨 말인가. 불안감이 급격히 커졌다. 리슈 비는 쓸데없이 불행을 불러오는 체질이다. 후궁 밖으로 나올 수 없는 리슈 비가 왜 여기에 있는지에 대해 묻는 건 일단 미루기로 했다.

"괜찮을까요?"

도움을 청하러 온 자가 진시에게 물었다. 아마 진시의 정체를 모르는 모양이었다. 잘 보니 아둬의 별궁에서 본 적 있는 사람

같기도 했다.

괜찮냐고 물은 이유는 구하러 가는 인원수 때문이리라. 도적이 몇 명 나타났는지는 모르지만 진시가 보낸 인원은 바센을 포함하여 채 다섯 명도 안 된다. 진시의 호위를 줄일 수도 없어서 보낼 수 있는 인원이 그게 전부였겠지만 일부러 바센을 보낸 의미를 알 수가 없었다. 아둬의 안부를 확인하게 하려는 의도였을까. 다치지 않았으면 좋을 텐데.

하지만 그런 걱정과는 상관없이, 진시는 생각보다 차분한 표정이었다.

"아니, 혼자 가도 상관은 없을 거다. 늦지만 않으면."

"네?"

진시가 어떻게 그렇게 여유를 부릴 수 있었는지는 그 후 금세 알게 되었다.


마차로 따라잡고 보니, 눈앞에는 결박당한 도적들이 보였다. 거기에는 저항의 흔적이 뚜렷했다. 쉰내가 날 것처럼 생긴 옷은 다 찢어지고, 그 속으로 들여다보이는 맨살에는 칼로 베인 지 얼마 안 된 상처가 보였다. 칼에 맞은 상처뿐이라면 그나마 다행이지만 어떻게 된 일인지 팔다리가 괴상한 방향으로 꺾여 있는 사람도 몇 명 있었다. 도대체 어떻게 저항했기에 이렇게 처참하게 부러졌을까.

'저건 뭐지?'

도적들의 손목에 지저분한 끈 같은 것이 감겨 있었다. 무슨 의미가 있는 표시일까. 마오마오는 입에 게거품을 문 도적들에게 다가가기 싫어, 멀찍이서 바라보았다.

아둬의 호위들을 보니 마찬가지로 몰골이 엉망진창이었다. 다행히 죽은 사람은 없었지만 팔이 잘린 사람은 있었다. 마오마오는 마차에서 내려 그 호위들에게로 뛰어갔다.

"세상에….”

진시 일행이 고용한 바샤쿠가 깜짝 놀랐다. 거무스름하게 그을린 얼굴이 새파래져 있었다.

"돈만 받으면 보내 주는 패거리라고 하지 않나?"

바센이 노기 담긴 목소리로 중얼거렸다. 그 뒤에는 늠름하고 아름다운 사람이 서 있었다. 남자 같은 차림새를 하고 있는 전직 상급 비 아둬였다. 아둬는 다친 곳은 없는 듯했다.

"금품을 달라면 내줄 생각이었는데, 여자를 팔라고 해서 말이야. 우리가 데리고 있는 건 맡아 둔 아이들이니 그건 곤란하지."

이야기를 들으며 마오마오는 팔이 잘린 호위의 상처 자국을 확인했다. 시간이 그리 오래 지나진 않았지만 단면이 뭉개져 있었다. 양부 뤄먼은 상처가 깔끔하기만 하다면 잘린 팔도 꿰매어 이어 붙일 수 있었지만 마오마오에게 그런 기술은 없다.

억지로 붙여 놓아 봤자 결국 썩어서 떨어질 것이다. 마오마오는 이를 갈며 지금 할 수 있는 처치를 했다.

가지고 있는 약초만으로는 부족했기에 약을 좀 나눠 달라고 부탁하러 갔더니 또 낯익은 얼굴이 등장했다.

"나도 나중에 가 봐야겠다고 생각했는데 여기서 통 나갈 수가 없어서 말이야."

그 손에는 붕대와 약이 들려 있었다. 마찬가지로 남장을 한 미인, 스이레이였다.

"당신도 함께 있었나요?"

"그래, 정말 그 궁 밖으로 나가도 되는 건지 오히려 내가 놀랄 지경이었다니까."

스이레이까지 따라온 것을 보고 마오마오는 놀랐다. 도대체 무슨 일이 있기에.

"바느질 잘해?"

스이레이는 불을 붙여 바늘을 달궜다.

"약간의 소양 정도로는요. 마취를 할 수 없는 게 좀 미안하지만."

두 사람은 그런 대화를 나누며 소독 준비를 했다.

담담하게 준비를 마친 두 사람과 달리 팔이 잘린 호위는 너무나 고통스러운 나머지 얼굴이 잔뜩 일그러져 있었다. 덜덜 떠는 호위를 붙잡고 혀를 깨물지 않도록 재갈을 물리는 모습을 보니, 스이레이는 이런 일이 익숙한 모양이었다.


　도적 사건은 아무래도 오산이었던 듯했다. 바샤쿠가 덜덜 떨며 몸을 움츠리고 있었다. 상인이라고 주장하기에는 너무 기묘한 집단이었기에 돈깨나 있는 집안의 도련님이 지방 관리로 좌천되어 왔다는 설정을 만들었으나, 바샤쿠는 이들이 상당히 높으신 분들이라는 사실을 금세 꿰뚫어 보았던 모양이다.

　'이 얼굴들이라면 뭐….'

　마오마오는 피로 더럽혀진 호위의 옷을 갈아입힌 뒤 아둬가 있는 천막으로 향했다.

　"일단 얘기를 좀 들어 봐 줘."

　진시가 그렇게 부탁했기 때문이었다.

　그 안에는 아둬의 손을 놓지 못하는 리슈 비도 있었다. 왜 리슈 비가 여기에 있는지, 그것이 지금 가장 궁금한 부분이긴 했다. 리슈 비는 그저 몸을 덜덜 떨고 있을 뿐이었다.

　천막 안에는 먼저 와서 옷을 갈아입고 있던 스이레이도 있었다. 스이레이는 유능한 인재이기 때문에 멀리 외출할 때 의관 대신 데리고 나올 이유가 충분하므로 이해가 된다. 하지만 그래도 문제가 없다는 건 아니다.

　후궁 밖으로 나올 수 없는 비가 이곳에 있는 것도 이상하지만, 진시의 태도를 보면 무슨 이유가 있는 듯했다.

"왜 비가 여기 있는지 묻고 싶겠지?"

"네."

아둬가 총명한 사람이라 다행이다.

"바센 님이 이번에 서쪽으로 가게 된 이유에 대해서는 들었어?"

진시는 변장 중이기 때문에 일부러 바센을 앞세워 말하는 모양이었다. 아둬다운 배려다.

"서쪽에서 회담이 있다고 들었습니다."

진시 외에도 나라의 중진들이 온다고 들었다. 진시 일행은 시찰을 겸해 개별 행동을 취하고 있다고 말이다.

"우리도 거기에 참가하게 되었어. 이번에는 비도 함께 가기 때문에 너무 많은 인원이 움직이는 건 피하고 싶었거든. 아니, 정확히 말하면 방해꾼 취급을 받았다고 말하는 게 맞겠군."

의미심장한 말투였다. 애당초 서쪽과의 회합에서 리슈 비가 도대체 무슨 도움이 된다는 건지 알 수가 없다. 서방 출신의 교쿠요 황후나 황제의 혈통인 리화 비라면 또 모를까.

아둬는 얼굴에 의문을 띤 마오마오를 재미있다는 듯 바라보았다. 왠지 교쿠요 황후와 닮아 보이기도 했다. 그렇구나, 황제의 취향은 이런 성격이었구나. 마오마오는 새삼 그런 생각이 들었다.

"이번 여행의 목적은 왕제 전하의 신붓감 찾기도 겸하고 있거든."

　아뒤가 시종 즐거운 표정으로 반응하던 이유를 알 것 같은 기
분이었다.

약사의 혼잣말

1 2 화 : 겹겹이 쌓이는 문제

'힘들겠네.'

마오마오는 진심으로 그렇게 생각했다. 높으신 분들에게는 연애도 없다. 그저 자식을, 혈통을 남기기 위해 거기에 적합한 상대를 선택할 뿐이다. 그리고 이번에 아둬가 리슈 비를 데리고 온 이유에 대해 생각해 보았다.

'하사인가….'

리슈 비는 본래 사부인에 어울리는 인물이 아니다. 집안은 좋지만, 후궁의 꽃으로서 다른 꽃들을 짓밟을 만한 역량은 갖고 있지 못하다. 오히려 자기 시녀들한테 계속 무시당하고, 소홀한 취급만 받아 왔을 정도였다. 황제가 다른 사람에게 하사한다면 리슈 비는 오히려 더 행복해질지도 모른다.

하지만 상대가 문제다.

'일단은 하사되기에 부족함 없는 상대이긴 해.'

하지만 그 이상으로 해악이 너무 크다. 여자였다면 나라를 기울게 만들었을지도 모르는 미장부다. 아무리 얼굴에 흉터가 남아 있다 해도, 환관이 아니라는 사실이 알려진 후 주위의 반응은 그야말로 어마어마했다.

'혹시 비가 습격을 당한 이유가 그것 아닐까?'

아니, 설마 그럴 리가… 하고 생각하고 싶지만 의외로 앞뒤가 맞는 것 같아 무섭다. 경국지색의 미인은 그 존재만으로도 도대체 몇 명의 인생을 망쳐 놓았는지 모른다.

이번에 아둬의 마차를 습격한 도적들은 지금까지와 방식이 달랐다. 통행료로 짐의 절반을 받아 가는 의적 나부랭이 같은 짓이 아니라, 호위의 팔을 자르고 여자를 팔라고 요구하기까지 했다. 바센 일행이 쫓아가서 돕지 않았다면 사망자가 나왔을지도 모른다.

게다가….

그 손목의 묘한 끈도 자꾸 마음에 걸렸다. 도적들끼리의 무슨 표식 같은 게 아닐까.

그런 연유로 마오마오는 여관 침대에 벌렁 드러누워 있었다. 부상을 당한 호위는 현재 머무르고 있는 마을에서 요양을 해야 했고, 습격을 당해 망가진 마차와 도망친 말을 대신할 수단도 찾아야 한다.

보급품 조달은 마오마오가 담당한 분야도 아니고, 이 동네 약방에는 딱히 재미있어 보이는 약이 없다는 사실도 확인했다. 다친 호위는 아둬에게 고용된 사람이었으므로 스이레이가 돌보고 있다. 스이레이의 실력이라면 굳이 마오마오가 나설 필요도 없다.

그리하여 한가한 시간을 얻은 마오마오가 침대에서 게으름을 피우고 있는데 문을 똑똑 두드리는 소리가 들렸다. 누군가 싶어 문을 열어 보니 거기에는 뜻밖의 인물이 서 있었다.

"잠시 괜찮을까요?"

머리에 얇은 비단 천을 쓴 리슈 비였다. 늘 그렇듯 작은 동물처럼 불안하고 어쩔 줄 몰라 하는 눈치였다.

"들어오세요."

마오마오가 손짓하자 리슈 비는 생쥐처럼 안으로 들어왔다. 주위를 두리번거리는 걸 보니 남몰래 자기 방을 빠져나온 모양이었다.

마오마오가 의자를 권하니 조심스럽게 앉았다. 차를 내주는 게 예의겠지만 여기서 물을 끓였다가는 비가 왔다는 사실을 들키게 된다. 할 수 없이 월병을 꺼내 주었다. 먹어 봤자 목만 마르겠지만 그냥 기분 문제다.

"무슨 일이신가요? 들키면 시녀에게 야단을 맞으실 겁니다. 늘 함께 있는 그 시녀장은 같이 오지 않았나요?"

시녀장의 모습은 보이지 않았다. 다른 시녀가 있긴 했지만 후궁에 있던 시녀들은 하나도 보이지 않았던 것 같다.

"후궁을 나온 건 나 혼자예요. 시녀는 아버님께서 붙여 주셨
어요."

목소리는 작지만 생각보다 뚜렷했다. 조금은 마오마오에게
익숙해졌다는 증거일까. 마오마오 입장에서는 지금까지 리슈
비를 꽤 신경 쓰고 챙겨 주고 있었는데, 매번 얼굴을 마주할 때
마다 상대가 덜덜 떠는 건 솔직히 은근히 상처가 되곤 했다.

"그럼 용건을…."

"네?"

아니, 빨리 용무를 끝내고 가 줘야 하는 것 아닌가. 자신과
함께 있었다는 사실이 들통나면 마오마오에게까지 불똥이 튈
게 뻔하다. 도대체 뭘 어쩌라는 걸까. 일단 운이라도 떼 봐야
하는 걸까.

리슈 비는 또다시 우물쭈물하기 시작했다.

"…왕제 전하와 혼약하셨나요?"


마오마오가 단도직입적으로 물었다.

"아뇨, 그건 아직…."

'아직' 아닌 모양이다. 즉, 그런 이야기를 듣긴 들었다는 말이
다. 하지만 그렇다고 하기에 리슈 비에게서 딱히 들뜬 기색은
느껴지지 않았다. 그럼 도대체 뭐가 문제일까.

"도적에게 습격당한 이유에 대해 뭔가 짚이는 게 있나요?"

"…지금 하러 온 건 그 이야기가 아니고…."

거짓말은 못 하는 사람이다. 도적과 관련해서 짐작 가는 데가 있는 모양이다.

"그럼 무슨 이야기를 하러 오셨나요?"

리슈 비는 흘끔흘끔 주위를 두리번거렸다. 나쁜 사람은 아니지만 이 비가 괴롭힘을 당하는 이유를 알 것 같은 기분도 들었다. 더 당당한 태도를 취했으면 싶다.

"…당신은, 부모 자식이 정말로 친부모 자식 사이인지… 저어, 판별할 수 있나요?"

그게 도대체 무슨 말일까. 마오마오는 살짝 고개를 갸웃거렸다.

"나와 내 아버지, 그러니까… 그, 우류卯柳라는 남자가 정말로 내 아버지인지 아닌지 확인할 수 없을까요?"

리슈 비는 울 듯한 얼굴로, 동시에 괴로워 보이는 얼굴로 말했다.

"……."

마오마오는 비를 진정시키기 위해 향을 피웠다. 진시가 쓸 물건이긴 하지만 이럴 때는 써도 될 것이다.

"갑자기 왜 그런 말씀을 하시는 거죠?"

리슈 비의 모친은 오래전 세상을 떠났다고 들었다. 부친은 딸을 정치적 도구로밖에 여기지 않았고, 그래서 어린 딸을 선제의 후궁으로 들여보냈을 정도였다. 그 당시 동궁비였던 아둬는 리슈 비가 유일하게 의지할 수 있는 사람이었음이 분명하다. 리슈 비는 입꼬리와 눈썹을 움찔거리며 금방이라도 울음을 터뜨릴 것 같은 표정을 지었다. 하지만 간신히 코를 훌쩍여 참고서, 마오마오를 바라보았다.

"…나, 사실은… 다시 후궁으로 돌아갈 예정이 아니었어요…"

리슈 비는 띄엄띄엄 말을 이어 나갔다.

선제의 승하 후 비구니 절에 들어갔던 딸을, 아버지는 또다시 이용하고자 했다. 처음에는 남쪽 지방 태수의 아내로 보낼 예정이었으나 알고 보니 그 남자는 거의 할아버지뻘 되는 고령이었고, 심지어 정실은 없지만 첩이 열 명이나 되는 호색한이라고 했다.

리슈 비는 황족에게서 이름을 받은 우卯 일족 가계 태생이었다. 하지만 여제 시절 이후 대세가 능력주의로 돌아섬에 따라 그 이름의 효력도 옅어졌다고 한다. 따라서 무슨 수단을 써서라도 출세해야 한다는 생각은 우 일족 전체의 의지나 다름없었다.

"그것을 막으려 했던 게 아둬 님이랑, 주상 전하였고…."

풍문으로 리슈의 혼약에 대해서 들은 아둬가 황제에게 리슈를 비로 들이도록 진언했다고 한다. 지금 생각해 보면 그것도 아버지의 책략이었는지도 모른다. 혼약은 정식으로 거의 다 이루어진 상태였기에, 나중에 그 결정을 뒤집기 위해서는 그에 상응하는 이유가 필요했다.

'어쩐지….'

다른 상급 비들에 비해 리슈 비가 아무래도 처질 수밖에 없는 까닭이 거기에 있었다. 물론 처진다고는 해도 외모 이야기가 아니고, 상급 비로서의 지성이나 기백이 부족하다는 뜻이다.

먼 동네 망할 영감탱이의 신부로 팔려 가는 것을 그냥 지켜볼 것인가, 아니면 후궁의 꽃으로서 다만 몇 년 동안만이라도 평온한 시간을 얻게 해 줄 것인가. 아둬는 리슈 비의 행복을 고려하여 후자를 선택했다.

"나도 옛날에는 주상 전하의 무릎 위에 앉아서 놀 정도로 그분을 잘 따랐으니까요."

"저런, 그랬군요."

어린 시절에는 그래도 괜찮았지만 지금 그랬다간 저 좀스러운 소갈머리를 지닌 황제가 그 자리에서 숨통을 끊어 놓을 것이다.

뭐, 세상에 나이 차이가 많이 나는 남녀가 결혼하는 일은 얼마든지 있다. 여자가 연상이라면 모를까 남자가 연상인 경우는 그리 드물지 않다. 그런 의미에서 아둬는 리슈 비가 몇 년만 지나면 금세 어른이 될 거라고 생각했던 모양이다. 앞에서도 말했지만 나라의 정점에 선 분의 여러 아내들 중 하나가 되면 대접도 그리 나쁘지 않다.

그런데 이 이야기와 친부모 자식 판별이 도대체 무슨 상관이 있단 말인가. 하기야 리슈 비가 그간 너무한 대우를 받긴 했다. 그렇다고 친부모라면 이런 짓은 하지 않을 텐데, 하는 식의 감정적인 이유로 그런 말을 하는 거라면 솔직히 이야기를 들을 마음도 안 생긴다.

아버지가 싫다면 지금 진행되는 혼담을 어떻게든 자기 힘으로 성사시킬 정도의 뻔뻔함은 가져 줬으면 좋겠다. 리슈 비도 진시에게 딱히 나쁜 인상은 없을 것이다. 후궁에 있을 때는 진시를 대할 때 얼굴을 붉히기까지 하지 않았던가. 오히려 원하는 바를 손에 넣는 게 아니냐고 묻고 싶을 정도다.

"…제 어머니가 아둬 님과 친구 사이였다고 합니다."

"그랬군요."

친구 딸이었으니 예뻐하는 건 당연한 일이다.

"그리고 주상 전하를 포함하여 세 분이서 자주 다과회를 갖곤 하셨다더군요."

"……."

"아버지는 양자였고, 어머니가 본가의 딸이었어요. 동궁비 후보에도 오를 정도였다고 해요."

아니, 그건 좀…. 마오마오는 마음속으로 고개를 가로저으며 부정하고 싶어졌다.

당시 동궁비는 아뒈였고, 아뒈는 더 이상 자식을 낳을 수 없는 몸이 되었다. 다른 비는 없었고, 선제는 병 때문에 쇠약해진 상태였다. 그런 가운데 비 후보가 한 명 더 있었다면.

"아버지는 이미 양자로 집안에 들어와 있었습니다. 하지만 아버지는 저를⋯."

딸이라고는 생각하지 않는다는 이야기였다.

"왕제 전하는 정말 훌륭하신 분이에요. 하지만, 제게는⋯."

그것은 본심으로 들렸다. 이 비는 그저 사랑이란 것 자체를 꿈에 그릴 정도의 어린 나이다. 하지만 최소한의 분별력은 갖추고 있으니 그나마 다행이었다.

'아니, 그러니까 그러면⋯.'

그렇게 돌려 말하지 말고, 이렇게 표현하는 게 올바른 말 아닐까.

'황제가 자기 아버지 아니냐는 말이지?'

그런데 **황제의 아우**인 진시와 결혼하게 된다면 아주 고약한 문제가 발생하게 된다. 아무리 생각해도 이건 근친혼이다.


솔직히 조사하기 싫었다. 하지만 할 수 없다고 말하는 것도 자존심이 상했다.

알량한 자존심을 갖고 있는 것도 문제지만 마오마오의 경우 거기에 호기심이 포함되어 있으니 더 심각하다.

친부모 자식인지 아닌지를 알아낼 방법을 찾자면, 솔직히 당시 부모가 관계를 맺은 일시와 리슈 비가 태어난 날을 역산해 보는 게 가장 빠른 길이다. 음, 안 되겠다. 이건 불가능하다. 리슈 비의 부친에게 직접 물어볼 수도 없고, 황제에게 물으려 했다가는 마오마오의 모가지가 몸뚱이와 작별하는 처지가 될 테니 말이다.

아예 교쿠요 황후처럼 빨간 머리에 푸른 눈을 가졌다면 알아보기 쉬웠을 텐데 말이다. 리슈 비의 생김새는 사랑스럽긴 하지만 리국 사람으로서 이렇다 할 특별한 부분은 없다. 머리는 검은 직모이며 눈도 마찬가지로 검다. 아버지 우류가 어떤 용모를 지녔는지는 모르지만 친아버지라고 확신할 만큼 명확한 증거는 없을 터였다.

그런 연유로 마오마오는 여관 안의 어느 방을 찾아갔다. 불쾌한 얼굴로 약을 개고 있는 스이레이의 방이었다.

"무슨 일이지?"

이 인간 진짜 붙임성 없네, 하고 마오마오는 자기 일은 제쳐 놓고 생각했다. 생각이 얼굴에 다 드러날지도 모르지만 그런 건 신경 쓰지 않았다.

방에는 팔이 잘린 호위 외에도 부상자가 두 명 더 있었다. 모두 생명에 지장은 없지만 한동안 이곳에 머무를 예정이라고 했다.

'역시 이 냄새를 맡으면 마음이 편해진단 말이야….'

스이레이가 열심히 이겨서 뒤섞고 있는 저 약은 아마 화농약일 것이다. 스이레이는 끈적끈적해진 약을 찻잔에 옮겨 담은 뒤, 얼굴을 찌푸리고 있는 부상자의 붕대를 풀었다. 두 부상자는 각각 마오마오와 스이레이가 하나씩 맡아 상처를 꿰매 준 사람들이었다. 많이 아팠을 텐데도 꾹 참아 주었다. 덕분에 상처도 잘 꿰맬 수 있었다고 마오마오는 생각했다.

"해열제 있어?"

상처의 상태를 살피며 스이레이가 물었다.

"재료는 있어요."

"그럼 좀 나눠 줘. 약간 부족할 것 같아."

상처를 입으면 열이 난다. 이 부근에서는 재료를 손에 넣기도 쉽지 않을 테고, 이 동네 약방은 이미 다 둘러봤는데 재료가 마땅치 않은지 갖춰져 있는 품목도 변변치 않았다. 교역로 부근에 있는 역참 마을이지만, 수입해 온 고급품을 이 동네에서는 팔지 않는다.

마오마오는 더 좋은 약이 싼값에 팔렸으면 좋겠다고 생각했다.

스이레이가 부탁한 약을 가지러 방을 나서던 마오마오는 복도를 서성거리던 한 인물과 마주쳤다.

"아, 평안하십니까요."

'별로 평안한 상황은 아닌데.'

묘한 말투로 인사를 건넨 그 인물은 바샤쿠였다. 몹시도 저자세로 나오는 그 사내는 마오마오가 리슈 비도 아닌데 조심스러운 태도로 어쩔 줄을 몰라 했다.

"왜 그러시죠?"

"아니, 다친 사람들이 어쩌고 있는지 궁금해서 그렇습죠. 마침 좋은 약이 있는데 어떨까 하고."

"얼마인가요?"

"아, 아닙니다요! 돈을 받다니 당치도 않습니다요. 그냥 다친 사람들이 너무 힘들 것 같아서…."

너무나 수상쩍은 태도였지만 아마 그냥 마오마오의 비위를 맞추려 그러는 듯했다. 일단 이 사내는 만일 도적과 마주쳤을 때 안전하게 위기를 빠져나갈 수 있게끔 해 주는 중재자로서 고용된 자다. 이야기를 듣자하니 아둬가 고용한 바샤쿠 역시 이 남자와 같은 마을 출신이었다고 한다. 그리고 도적이 평소와 다른 상대라는 사실을 알아차리고 맨 처음으로 도망친 것 역시 그 바샤쿠였다는 모양이다. 그래서 호위가 소리를 지르다가 그만 그 틈에 팔이 잘리고 말았다고 한다.

이런 장사에서는 무엇보다 신용이 가장 중요하다. 동업자가 실수를 저지르면 아무 상관없는 다른 사람들에게까지 불똥이 튄다.

"이건데 말입죠. 예전에 진통제라고 받아 놨던 건데, 혹시 쓸 수 없습니까요?"

바샤쿠는 무슨 그릇을 꺼내 보여 주었다. 그 속에는 흑설탕 같은 것이 들어 있었다.

"…이건."

마오마오는 바샤쿠에게서 그릇을 빼앗아 들고 스이레이에게 보여 주었다. 스이레이 또한 눈을 휘둥그렇게 뜨고 놀란 표정을 지었다.

"이런 게 왜 여기에!"

스이레이가 바샤쿠를 날카롭게 노려보았다. 생김새는 청년이었기에 바샤쿠는 저도 모르게 겁을 먹고 움츠러들었다.

"이걸 실제로 쓴 적이 있나요?"

"어, 저기, 그, 실은 사용 방법을 잘 몰라서, 그걸 좀 여쭤 보려고 했던 겁니다요….."

"그렇군요, 그건 행운이었네요."

바샤쿠의 표정을 보아하니 거짓말을 하는 것 같지는 않았다. 만일 사용했더라면 지금만큼 일을 제대로 하지도 못했을 것이다.

그릇 속에 들어 있는 그 무언가는, 분명 통증을 멎게 해 주는 효능이 있긴 했다. 약으로서도 유용한 소재다. 하지만 만일 사용 방법이 잘못된다면.

마麻를 피우는 곰방대보다도 더 악질적인 사태로 이어진다.

"감사히 잘 사용하도록 하겠습니다. 하지만 이걸 손에 넣은 경위에 대해서는 자세히 좀 들어야겠는데요."

눈앞에 있던 그것은 아부용, 즉 아편이었다.


문제는 겹쳐서 일어나는 법이다. 그리고 묘한 곳에서 접점이 발생한다. 바샤쿠의 이야기에 따르면 자신은 이것을 예인 집단과 함께 이동하던 어느 상인에게서 받았다고 했다. "마음을 편안하게 해 주고, 속세의 고통을 지울 수가 있답니다."라면서 넘겼다는 모양이다.

아마 이 바샤쿠가 조금만 더 깊게 생각했더라면 그 말이 무슨 뜻인지 알 수 있었을 것이다.

'보통 마약 팔 때 하는 말이잖아.'

사용 방법도 마찬가지였다. 바샤쿠들이 업무의 거점으로 삼는 역참 마을에서는 마를 담배로 만들어 피우곤 하는데, 알아서 마와 똑같이 취급할 거라고 생각했는지 그 상인이 사용 방법을 따로 설명해 주지 않은 게 정말이지 큰 행운이었다. 이 남자는 담배를 피우지 않는 사람이었기 때문이다.

마 담배는 중독성이 강하다. 그런데 거기에 익숙해진 사람들이 이어서 더 중독성이 심한 아부용에 손을 댔을지도 모른다고 생각하니 무시무시하기 짝이 없는 일이었다.

게다가 바샤쿠는 한층 더 결정적인 이야기를 털어놓았다. 어떤 대상隊商이었는지 물었더니 이런 대답이 돌아왔다.

"얼핏 본 거긴 한데요. 예인들 중에 비장의 무기라는 누님을 하나 봤습죠. 누님이라고는 해도 아직 한참 젊었지만요. 한 열다섯 살 정도 됐던가."

그게 1년쯤 전에 벌어진 일이었다고 한다.

"한 번도 본 적 없는 새하얀 머리카락을 가지고 있어서 도저히 잊을 수가 없었습니다요. 그건 뱀 신령님의 화신이 분명하거든요. 남몰래 하계에 내려와 잠행을 돌고 계신 게 아닐까요. 아니, 이 얘기를 한 건 이번이 처음입니다요."

하얀 머리카락이라는 말을 듣고 마오마오가 무엇을 떠올렸는지는 설명할 필요도 없다. 1년 전이라면 도성에 오기 전의 일이라는 말이 된다.

바샤쿠가 마약이라고는 전혀 생각하지 못하고 그저 통증을 그치게 해 주는 고마운 약이라고만 여겼던 데에는 그 묘한 신앙심도 한몫했을지도 모른다. 정말로 운 좋은 인간이라고 마오마오는 생각했다.

그 고마운 약 덕분에 환자들의 통증은 많이 가라앉은 모양이다. 보존 상태가 나빠서 혹시 효용이 떨어졌을까 걱정스러웠는데 말이다. 아무튼 신앙심 깊은 바샤쿠에게는 미안하지만 전부 받아다 쓰기로 했다. 약값은 후하게 쳐 줬으니 불평은 없을 것이다.

    문제가 얽히고설켜 혼란스러운 가운데 또 하나의 문제가 늘어났다.

    도적들 중 한 명의 몸에 뱀 문신이 새겨져 있었다. 그리고 이들이 똑같이 손목에 차고 있던 끈은 원래 하얀색으로, 교미하는 뱀의 모습을 본떠서 꼬아 만든 물건이라고 했다. 그러나 증언을 듣고 싶어도 멀쩡한 이야기를 들을 수 있을지 없을지는 알 수가 없었다.

    도적들은 전부 아편 중독자였기 때문이다.

## 13화 : 서도 첫날

　문제의 파도는 해결되지 않은 채 끝나 버렸지만, 다행스럽게도 일행은 그 후 목적지에 도달할 때까지 아무 일 없이 여행을 계속할 수 있었다. 진시는 아뒤나 리슈 비가 보는 앞에선 마오마오에게 집적거리지 않았다. 대신 마오마오는 스이레이와 함께 있는 경우가 많았다. 같은 약사라고는 해도 스승이 다르면 조합 방법도 달라진다. 그것을 알아 가는 게 즐거웠다.

　풍경 속에서 점점 녹색이 드물어지고 자갈과 모래로 이루어진 대지가 펼쳐졌다. 마치 수면 같은 모래의 대지를 본 건 처음이었기에 마오마오는 저도 모르게 소리 높여 감탄을 터뜨렸다. 모래가 얼굴을 때리는 걸 막기 위해 머리에는 얇은 천을 둘렀다. 모래가 빛을 반사하기 때문에 햇볕이 강렬했으나, 밤이 되어 야영을 할 때는 어마어마하게 추웠다. 여행길이 이런 식이 되리라고는 상상도 하지 못했다. 물론 그런 점을 다 고려하여 마오마오가 갈아입을 옷까지 준비해 준 건 고마운 일이었으나, 속옷까지 준비되어 있는 걸 보고 마오마오는 무어라 형언키 힘든 복잡한 기분을 맛보았다는 것만 덧붙여 둔다.

그리고 전갈이나 독사가 밤에 나올 수 있으니 조심하라는 주의도 들었지만, 벌레를 끔찍하게 싫어하는 스이레이가 지나칠 정도로 야단스럽게 벌레 쫓는 향을 피워 댄 탓에 거의 구경도 하지 못했다. 실로 유감스러운 일이다.

마오마오보다 더 힘들었던 건 리슈 비였다. 비라는 입장 때문에 얼굴을 밖으로 내미는 일도 거의 없다. 게다가 시녀가 항상 곁에 딱 붙어 있어서, 계속 심약한 태도만 보이는 리슈 비와는 제대로 대화를 나누기 어려워 보였다. 그나마 다행인 건 아뒤가 신경을 써서 가끔 말을 걸어 주곤 한다는 점이었다.

그나저나 만약 리슈 비가 황제의 숨겨진 자식이었다면 아뒤는 어떻게 행동할까. 동궁 시절 아뒤 외의 다른 비는 없었다. 복잡한 감정을 품을까, 아니면 아무렇지도 않게 여길까. 선의로 한 일이 전부 뒤집히게 된다. 아니, 어쩌면 이미 알면서 한 일일 가능성도 있었다.

'그렇게 생각하고 싶진 않지만….'

'딸 같은 아이'가 아니라 진짜 친딸이라면 아무리 주상이라도 손을 대지 못할 것이다. 하지만 진시의 결혼 상대가 된다면.

권력자들의 혼인 중에 근친혼은 사실 드물지 않다. 조카딸과

이모, 이복 누이를 후궁으로 들인 예도 있다. 하지만 피가 지나치게 짙어진 결과 일족 전체가 같은 병에 걸려 모두 죽어 버린 일도 있다. 선제 시대의 일도 있는데 설마 같은 전철을 밟을까, 하고 마오마오는 생각했다.

일단 서도에 도착하고 나니 마음이 좀 놓였다.

그곳은 황제가 직접 관할하는 도성과는 또 다르게 번화한 도시였다. 모래 섞인 바람이 부는 가운데 오아시스라 불리는 귀중한 수원水源을 중심으로 발전한 곳이다. 왕도가 바둑판처럼 네모반듯하게 나누어진 거리로 이루어져 있는 데 반해, 이곳은 잡다하고 복잡하다는 인상이 느껴졌다.

"말로는 들었지만, 미아 되기 딱 좋겠군."

오랜만에 듣는 진시의 목소리였다. 아둬는 알아차린 듯했지만 다른 사람들은 흉터가 있는 이 남자가 진시라는 사실을 전혀 모른다. 스이레이는 어쩌면 알고 있을지도 모르나 어쨌든 굳이 입 밖에 내어 말하진 않았다.

아름다운 그분이 바로 옆에서 쭉 함께 여행을 하고 있었다는 사실을 알면 리슈 비는 어떻게 반응할까. 약혼자 후보로 대할까. 아니면 이복 오라버니, 아니 숙부로 볼까.

진시는 겨우 얼굴의 화상 자국을 지웠다. 한 달 가까이 계속 그 화장을 하고 다녀서인지 염료가 뺨에 침착되어 있었다. 진시는 그것이 신경 쓰이는지 자꾸 문지르곤 했다.

서도는 축제 분위기로 가득했다. 다른 중진들이나 타국의 사자들은 이미 와 있는 모양이었다.

시장이 서고 폭죽 소리가 울려 퍼졌다. 유백색 벽과 적갈색 기와가 보였다. 그리고 그 틈새를 메우듯 쳐져 있는 햇빛 가리개용 천이 펄럭였다. 정육점에는 닭과 양이 줄줄이 놓여 있었다. 노점에는 향신료를 가득 넣은 요리가 많이 팔리고 있었기에 자꾸 그쪽으로 시선이 갈 것 같았지만, 일행은 수원 근처에 있는 어느 저택을 향해 걸어가고 있었다.

집을 지으면서 목재를 아낌없이 사용했다는 점으로 미루어 볼 때 이 저택은 상당한 유력자의 집이라는 사실을 알 수 있었다. 수원 바로 옆이라 그런지 녹색도 풍부했다. 잎사귀가 넓은 식물은 거의 없고, 낯선 종류의 식물이 많았다. 웅장한 문 앞에는 온화한 생김새의 주인으로 여겨지는 중년과 그 종자들이 기다리고 있었다.

진시가 먼저, 그리고 아둬가 그다음으로 마차에서 내렸다. 진시의 등장에 모든 사람들이 눈을 휘둥그렇게 떴다. 동행자들조차 놀라고 있으니 정말로 알아차리지 못한 모양이었다.

눈앞에는 반짝반짝 빛나는 아름다운 귀인이 서 있었다.

"정말 잘 오셨습니다. 먼 길 오시느라 고생이 많으셨습니다."

마오마오는 그 사람의 얼굴이 어째서인지 낯이 익고 반갑게 느껴졌다. 다정한 눈매를 보니 친근감이 솟았다.

"이곳의 장을 맡고 있는 요교쿠엔楊玉袁이라고 합니다."

그리 격식을 차리지는 않은 말투였지만 거기서 불쾌함은 느껴지지 않았다.

"딸아이가 신세를 지고 있습니다."

'아!'

마오마오는 그제야 이 중년이 누구인지 알 수 있었다. 머리카락과 눈동자는 검은색이었지만 그 분위기는 교쿠요 황후를 꼭 닮았다.

"긴 여행 끝이니 길게 이야기하는 것도 실례겠지요. 방에 뜨거운 목욕물을 준비해 놓았습니다. 천천히 여독을 푸십시오."

"그거 고맙군."

진시는 그 말만 남기고 저택 안으로 들어갔다. 마오마오도 그 뒤를 따랐다.


'이래도 되는 건가?'

마오마오는 자신이 안내받은 방을 보고 깜짝 놀랐다. 하기야 왕제의 종자로 따라온 자를 소홀히 대접할 수야 없긴 하겠지만, 마오마오가 안내받은 곳은 지나치게 화려한 방이었다.

바닥에는 털이 긴 융단이 깔려 있었다. 감촉으로 미루어 볼 때 모 외에 비단실도 섞어서 짠 듯했다. 침대에는 천개가 달려 있었고, 정성껏 자수를 놓은 장막도 쳐져 있었다. 탁자 위에는 은으로 된 손잡이가 달린 유리잔이 놓여 있었다. 말린 대추가 바구니에 하나 가득 담겨 있는 모습은 그야말로 이국에서 온 이야기 두루마리 속의 삽화 같았다.

'나중에 돈 내라고 하는 건 아니겠지.'

마오마오는 그런 생각을 하며 대추 열매를 깨물었다. 수분이 빠지고 단맛만이 응축된 맛이었다. 맛있긴 했지만 지나치게 달았으므로 하나만 먹고 말았다.

저택 안을 탐사해 보고 싶었지만 혼자 멋대로 돌아다니면 야단을 맞을 게 분명했다. 오늘은 우선 각자 식사를 한 뒤 휴식을 취하라는 명령이 내려져 있었다.

만찬이나 연회는 내일부터 여러 날에 걸쳐 열릴 모양이었다. 낮에는 회합이 있어 매우 바쁠 예정이다. 높으신 분들은 상대가 지쳤거나 말거나 일단 연회를 열어서 환영하려 들 거라 생각했지만, 역시 교쿠요 황후의 부친은 다르다. 그런 배려도 확실히 할 줄 아는 사람이었다.

심지어 목욕물까지 준비해 준 건 정말로 고마웠다. 이곳에서 물은 그 무엇보다 귀중한 자원이리라. 통째 대리석으로 만들어진 욕조를 보고는 마오마오도 약간 기가 죽긴 했지만 말이다.

목욕을 마친 마오마오는 노대*로 나갔다. 젖은 머리는 금방

---

※노대 : 발코니.

마르겠지만 대신 먼지를 뒤집어쓸 것 같다는 생각이 들어, 그만 돌아가려던 찰나였다.

'?!'

어딘가에서 이야기 소리가 들려왔다. 좌우를 두리번거렸지만 사람 모습은 보이지 않았다. 아무래도 옆방이 소란스러운 모양이었다.

'아니, 이것 참.'

이렇게 벽이 두꺼운 방인데 그렇게 창문을 활짝 열어 놓고 이야기를 나누어서야 바깥으로 다 들리지 않겠나. 그렇게 생각하며 마오마오는 노대의 난간 위로 최대한 몸을 내밀었다. 이래서야 엿듣기 좋아하는 변태나 다름없다.

"왜 네가 여기 있는 거야?!"

흠, 여자 목소리다. 아직 젊다. 하지만 옆방은 리슈 비의 방이었던 게 생각났다.

"……"

무어라 중얼중얼 말하는 소리가 들리는 듯 안 들리는 듯했다. 리슈 비가 말을 하고 있는지도 모른다.

"그래서 뭐 어쩌라는 거야? 나를 방해할 생각이야? 넌 항상 그래!"

여자가 리슈 비를 몰아세우고 있는 모양이었다. 이렇게까지 노골적으로 악의를 드러내니 오히려 시원스럽게 느껴진다. 하지만 그 후, 무언가를 철썩 때리는 소리가 났다.

마오마오는 노대에서 방으로 돌아가 살그머니 복도 쪽을 내다보았다.

옆방에서 마치 하느작하느작 소리를 내며 움직일 것처럼 생긴 소녀가 나왔다. 입가는 부채로 가리고, 뾰로통한 표정을 짓고 있었다. 밖에서 기다리고 있던 시녀들이 천천히 고개를 숙였다. 두 명은 소녀의 뒤를 따라가고, 나머지 한 명은 방으로 들어갔다. 싸움을 하기 위해 일부러 방 안에 있던 사람을 밖으로 내보낸 것까지는 좋았지만, 창문까지 잘 닫아 두지 그랬느냐고 충고해 줘야 하나 싶다.

마오마오는 방에서 나온 소녀가 복도 모퉁이를 돌아 자취를 감추는 모습을 확인한 뒤 리슈 비의 방문을 두드렸다. 아까 방으로 들어갔던 시녀가 문을 열고는, 좀 전의 그 소녀 일행이 아니라는 사실을 확인하더니 안심하는 표정을 지었다.

"들어가도 될까요?"

마오마오는 안에 있는 리슈 비에게까지 들릴 만큼 큰 목소리로 물었다. 시녀가 종종걸음으로 방 안으로 들어갔다가 다시 이쪽으로 돌아왔다.

"들어오세요."

그 시녀장은 따라오지 않았다는 이야기를 듣긴 했지만, 이번에 따라온 시녀는 상당히 사무적인 태도였다.

리슈 비는 의자에 앉아 기다리고 있었다. 하지만 안에 있는 침대가 흐트러져 있는 걸 보니 그 후 이불 속으로 파고들었던 모양이다. 베개가 조금 젖고, 머리 모양도 다소 헝클어져 있었다. 고개를 살짝 돌리고 있는 이유는 마오마오와 시선을 마주치기 싫어서가 아니라, 벌겋게 열기를 띠고 있는 뺨을 감추려 그러는 듯했다.

"보여 주세요."

"……."

따귀를 맞았다는 사실을 이미 다 들켰다는 걸 깨닫자, 리슈 비는 얌전히 고개를 들었다.

"찬물을 좀 가져다주실 수 있을까요?"

마오마오는 사무적인 태도의 시녀에게 그렇게 말했다. 시녀는 의아한 표정을 지었으나,

"아까는 굉장히 쉽게 자리를 비켜 주시던데요?"

하고 빈정거리듯 덧붙이자 방을 나갔다.

마오마오는 리슈 비의 앞에 서서 턱을 잡았다. 뺨은 열기를 띠고 있었으나 금세 가라앉을 것이다.

"만일을 대비해서 입 안을 좀 보여 주셨으면 합니다."

리슈 비는 조금 부끄러운 듯 입을 벌렸다. 하얀 치아가 고르게 늘어서 있었고, 입 안에도 찢어진 구석은 없었다.

'어?'

신기하네, 하고 생각하며 입 안을 열심히 들여다보고 있는데 리슈 비의 표정이 점점 일그러졌다. 미안해진 마오마오는 입 안 들여다보기를 그만두었다.

"굉장히 난폭한 분이신 것 같던데, 어떤 분이신지 여쭈어 봐도 될까요?"

"이복 언니예요."

리슈 비의 아버지인 우류는 리슈 비의 어머니가 세상을 떠난 후 바로 후처를 집에 들였다. 후처는 본래 아버지의 첩이었기에 이복 오빠와 언니가 이미 예전부터 존재했다고 한다. 그리고 그 언니가 바로 좀 전의 소녀였다.

양친은 본래 육촌 사이였고, 우 일족의 본가인 어머니의 집안에 아버지가 데릴사위로 들어온 형태였다. 시 일족과 비슷한 가족 구성이지만 그쪽과 다른 점은 정처의 딸인 리슈 비가 받고 있던 대접이었다. 리슈 비의 외조부모는 이미 세상을 떠난 지 오래였고, 실권은 우류가 쥐고 있었다. 본인은 이미 오래전부터 첩을 두고 그쪽에서 자식까지 낳았으면서, 아내의 부정을 의심하여 리슈 비를 푸대접하는 부분이 정말 소인배답다.

만일 황제의 숨겨 놓은 자식이었다면 잘 대우했을 때 오히려 더 이득이 될 거라고는 생각하지 않는 걸까. 상황을 보아하니 아마 첩에게서 낳은 언니는 실컷 응석을 부리며 자란 모양이었다.

"혹시 아버님과 관련된 이야기는 그 언니라는 분에게서 들으신 건가요?"

"……."

무언은 긍정을 뜻한다.

"도적 사건 때 말을 흐리셨던 것도 짚이는 데가 기기에 있었기 때문이었군요."

질투한 언니가 암살자를 보냈다. 그렇게 생각하고 싶지는 않지만, 가능성이 전혀 없다고는 할 수 없다.

"…그건 잘 모르겠어요."

하지만 상당한 괴롭힘을 당했을 것으로 추정된다. 리슈 비의 표정이 그렇게 말하고 있었다.

오늘은 식사를 각자 방에서 하도록 지시를 받았지만, 꼭 그래야 할 필요가 있을까. 마오마오는 이렇게 제안해 보았다.

"오늘 저녁 식사는 저와 함께 하지 않으시겠어요? 그리고 아둬 님께도 함께 드시자고 말씀드리는 게 어떨까요?"

아둬의 이름을 듣자 리슈 비의 어두웠던 얼굴이 눈 깜짝할 사이 환해졌다. 아둬가 거절하지는 않을 테고, 그러면 독 시식을 해 줄 수가 있다. 만일 도적을 가장한 암살자를 보낸 사람이 정말로 있다면 식사에 독도 탈 수 있을 것이다.

'진짜 누구 자식인지는 모르겠지만….'

본인에게 책임이 있는 일은 아니니 리슈 비가 불쌍하게 느껴졌다. 그 정도 선의는 마오마오에게도 있었다.


아둬는 흔쾌히 식사 초대를 받아들였다. 식사를 한곳으로 날라다 달라고 부탁하자 요리사들이 신경을 써서 방을 따로 준비해 주었다. 둥그런 천장에 색유리가 가득 붙어 있는 방이었다. 서방에서 수입해 온 물건으로 여겨지는 그것은 빛을 받을 때마다 마치 보석처럼 아름답게 빛났다.

"제법 괜찮은데."

아둬가 턱을 문지르며 고개를 끄덕였다. 리슈 비는 눈을 반짝반짝 빛내고 있었다. 마오마오는 도대체 무엇을 넣으면 유리가 저런 색이 될지에 대해 생각했다.

"이런 장소를 써도 되는 건가?"

아둬의 질문에 요리사가 싱긋 웃었다.

"옛날에는 아가씨께서 여러 사람을 모아 식사하실 때 자주 사용하셨지만, 요 몇 년 동안에는 쓸 일이 거의 없었던 방입니다."

아가씨란 교쿠요 황후를 말하는 걸까.

"원래 이국의 신을 모시던 장소를 옮겨 지은 곳이니, 그 점이 불쾌하지 않으시다면 부디 사용해 주십시오. 물론 결코 어디에도 이교도가 드나들지는 않습니다."

그렇구나, 신기한 기분이다. 이 나라에서 딱히 이교도를 배척

하지는 않지만 그렇다고 마구 포교하고 다니게 내버려 둘 수도 없긴 하다.

"아, 나는 괜찮아."

"아둬 님이 괜찮으시다면…."

"저 유리는 어떻게 만든 건가요?"

그 대답에 안도한 요리사는 급사에게 식사를 준비하게 했다. 방은 구석구석까지 깨끗하게 청소가 되어 있었다. 심술궂은 시어머니처럼 혹시 먼지가 쌓여 있는지 확인해 보았지만 손가락은 깨끗하기만 했다.

아둬는 스이레이에게도 권해 보았지만 거절당했다고 했다. 은근히 스이레이를 마음에 들어 하는 눈치였다. 그나저나 이 자리에 있는 건 전부 여자들인데도, 아둬와 스이레이가 있었다면 왠지 2대 2 맞선 자리처럼 보였을 수도 있겠다.

복도 너머에서 왠지 분한 듯 이쪽을 훔쳐보는 그림자가 있었던 것 같기도 했지만, 신경은 쓰지 않았다.

세 사람은 이국정서가 흘러넘치는 요리를 맛있게 즐겼다.


"그럼 전 뒷정리를 하고 가겠습니다."

식사가 끝난 뒤 마오마오는 그렇게 말하며 아둬와 리슈 비를 먼저 돌려보냈다. 아둬의 방은 리슈 비의 방 대각선 맞은편에 있기 때문에 가는 길에 그 심술궂은 언니에게 붙잡혀 괴롭힘을 당할 일은 없을 터였다.

"나도 도우마."

"아뇨, 급사만 불러오면 됩니다."

요리가 다 날라져 온 뒤, 아둬는 느긋하게 대화를 나누고 싶다며 급사를 내보냈다. 이야기를 한 건 거의 아둬와 리슈 비였고 마오마오는 맞장구만 쳤다. 대화 내용은 여행 도중에 있었던 일이나 사소한 추억담, 서도의 번화한 풍경 등에 대한 화제였다. 별것 아닌 이야기를 몹시도 즐겁게 늘어놓는 리슈 비는 대화 내내 생글생글 웃고 있었다.

교쿠요 황후의 고향 집은 매우 넓다. 급사를 찾으러 어슬렁어슬렁 돌아다니는 사이 길을 잃을 것만 같았다.

'분명 여기서 오른쪽으로 꺾었던 것 같은데.'

그런 생각을 하며 걷고 있는데 뒤에서 인기척이 느껴졌다. 마오마오가 걸으면 발소리가 들리고, 멈추면 발소리가 끊어졌다. 그래서 뒤를 돌아보았다.

"……."

"……."

떨떠름한 표정의 바센과 눈이 마주쳤다.

"무슨 일이신가요?"

"아니, 아무것도 아니야."

이 남자는 거짓말을 못 한다. 너무나 노골적으로 시선을 피하고 있다.

"길을 잃으셨나요?"

"…그, 그럴 리가 있겠어?"

맙소사, 이래 가지고 진시의 측근 노릇을 할 수는 있으려나 모르겠다. 지켜보고 있는 사람 입장에서는 재미있을 정도다. 길 잃어버린 일을 괜히 물고 늘어졌다가는 바센이 아니라고 고집만 부릴 것 같으니 그냥 없었던 일로 해 주자.

"그럼 기왕 이렇게 만났으니 방까지 데려다주시면 안 될까요? 별채까지 거리가 제법 있어서요."

"할 수 없지."

바센의 방은 마오마오 방의 옆 별채에 있다. 설마하니 거기까지 함께 가면 길을 잃을 일은 없을 것이다. 손이 많이 가는 상대다. 자신을 번거롭게 만드는 상대에게 굳이 먼저 말을 붙이는 등의 배려 따위 마오마오에게는 존재하지 않는다. 말없이 계속 걷기만 해야 하나, 하고 생각하고 있는데 바센이 먼저 입을 열었다.

"혹시 리슈 비전하가 어떤 인물인지 알고 있어?"

뚜벅뚜벅 발소리가 울려 퍼지는 가운데 바센은 나직이 물었다.

"그런 건 진시 님께 여쭙는 게 좋지 않을까 합니다."

"그럴 수가 없어서 난감하단 말이야."

바센은 심각한 표정으로 말했다.

'그렇겠군….'

바센은 이번 회합이 진시의 신부 찾기라는 목적도 겸하고 있다는 사실을 알고 있는 듯했다. 그리고 후보로서 비교적 파악하기 쉬운 리슈 비부터 조금씩 알아보려는 모양이다.

"글쎄요, 어떤 분인가 하면…."

성격은 겁쟁이에 울보이고, 아직 여러 가지 면에서 어리긴 하지만 좋게 말하면 세파에 닳지 않았다. 그 앳된 성품은 사람에 따라 호불호가 갈리겠지만 기본적으로는 귀염성 있고 남의 보호 본능을 자극한다고 할 수 있겠다.

"…그게 정말인가?"

"왜 그렇게 의심하시는 건가요?"

바센은 심각한 눈빛으로 팔짱을 낀 채 마오마오에게 자기 쪽으로 다가오라고 손짓을 했다. 두 사람은 회랑을 벗어나 정원의 바위 뒤에 숨었다. 추우니 빨리 끝내 줬으면 좋겠다.

"진시 님도 우리 아버님도 그 이름을 들었을 때 썩 달가운 표정을 짓지 않으셨거든."

"도대체 왜요?"

마오마오는 시치미를 뚝 뗐지만, 만일 리슈 비가 황제의 숨겨진 딸이라는 소문을 바센이 알고 있다면 그냥 말을 대충 얼버무릴 생각이었다.

"집안에 대해서는 최근 눈에 띄는 행동을 하기 시작한 우 일족이라는 게 마음에 좀 걸리긴 하지만, 그 때문에 거절할 정도는 아니야. 아니, 오히려…."

"저기, 혼자서만 중얼중얼 얘기하지 마시고요."

그게 평소에 자기가 툭하면 하던 짓이라는 사실은 모른 척하고 마오마오는 끙끙거리는 바센을 채근했다.

"…아무한테도 말하면 안 된다."

"그런 일이라면 굳이 듣고 싶진 않네요."

"아니, 여기까지 왔으면 그냥 들으란 말이야."

바센은 마오마오의 귓가에 속삭였다.

"리슈 비전하를 하사한다는 이야기가 있어. 진시 님에게로."

"저런, 세상에."

사실은 알고 있었으므로 마오마오는 딱히 놀라지도 않고 담백하게 대답했다. 바센은 그것이 마음에 들지 않는 모양이었다.

"엄청난 사태라는 생각 안 드나?"

"아뇨, 남 걱정을 하기엔 저도 이미 혼기를 놓친 입장이라."

"그러고 보니 그랬군."

그런 말을 듣고 납득하다니, 이 남자는 절대 이성에게 인기가 있을 수가 없겠다고 마오마오는 생각했다.

진시와 리슈 비. 나이 차이로 볼 때 딱 좋은 한 쌍이다. 진시는 세는나이로 스무 살, 리슈 비는 열여섯 살이다. 외모로 볼 때 진시는 다소 노안… 아니, 어른스러운 생김새이긴 하지만 어쨌든 충분히 허용 범위 안에 들어간다.

진시는 황제의 아우다. 지금은 교쿠요 황후가 낳은 황자가 동궁이라고는 하지만 아직까지 황위 계승권 순위도 매우 높다. 리슈 비는 안 그래도 경쟁률이 높은 현 주상의 후궁에 있는 것보다는 아직 아내가 한 명도 없는 진시에게 시집가는 편이 훨씬 나을 것이다.

장래 국모가 되진 못한다 해도 재상의 아내가 될 수는 있으리라. 물론 나라 안의 모든 여자들, 그리고 일부의 남자들을 적으로 돌리게 되긴 하겠지만 어쨌거나 진시는 안전한 패로서 차고도 남을 정도의 상대다.

권력자란 결혼도 도구로 이용할 수밖에 없는 존재다. 바이링 언니가 주장하는 자유연애는 환상이나 다름없다.

설령 거기에 근친혼이라는 그림자가 숨겨져 있다 해도, 그리고 실제 근친혼이라 하더라도 이복 남매라면 문제없다. 건강상 웬만하면 피했으면 하는 결혼이긴 하지만 바센은 그런 사정까지는 모른다.

표면상 리슈 비는 이번 신부 찾기의 최고 유력 후보라고 봐도 좋다.

마오마오는 옆에 있던 사람을 물끄러미 바라보았다. 진시의 젖형제인 바센도 그 부분은 파악하고 있을 것이다. 하지만 그런 바센의 마음속에는 무어라 형언하기 힘든 어떤 심경이 있는 모양이었다.

단적으로 말하자면.

'시누이 근성.'

아름답고 유능한, 자신이 모시는 귀인에게 과연 어울리는 상대일지 아닐지 자신의 눈으로 확인하고 싶은가 보다.

"아버님은 별로 달가운 얼굴을 하지 않으셨어."

그래서 자꾸 불안한 표정을 짓고 있었던 건가.

'그렇겠지.'

가오슌이라면 진시와 리슈 비의 출생에 대해 뭔가 알고 있을지도 모른다.

진시 입장에서 볼 때 리슈 비라는 사람 자체는 딱히 좋지도 싫지도 않을 것이다. 얼굴은 사랑스럽고, 앞으로 몇 년만 더 지나면 훨씬 어른스러운 여성이 되리라. 유능하다고 평하긴 힘들지만 자기 분수도 모르고 어정쩡하게 나대는 성격은 아니다. 물론 친척 관계 문제로 조금 번거로워지긴 하겠지만, 그건 어떤 가문에서 아내를 얻는다 한들 어느 정도 발생할 수밖에 없는 문제다.

"어쩌면 무슨 결함이 있을지도 모르잖아."

바센은 거친 콧김을 내뿜으며 말했다.

'결함이라니, 말이 심한데.'

듣는 사람에 따라서는 멍석말이를 시킬 수도 있는 말이다.

"그렇게 마음에 걸린다면 직접 물어보시면 되잖아요?"

"어?"

"워낙 낯을 가리는 분이라 이번에 남자분들 앞에 나설 때는 머리에 비단 천을 쓰고 계셨지만, 익숙해지면 조금씩 이야기를 하실걸요."

실제로 지금은 스이레이 앞에서도 말을 할 수 있게 되었다. 스이레이를 남자라고 생각하는 모양인지 리슈 비가 직접 말을 걸진 않지만 말이다. 리슈 비가 스이레이와 이전에 면식이 없어서 정말 다행이었다. 후궁에서 몇 번 스쳐 지나간 적이 있을지도 모르지만, 기억에 남진 않았던 듯했다.

"애초에 아둬 님의 마차를 도우러 가셨던 게 바센 님 아니셨나요? 이쪽에서 은혜를 입혔다는 사실을 강조하면서, 아둬 님과 함께 계실 때를 노려서 접근하면 되잖아요."

"아, 으음⋯."

왠지 모르게 석연찮은 대답이었다. 바센은 거북한 듯 살짝 시선을 돌렸다.

"하지만, 여성이라 하면⋯. 나 같은 사내를 무서워하진 않을까?"

'허어?'

도대체 무슨 소리를 하는 건지 통 알 수가 없다.

"오히려 정조의 위협을 받고 계시잖아요?"

"입 다물어!"

바이링 언니를 떠올렸는지 바센은 얼굴을 새빨갛게 물들인 채, 흥분해서 언성을 높였다. 목소리가 너무 컸는지 누군가가 들은 모양이었다. 뚜벅뚜벅 다가오는 발길음 소리가 들렸다.

바센은 다급히 마오마오의 입을 틀어막았다. 힘이 너무 센 나머지 마오마오는 저도 모르게 이상한 소리를 지를 뻔했다.

'아니, 소리를 지르고 난리를 피운 건 자기면서.'

마오마오는 떨떠름한 기분이었지만 아무튼 가만히 있었다.

"거기 누가 있습니까?"

정중한 말투가 들렸다. 상대는 여러 명인 듯, 발소리들이 점점 가까워져 왔다. 바센에게 꽉 붙들려 있었던 터라, 심장이 쿵쿵 뛰는 소리가 바로 귓가에서 들렸다.

'이 자식, 생각보다 힘이 쓸데없이 세잖아.'

갑갑해서 얼굴을 찡그리며, 빨리 좀 끝났으면 좋겠다고 마오마오는 생각했다.

시커먼 어둠 속이라 잘 보이지는 않았지만 남자 3인조 같았다. 그중 한 명이 이쪽으로 다가왔다. 그리고 바위를 사이에 두고 거의 바센과 마오마오 코앞까지 접근했다.

"잘못 들은 게 아닐까요?"

남자는 그냥 지나치려 했다. 하지만 귀에 익은 목소리가 들렸다.

"그런가? 그나저나 바센은 어딜 갔지?"

"?!"

바센의 심장이 갑자기 펄떡 뛰었다. 그리고 바스락, 하고 나뭇가지 밟는 소리가 들렸다.

'아아….'

거기 있던 사람은 바센을 찾던 진시였다. 그리고 그것을 돕고 있던 사람들은 동그란 안경의 라한과 서른이 채 안 된 미남자 리쿠손이었다.

다음 날 라한이 마오마오를 불러냈다.

"이것 참, 말을 안 했던가."

여우 눈에 곱슬머리를 지닌 사내는 차를 홀짝이며 말했다. 옆에는 부드러운 표정의 리쿠손이 앉아 있었다. 이곳은 저택 안의 정자였고, 옆에 수원이 있는 덕인지 서늘한 바람이 불어 왔다. 시원하게 지내기 위해 저택의 구조에 공을 들인 모양이 었다.

"나도 이쪽으로 불려 왔어. 이유는 여러 가지 있지만, 뭐 장 사에 관한 상담도 있어서 말이야."

숫자에 관한 문제가 있다면 이 남자가 덤벼들지 않을 리가 없 으니 적재적소인 셈이다. 그리고 또 한 명의 남자가 있는 이유 는….

"상사가 도성을 떠나기 싫어하는 것 같아서 대신 왔습니다."

"흐응, 쓸모없는 상사네요."

"마오마오, 난 너의 그런 점이 그렇게 싫진 않지만 그래도 이런 자리에서는 조금 더 생각을 하고 말하도록 해."

드물게도 라한이 멀쩡한 소리를 했다. 마오마오도 알고 있다. 그러니까 이렇게 정중한 존댓말을 사용하려고 애쓰고 있는 게 아닌가.

아무래도 어젯밤 그 이후 여러모로 야단이 났던 모양이다. 시간이 많이 늦었기에 마오마오는 바로 자기 방으로 돌려보내졌지만, 아무튼 여러 가지 일이 있었던가 보다. 마오마오는 귀찮을 것 같았기에 그냥 전부 다 무시했다. 바센에게 붙잡혔던 자리에 빨간 자국이 나 있었기에, 그 부위를 식히는 데에만 전념했다.

문제의 진시와 바센은 오늘 낮에 회합이 있다고 한다. 이 회합에서는 주로 정사에 관련된 이야기를 하면서 회식을 갖게 되는데, 서로의 심중을 탐색하는 자리이기 때문에 실로 번거롭고 까다로울 게 분명하다. 황후를 딸로 둔 교쿠엔 하나만 상대하는 것도 벅찰 텐데, 심지어 나라 밖의 인간들까지 쫓아오게 되었으니 마음이 더욱 무거울 것이다.

"그래서 하실 말씀이라는 게 뭔가요?"

"그게 말이야."

라한은 검지로 안경을 쓱 치켜 올렸다. 그리고 품에서 한 장의 종이를 꺼냈다. 거기에는 가느다란 붓으로 초상화가 그려져 있었다.

"이건⋯."

여자의 그림이었다. 아직 나이 어린 소녀 같았고, 생김새는 고왔다. 그것만 가지고는 아무것도 알 수가 없었으나 주석으로 '빨간 눈, 하얀 머리, 하얀 피부'라고 적혀 있었다. 떠오르는 인물은 확실하게 단 한 명뿐이었다.

"바이냥냥의 공연이라면 같이 보지 않았던가요?"

"그래, 봤지."

라한은 "하지만⋯." 하고 말하며 또 한 장의 종이를 꺼냈다.

"누구죠?"

이번에는 남자 초상화였다. 하지만 그림과 실물은 다르고, 무엇보다 마오마오는 관심 없는 사람의 얼굴을 그리 잘 기억하지 못한다. 한마디로 누군지 모르겠다. 라한은 두 장의 초상화를 나란히 늘어놓았다.

'으응?'

뭘까, 생각이 날 듯 말 듯한 이 기분은. 어쩌면 본 적 있는 사람일지도 모르겠다.

"며칠 전 이 남자를 찾아냈다."

"네, 틀림없습니다."

옆에 있던 리쿠손이 단언했다.

"리쿠손 님은 한 번 본 사람의 얼굴을 절대 잊지 않지."

"이것 말고는 다른 재주가 없습니다."

리쿠손은 쑥스러운 듯 말했다. 하기야 무관에 맞는 성격 같지는 않았다. 하지만 타인의 얼굴을 전혀 구분하지 못하는 그 괴짜 군사의 부하라면 그런 특기를 갖고 있어서 손해 볼 일은 없으리라. 타인의 그런 재능을 꿰뚫어 보다니, 정말이지 그 괴짜 외알 안경이 사람이 맞긴 한지 의심스러울 정도다.

"언제 일인데?"

"이틀쯤 전이야. 찾을 수 있을 거라고는 생각 못 했는데 말이지. 짐마차의 짐을 나르는 하인으로 위장하고 있었다더군."

심지어.

"샤오砂欧 상인의 짐을 말이야."

샤오는 이 나라의 서쪽 사막 지대 너머에 있는 나라다. 리국은 남부 산지를 제외하면 삼면이 더 큰 나라와 대치하고 있는 입지 조건인 셈이었다. 작년에 왔던 두 명의 여자 특사가 분명 그쪽 출신이었다.

그리고 그 특사 두 명 중 하나는 시 일족과 페이파 거래를 했다.

마오마오의 얼굴이 흐려졌다.

"…그거 심각한 일 아니야?"

"아무리 생각해 봐도 큰 문제가 맞지."

도성에서 이런저런 문제를 일으켰던 인간들이 지금 타국 상인들 속에 섞여 있다. 심지어 바이냥냥 일당은 아편을 가지고 있으며 도적 떼와의 연결 고리가 존재할 가능성까지 부상한 상황이었다.

정치 문제에 어두운 마오마오도 타국이 그런 상대를 감싸고 있다면 지금 자신들이 몹시 곤란한 상황에 처해 있다는 사실 정도는 알 수 있었다.

"심지어 샤오는 나라 특성상 불가침의 장소라고 여겨지고 있어."

즉, 죄인으로 체포하려 해도 이쪽 마음대로 움직일 수는 없다는 이야기였다.

"보통은 손을 대면 안 되겠지만⋯."

이 나라까지 일부러 찾아온 상인이라면 자기네 나라와 별개로 움직이고 있을 거라고 생각하긴 어렵다.

"그 점에 대해 이렇다 저렇다 말하기 힘든 상황이라 난감하다는 거야."

어차피 증거라고 해 봤자 눈썰미 좋은 부하 하나의 증언뿐이다. 설령 본인이 그렇게 증언하더라도 남자를 본 게 그 부하 한 명뿐이라면 혹시 잘못 봤을 수도 있다고 주위 모든 사람들이 생각할 것이다. 도성에 통지를 보낸다 해도 여기서 아무리 빠른 파발마를 보내 봤자 열흘 이상은 걸린다. 답장을 기다리려면 시간이 그 두 배로 늘어난다.

그리고 그 결과 마오마오에게까지 일이 돌아온 모양이다.

"그래서?"

"연회에 참가해 줬으면 해. 그래서 방도 준비해 줬잖아. 지금 의 너는 라 일족의 귀한 아가씨 입장이야."

"……."

마오마오의 표정을 보고 라한이 미간을 찌푸렸다.

"아니, 그렇게 잇몸까지 드러내면서 싫어하진 말라고. 누가 보고 있을지 모르는 일이잖아. 봐, 지금 리쿠손 님도 당황하셨 고."

"저는 아무것도 못 봤습니다."

리쿠손은 아무 일 없었다는 듯 파란 하늘만 올려다보았다. 알고 보면 은근히 유들유들한 성격인지도 모른다.

즉, 중요한 장사 상담 문제, 그러니까 그 남자가 진짜인지 아 닌지는 제쳐 두고서라도 그것을 이유로 거부할 수는 없다는 뜻 이다. 만일 그 남자가 진짜라면 바이냥냥도 함께 있을지도 모 른다. 그러면 연금술로 만들어진 미지의 독으로 독살을 시도할 수도 있다. 어쩌면 마약일지도 모른다. 아니면 또 다른 무슨 꿍 꿍이를 갖고 있을까.

"궁금하지? 신기한 독을 구경할 수 있을지도 몰라."

이 무슨 비열한 수법이란 말인가. 그런 말로 자신을 낚으려는 걸까.

"일이 잘 풀려서 무사히 놈들을 붙잡게 된다면 그 독이 어떤 물건인지 조사해 봐도 좋아."

"……."

"딱히 안 궁금하다면 뭐 상관없고."

한숨을 내쉬는 마오마오를 보고 라한은 씨익 웃었다. 아아, 그래, 알았다고. 하지만 맨입으로 승낙하기에는 억울하다. 뭐 대신 얻어 낼 수 있는 게 없을까. 물론 심부름 값은 따로 받겠지만.

문득 리슈 비 일이 떠올랐다.

"타인의 얼굴을 한 번 보면 절대 잊지 않는다고 하셨죠?"

마오마오가 리쿠손을 보고 물었다.

"네, 그리 재미있을 것 없는 특기이긴 합니다만."

하늘에서 시선을 내린 리쿠손이 대답했다.

"그럼 얼굴만 보고 혈연관계, 그러니까 친부모 자식이라는 사실을 판별할 수 있을까요?"

"판별을요? 글쎄요, 그건 잘….."

부모와 자식이 겉보기로는 별로 닮지 않았다 해도, 자식 몸의 어딘가에는 틀림없이 부모의 무언가를 물려받은 부분이 있다. 그것을 찾아낼 수 있지 않을까 생각했는데.

"어디까지나 저의 주관일 뿐이고, 무엇보다 명확한 근거가 있지 않은 이상 그걸 근거라고 할 수는 없을 겁니다."

"그건 그래."

라한도 동의했다. 마오마오는 원망스러운 표정으로 라한을 쳐다보았다.

"그럼 뭐 다른 건 없어?"

이 남자 역시 다른 사람들과 다른 세계를 보는 눈을 가진 자다. 조금쯤은 도움이 되어 주었으면 좋겠다.

"내게 보이는 걸 근거로 내세운다 해도 아마 그 누구도 납득하지 않을걸."

지극히 당연한 말이라고 마오마오도 생각했다. 판정 기준이 명확하지 않으면 그것이 아무리 진실이라 해도 실제 증거로 내놓을 수는 없다. 자식이 부모에게서 물려받는 신체의 특징은 여러 가지가 있지만 그것들이 전부 합치된다고 할 수도 없고, 그건 어디까지나 가능성에 불과하다. 하다못해 누구나가 납득할 수 있는 내용이라면 문제가 없을 텐데.

"힘이 되어 드리지 못해 죄송합니다."

"아뇨, 신경 쓰지 마세요."

"저어, 주제넘은 말씀을 좀 드리겠습니다만⋯."

리쿠손이 잠시 망설이다 말을 이었다.

"라칸 님의 저택에 와 주시면 안 되겠습니까?"

"⋯그 일에 대해서는 언급하지 말아 주셨으면 좋겠는데요."

리쿠손이라는 사내가 나쁜 인간이라고 생각되진 않지만, 사람에겐 건드려도 되는 부분과 건드리면 안 되는 부분이 있다. 불쾌해진 마오마오는 얼굴을 일그러뜨렸다.

"죄송합니다."

리쿠손은 조심스럽게 고개를 숙이고는 "저는 그만 일이 있어서 돌아가 보겠습니다." 하고 정자를 나갔다.

라한이 애매한 표정으로 마오마오를 쳐다보았다.

"올 생각이 아예 없는 거야?"

"아까 그 얘기, 그냥 거절한다."

리쿠손이 나가자마자 말투가 더욱 거칠어졌다.

"저런, 벌써 기분이 상했군. 서쪽 상인들과 교역할 물품 같은 건 안 갖고 싶고?"

결국 물건으로 낚으려는 건가. 당연히 갖고 싶지. 마오마오가 입을 다물자 라한은 마오마오를 물끄러미 바라보았다. 무언가 생각에 잠긴 표정이었다.

"저기, 그러고 보니 말이야."

"어엉?"

저도 모르게 난폭한 대꾸가 나왔지만 이건 그냥 애교로 봐줬으면 좋겠다. 마오마오는 급사가 준비해 준 차를 한 모금 마셨다.

"어젯밤 결국 바센 님과는 아무 일 없었던 모양이군."

여기서 입에 머금고 있던 차를 뿜지 않은 것만으로도 마오마오는 충분히 어른인 셈이다. 입 안에 차의 쓴맛이 갑자기 확 퍼졌지만 마오마오는 그것을 간신히 꿀꺽 삼켰다. 부모 자식 문제와 그것이 도대체 무슨 상관이란 말인가.

"바센 님은, 동저…."

"아아, 말 안 해도 돼. 말 안 해도 된다고. 그런 불쌍한 소리막 퍼뜨리고 다니지 마."

맞다, 실례했다. 태도를 보면 대략 알 수 있지만, 그 나이 즈음의 남자들은 보통 그 사실을 감추고 싶어 하는 법이다. 그렇게 창피하다면 바이링 언니에게서 다정하게 가르침을 받으면될 텐데 말이다. 탄탄한 근육을 좋아하는 바이링 언니의 마음에 들었을 정도이니 그 정도 응석은 부려도 될 것이다.

"괜히 쓸데없는 생각 하고 있는 건 아니겠지?"

라한이 눈을 가늘게 떴다.

"무슨 소리야?"

바이링 언니의 방에 던져 넣겠다는 생각 따위는 해 본 적도없다.

"그렇군, 그럼…."

라한은 그야말로 얼토당토않은 소리를 던졌다.

"왕제 전하께 말씀드려서 아기 씨앗을 태내에 심어 볼 생각은없어?"

찻잔에 남은 차를 끼얹어 버려도 문제가 없을 소리였으나 일단은 남의 집이니 참았다.

"……."

"어차피 너도 그냥 시험 삼아 낳아 보고 싶을 뿐이지 아이 자체에는 관심이 없을 것 아냐? 왕제 전하의 아이라면 내가 책임지고 기를 테니 넌 마음대로 살면 돼. 굳이 정실이 되라는 것도 아니고, 그냥 몇 번의 실수가 있으면 그걸로 족해. 우리 입장에서도 후계자가 생겼으니 만만세지."

"직접 만들어."

마오마오는 굵고 위협적인 목소리로 대꾸했다.

"영 이상적인 상대를 찾기가 힘들어서 말이야."

아마 라한이 말하는 이상적인 상대란 진시를 여자로 바꿔 놓은, 그야말로 경국지색의 미녀일 것이다. 길바닥의 돌멩이처럼 아무 데나 굴러다니면 오히려 곤란한 미녀 말이다.

"왕제 전하는 정말로 아깝단 말이야. 얼굴에 그런 상처가 생겼음에도 불구하고 그 아름다움을 뛰어넘는 사람이 없다니."

"아예 직접 중요한 부분을 잘라 내고 배 속에 여자의 태를 집어넣지 그래?"

"…그게 가능해?"

진지한 표정을 짓는 라한이 무섭게 느껴졌다. 마오마오가 불가능하다고 말하자 라한은 다소 안타까운 듯 고개를 숙였다. 성적 취향은 평범하지만 성전환에 대해서는 거부감이 없는 모양이었다. 통 이해가 안 되는 기준이다.

진시는 안 된다 해도, 진시의 자식을 누군가로 하여금 낳게 만들면 그와 비슷한 일을 할 수 있지 않을까 하는 생각에 해 본 말이었으리라. 마오마오의 얼굴에는 큰 특징이 없으니 아이에게는 진시의 특징이 보다 많이 남을 수도 있고, 구실을 붙여서 자신이 거둬들일 수도 있다.

그리고 후계자를 원한다면서 만일 딸이 태어나면 어떻게 할 것이냐고 물었더니,

"책임지고 평생 부양할 테니 안심해."

즉, 키워서 자기 아내로 삼겠다는 말이었다. 한도 끝도 없이 아득한 이야기다.

어린 소녀를 좋아하는 변태 취향이라고 비난하고 싶었지만, 그보다는 사실 그만큼 진시의 얼굴에 집착한다는 뜻이라고 봐야겠다. 라한은 그 아이가 진시를 아주 손톱만큼만 닮는다 해도 절세의 미녀가 될 거라 믿어 의심치 않는 모양이었다. 너무나 글러 먹은 구제 불능 인간이다. 혹시 주위에서 아는 사람 중에 누구 좋은 사람 없느냐고 물어도 이 인간만큼은 소개하기 싫다. 절대로 안 할 거다.

"그러니 제발 말씀 좀 드려 줘!"

라한은 기대에 찬 눈으로 마오마오를 바라보았다. 마오마오는 차를 다 마신 뒤 라한의 발가락을 있는 힘껏 밟아 주고 나서

정자를 나섰다.

방으로 돌아가자 재봉사가 와 있었다. 라한이 보낸 사람인지 옷의 만듦새를 살짝 손보러 왔다고 했다. 옷은 이미 다 준비가 되어 있었다. 조금 특이한 장식이 달린 옷으로, 굳이 따지자면 서방풍의 드레스에 가까운 치맛자락이 붙어 있었다.

"자, 아가씨. 옷을 갈아입어 주시지요."

새빨간 연지를 바른 재봉사는 마오마오에게 옷을 여러 벌 맞춰 주었다. 그 수전노 라한치고는 상당히 큰 지출을 한 게 아닐까.

마오마오는 한 시간 정도 옷 갈아입는 인형이 되었다.

끝나고 재봉사가 돌아가자 마오마오는 침대에 드러누웠다. 그러자 탁자 위에 무언가가 놓여 있는 모습이 보였다. 고급 오동나무 상자였다.

'이걸 달고 나오라는 뜻인가?'

허리띠 장식인가 했는데 상자를 열어 보니 속에는 은색 비녀가 들어 있었다. 한순간 이곳에 있을 리 없는 비녀가 돌아왔나 했지만 그건 아니었다.

달과 꽃, 양귀비 모양을 본떠 만든 아름다운 비녀였다. 하지만 양귀비라니, 이게 도대체 무슨 의미일까 생각하며 마오마오는 웃고서, 무심코 머리에 꽂았다. 신기하게도 머리에 자연스럽게 잘 어울려, 그냥 꽂아 둔 채로 내버려 둔 건 어쩌면 마오마오답지 않은 일이었을지도 모른다.

그날 밤엔 도성에서 온 중진들과 커다란 연회장에서 만찬이 열렸다. 진시가 환관이었던 시절에는 정욕을 품거나, 또는 경멸 어린 시선으로 쳐다보던 높으신 분들이 지금은 서로 앞다투어 진시에게 술을 따라 주려 애쓰는 모습을 보니 마오마오는 저도 모르게 코웃음이 나왔다.

마오마오는 이미 자리에 앉아 있던 라한의 옆에서 반걸음 물러난 자리에 앉았다. 여성의 동석을 꺼리는 풍조가 만연하긴 했지만 일단 마오마오는 손님 대접을 받고 있는 입장이다. 안쪽 자리에는 진시가 있고, 그 옆에는 교쿠엔이 앉아 있었다. 그 대각선 맞은편 자리에는 중키에 중간 체격을 가진 중년 남자가 있었다.

"저게 그거야."

라한이 애매하게 말했지만 마오마오는 그게 무슨 뜻인지 잘 알고 있었다. 리슈 비의 부친, 우류였다. 비를 닮았다고 하면 닮은 것 같고, 안 닮았다고 하면 또 안 닮은 것 같은 얼굴이었다. 마오마오는 혹시나 싶어 라한 쪽을 쳐다보았다. 라한도 그게 무슨 뜻인지 알아차렸겠지만, 돌아온 것은 지극히 당연한 물음이었다.

"누구랑 누굴 보라는 거야?"

그랬다. 리슈 비에 대한 이야기를 너무 공공연히 할 수는 없다. 마오마오는 자신이 경솔했다는 생각이 들긴 했지만, 라한도 금방 눈치를 챈 걸 보면 그런 소문이 이미 궁정 내에 퍼져 있는 모양이었다.

게다가 후궁을 나온 일 자체가 특례이기 때문에 리슈 비는 다른 사람들 앞에 얼굴이 드러나지 않도록 얇은 비단 천을 머리에 쓰고 있다. 얼굴을 드러내는 일이 금기라는 건 아니지만 그래도 가능한 한 피하고 싶었으리라. 지금 이 저녁 식사 자리에도 리슈 비는 나오지 않았다. 대신 우류 옆에 웬 젊은 여자가 앉아서 진시 쪽을 흘끔흘끔 쳐다보고 있었다. 입고 있는 옷의 분위기와 부채로 입을 가린 동작으로 보아하니 지난번에 리슈 비의 뺨을 때리고 나갔던 이복 언니라는 사실을 눈치챌 수 있었다.

이복 언니는 아버지의 옷소매를 끌어당기며 무어라 이야기를 했다. 그러자 우류는 귀여운 딸을 위해서인지 진시 쪽을 돌아보고는 딸을 소개하려는 듯 말을 걸었다.

'…….'

이복 언니는 미남을 좋아하는 지극히 일반적인 취향을 갖고 있는 모양이었다. 솔직히 마오마오 입장에서 남녀가 동석한 이 저녁 식사 자리는 좀 기묘해 보였다. 이렇게 높으신 분들이 모이는 자리에 아무리 라한의 친족 자격이라고는 하나 정말 자신이 끼어도 되는 걸까 생각했는데, 이런 꿍꿍이가 있었던 모양이다.

다른 사람들도 생각이 비슷한지, 언제 진시에게 딸을 소개시켜 줄 수 있을지 기회를 노리며 몸이 근질근질한 모양이었다. 저택 주인인 교쿠엔은 이미 딸이 황후가 되었기 때문에 상당히 관대한 태도를 취하고 있었다. 오히려 진시의 표정을 살피며 이 상황을 즐기고 있는 듯 보이기까지 했다. 역시 교쿠요 황후의 부친은 다르다.

시중을 들던 여자들도 진시의 미모를 보고는 얼굴을 붉혔으나, 할 일까지 잊지는 않았다. 이들은 술잔이 비지 않도록 계속 주의를 기울이고 있었다.

여자들은 접시가 비면 바로바로 요리를 덜어 주었으나 안타깝게도 고관들은 음식에 별로 손을 대지 않았다. 특히 우류는 밥과 뼈가 붙어 있는 양고기를 약간 먹었을 뿐이고, 술을 더 청한 것 외에 다른 음식은 전부 거절했다.

라한은 생선 요리가 입에 잘 맞는지 그것만 먹고 있었다. 왠지 요리사들이 안심하는 듯 보이기도 했다.

마오마오도 생선을 먹었다. 소금에 절인 청어 요리였는데, 아마 그런 식으로 생선을 오래 보존하는 모양이었다. 조금 특이한 냄새가 나긴 했지만, 아마 발효된 냄새지 썩은 냄새는 아닐

터였다. 도성에서 늘 신선한 생선을 먹는 데 익숙해져 있던 입장으로서는 아무래도 아쉬움이 느껴질 수밖에 없었지만 라한은 양고기보다 냄새가 덜 역해서 먹기 편했던 모양이다.

마오마오는 아무것도 신경 쓰지 않고 그저 마음껏 음식을 먹어 치웠다. 다른 고관 딸들은 입술에 바른 연지가 지워지지 않도록 과일주만 홀짝홀짝 조심스럽게 마시고 있었지만 마오마오 입장에서는 상관없는 일이었다. 그래도 옷은 그럭저럭 괜찮은 것을 입고 왔기에 망정이지 안 그랬으면 하녀가 섞여 들어왔다면서 쫓겨났을 것이다. 호기심 많은 관리들이 몇 번 "라한 님의 여동생 되시는 분이라고요?" 하고 형식상 인사를 건넸지만 마오마오가 입에 찜닭 국물을 묻힌 채 마주 인사를 했더니 상대는 쓴웃음만 지었다. 나중에 뒤에서 역시 괴짜 일족은 괴짜 일족이라고 험담을 할 게 뻔했다.

식사에 이상한 건 섞여 있지 않았다. 궁정 요리와 다르게 커다란 접시에 요리를 담아 놓고, 그것을 각자 덜어 먹는 방식이었다. 독을 탄다면 아마 급사가 요리를 덜어 주면서 직접 타야 할 것이다.

'어떤 식사 형태를 취할까?'

연회라고는 하지만, 의복 형태를 보면 마오마오가 아는 연회와는 많이 다른 듯했다. 아버지에게서 들은 이야기에 따르면 서방의 연회는 주가 되는 부분이 요리가 아니라 춤을 즐기는 일이라고 하지만, 마오마오는 잘 이해가 되지 않았다. 어쨌거나 상상이 되질 않으니 만일 독 시식을 하라는 지시를 받는다면 어려울 것 같다고 마오마오는 생각했다.

어느 음식이 누구 입으로 들어갈지 모르는 만큼 음식을 덜어 주는 고용인들을 예의 주시해야만 한다. 그리고 어떤 식재료가 사용되는지 모르면 향미 채소와 독초를 착각하게 될지도 모른다. 마오마오는 그런 점들을 염두에 두고 요리의 맛과 생김새를 신중히 기억하면서 식사를 해 나갔다.

물론 실제 연회 자리에서는 '가능한 한 음식을 먹지 않는 것'이 기본이다. 준비해 준 교쿠요 황후의 부친께는 죄송하지만 그것이 가장 무난한 방법이다.

우물우물 열심히 음식을 먹고 있는데 누가 슬며시 옆에 술잔을 놓기에 눈치 빠른 고용인이 다 있군, 하고 돌아보니 옆에 앉아 있던 남자가 놓아 준 잔이었다. 급사가 술을 따라 주고 가긴 했지만, 본인은 마시지 않을 생각인 모양이었다.

"고맙습니다, 리쿠손 님."

눈치 빠른 사람은 이 곱상한 사내였다.

"경칭은 빼고 부탁드립니다, 마오마오 아가씨."

'아가씨'라는 호칭을 듣고 마오마오는 있는 힘껏 얼굴을 찡그리고 말았다. 하지만 정정하기도 짜증스러웠기에 대신 조건을 걸기로 했다. 이 남자를 도대체 어떻게 접해야 할지, 정말이지 파악하기가 힘들다.

"그럼 리쿠손이라고 부르죠."

좀 미안하긴 하지만 아가씨라고 부르는 건 참아 줬으면 좋겠다. 그걸로 수긍했는지 리쿠손이 웃었다.

"그럼 저도 마오마오라고 부르겠습니다. 저는 그렇게 술이 세지 않으니, 대신 마셔 주시면 기쁘겠군요."

그렇게까지 말하는데 사양할 이유가 없다.

'술에 이상한 게 들어 있다면 문제니까 말이야.'

마오마오는 술잔에 입을 댔다. 내용물은 포도주였고, 주정이 그렇게 세진 않았다. 물을 마셔 입 안을 한차례 씻어 낸 뒤 마오마오는 다음 요리를 덜어 오려 했다.

급사들이 마오마오의 시중을 뒤로 미루고 있었으므로 스스로 덜어 오는 수밖에 없었다. 본래는 남녀의 합석이 드문 일이고, 여자는 그림자 뒤에 가려지는 게 상식이다.

"이거면 될까요?"

"감사합니다."

리쿠손은 마오마오가 덜어 오려던 요리를 대신 덜어서 내밀어 주었다.

괜히 그 괴짜 군사 밑에 붙어 있는 게 아닌 모양이었다. 이 정도 눈치를 가지고 챙겨 줄 수가 있으니 그 인간을 보좌하는 게 가능하리라. 리쿠손은 때때로 고용인들을 불러 세워 이걸

갖다 달라, 저게 부족하다 하면서 지시를 내리곤 했다.

얼핏 보기에는 사람을 함부로 부려 먹는 것 같지만, 사실 그 시선은 고용인들의 얼굴과 체형을 향하고 있었다.

'기억하고 있었나 보군.'

마오마오가 굳이 고용인들의 얼굴을 외울 필요는 없을 듯했다. 그래서 그 일은 이 남자에게 맡겨 두고, 자신은 요리와 식재료의 맛을 기억하는 데에만 집중했다.

"아름다운 비녀로군요."

"그런가요?"

예의상의 칭찬도 덧붙여 줄 줄 아는 남자였다. 마오마오는 오동나무 상자 속에서 꺼낸 비녀를 머리에 꽂은 채 그냥 나왔다는 사실을 뒤늦게 떠올렸다. 화려하진 않지만 정교하게 만들어진 물건이라는 사실은 문외한이 봐도 바로 알 수 있을 정도였다. 보는 눈 있는 아가씨들이 가끔 마오마오의 머리를 슬그머니 들여다보곤 하는 것 같다 싶더라니, 그것 때문이었는지도 모른다.

'나중에 팔아야지.'

그런 생각을 하고 있을 때였다.

쨍그랑, 식기 깨지는 소리가 들렸다. 소리가 난 방향을 돌아보니 겁을 먹은 하녀와 손을 치켜든 우류의 모습이 보였다.

"필요 없다고 했잖아!"

"…죄, 죄송합니다."

하녀는 겁을 먹은 얼굴로 접시를 치웠다. 손에 맞고 튕겨져 나간 접시가 벽에 부딪쳐 깨진 모양이었다. 접시에 담겨 있었던 요리가 주위에 지저분하게 흩어져 있었다.

'아까워라.'

하녀는 그저 애써 준비한 생선 요리를 손님이 드셨으면 하는 마음뿐이었으리라. 마음은 이해가 안 되는 것도 아니지만, 일개 고용인으로서는 지나치게 나선 행동이긴 했다. 주위 사람들도 모두 어이가 없는 표정이었다. 주위 분위기를 알아차렸는지 우류가 표정을 누그러뜨렸다.

"아니, 이것 참. 실례했습니다."

우류는 주위를 향해 미소를 지었지만, 흩어져 버린 요리가 원래 접시로 되돌아오는 일은 없었다. 그리 평판이 좋은 사내는 아니지만 이 행동은 너무 경솔하고 생각이 짧은 짓이 아닌가 하고 마오마오는 생각했다.

교쿠엔은 수염을 만지작거리며 다른 고용인에게 귓속말을 했다. 처벌을 받거나 해고를 당하거나 둘 중 하나일 거라고 마오마오는 생각했다. 교쿠요 황후의 상냥한 성품은 사실 아버지에게서 물려받은 것이기를 바라는 수밖에 없다.

약사의 혼잣말

정사란 매우 번거롭고 까다로운 일이어서, 편도 20일쯤 걸리는 곳에 가서 체재하는 날짜가 고작 닷새밖에 안 된다고 한다. 그 닷새 안에 다양한 온갖 행사들이 꽉꽉 들어차 있으므로 이리저리 휩쓸려 다니느라 높으신 분들이 매우 바쁜 반면 마오마오는 딱히 할 일이 없었다. 체재 중에 개인적으로 자유 관광을 할 수도 없었으므로 정원에 어떤 식물이 있는지 관찰하러 갈까 생각하던 차였다. 방문을 두드리는 소리가 났다.

'누구지?'

문을 여니 눈을 가늘게 뜬 여자가 방문 앞에 서 있었다. 이름은 모르지만 리슈 비의 이복 언니라는 사실은 알 수 있었다. 양옆에는 당연한 듯 시녀들을 줄줄이 끌고 왔다.

"무슨 볼일이신가요?"

'리슈 비의 방은 옆방인데. 바보같이 착각했나?'

마오마오는 어른스러웠으므로 그런 진심을 굳이 입 밖에 내어 말하지는 않았지만, 그런 마오마오를 보고 리슈 비의 이복 언니는 일부러 그러는 것처럼 "풋!" 하고 웃었다. 왜 저렇게 짜증나는 태도로 사람을 깔보듯이 웃나 했더니 마오마오를 보고 느낀 감상이었던 모양이다.

"인사라도 해 둘까 해서요. 마찬가지로 이름을 지닌 일족으로서, 앞으로 교류가 있을지도 모르잖아요?"

이름을 가진 일족이라는 말에 마오마오는 뺨이 움찔거렸다. 이번 한 번뿐이라고는 하지만 친족의 일원 취급을 받아야 한다는 게 끔찍했다.

그런 마오마오와 마주 선 채, 이복 언니는 흘끔흘끔 마오마오의 머리 쪽을 쳐다보았다.

"어젯밤에는 몹시 훌륭한 비녀를 하고 오셨더군요."

"그런가요? 안타깝게도 저는 물건의 가치를 잘 모르는 몸이라서요."

'그런 걸 눈여겨보고 있었단 말이야?'

귀한 집 아가씨들은 정말 눈썰미가 좋다. 마오마오는 시장에 내다 팔았다가는 금세 꼬리가 밟히겠다는 생각에 재빨리 판매처를 바꾸기로 했다.

"오늘 밤 연회에는 어떤 복장으로 나오실지 무척 기대가 되는군요."

이복 언니는 공작 깃털 부채로 가볍게 입가를 가리며 돌아갔다.

인사가 아니라 시찰 나온 것 아닐까. 이런 서쪽 변경 지역까지 쫓아올 만한 아가씨는 그리 많지 않다. 물론 어젯밤 연회를 보아하니 그래도 진시와 연줄을 만들러 찾아온 사람들이 몇 명 있는 것 같긴 했지만.

탱글탱글 흔들리는 엉덩이를 보니 리슈 비와는 별로 안 닮은 언니였다. 만일 이복 언니와 닮기라도 했다면 부정한 관계에서 태어난 아이라는 의심을 받을 일도 없었을 텐데.

하지만 만일 리슈 비의 아버지가 정말로 황제라면 우류도 더 요령 좋게 처신하는 게 나을 거라는 생각이 자꾸만 든다. 솔직히 사용하기에 따라서는 유용해질 수도 있을 것 같다고, 마오마오는 뱃속 시꺼먼 생각을 했다.

어쨌거나 아침부터 뜬금없이 부당한 처우를 겪은 마오마오는 기분 전환을 하기 위해 정원으로 나갔다. 귀중한 수원의 물을 끌어다 만든 정원은 이 건조한 지역에서의 권력을 상징한다. 하지만 그것이 쓸데없다는 생각은 들지 않았다. 게다가 교쿠요 황후의 부친이라면 결코 쓸데없는 사치를 부리진 않았으리라. 비취궁 궁녀들을 떠올려 보면, 교쿠요 황후는 그 점에 대해서는 확실하게 교육을 받은 것으로 보였다.

그래서 무엇이 있었느냐 하면….

정원 한구석에 기묘한 식물이 나 있었다. 한 번도 본 적 없는, 잎인지 줄기인지 구분이 안 되는 식물이었기에 마오마오는 눈을 동그랗게 떴다. 표면을 보니 마치 밀랍을 바른 듯 윤기가 돌았고, 자잘한 가시가 여러 개 나 있었다. 노회蘆薈[*]를 닮았으나 그보다 더 부채꼴에 가까운 모양이었다. 마오마오는 흥미진진한 표정으로 손을 뻗었다.

"건드리지 마, 찔리면 가시 뽑기 힘들어."

남자인지 여자인지 모를 목소리가 들렸다. 안쪽을 보니 남장을 한 미인이 쪼그리고 앉아 이 기묘한 식물을 관찰하고 있었다. 스이레이였다. 스이레이의 옆에는 젊은 남자 한 명이 붙어 있었다. 얼핏 보기에는 시종 같았지만 사실은 감시자라는 사실을 마오마오는 알고 있었다. 이곳에 아둬를 따라온 것 자체가 신기한 일이었다. 감시 하나 붙인 것은 아주 관대한 처사다.

스이레이는 마오마오와 같은 약사다. 어차피 생각하는 건 똑같을 테니, 신기한 풀이나 꽃이 있다면 조사해 보고 싶었으리라.

"그래서 이게 뭐고, 어디에 어떻게 쓰는 거죠?"

"선인장이라고 한다는군. 머나먼 서쪽 땅에서 발견된 식물인데 건조 기후에 강해서 이곳에서도 실험적으로 키워 보고 있다

※노회 : 알로에.

366

고 해. 열매와 줄기를 식용으로 사용하고."

마오마오는 속으로 감탄하며 이야기를 들었다. 모습을 보아하니 스이레이는 이곳에 온 이후 쭉 정원에만 눌러앉아 있었던 모양이다. 손에는 수첩을 들고, 필기도구로 식물의 모습을 옮겨 그리고 있었다.

"약이 될 만한 부분은 없고요?"

"그것까지는 나도 잘 모르겠어. 노회와 비슷하게 생겼으니 여러모로 쓸 길이 있어 보이긴 해. 이 안쪽에도 나 있어."

감시로 따라온 남자는 내내 아무 말 없이 마오마오와 스이레이의 대화를 듣기만 했다. 이 남자 역시 대화 한 구절 한 구절을 다 기억해 두었다가 나중에 위에 보고하려는지도 모른다.

'딱히 수상쩍은 짓은 안 했는걸.'

대화 내용이라고는 온통 약 이야기뿐이다.

"노회가 있다면 혹시 좀 주실 수 있으세요?"

"화상약 다 떨어졌어?"

"아뇨, 계속 휴대 식량만 먹어서 그런지 배가 좀…."

"…그랬군."

생김새만 봐서는 미청년 같지만 스이레이도 마오마오 또래의 여성이니, 여자의 배에 대해서 모를 리가 없다. 즉, 배설 문제를 말한다. 주로 건강을 중심으로 한 이야기를 나누는 상대였기에 이런 문제도 딱히 부끄러워할 것 없이 털어놓을 수가 있어서 편했다. 그런 점에서 스이레이와는 마음이 잘 맞는다.

"그럼 리슈 비에게도 좀 먹이는 게 좋겠군."

"호오."

확실히 리슈 비는 마오마오보다 상태가 더 안 좋았다. 온실 속 화초처럼 귀하게 자란 아가씨란 대부분 그럴 것이다. 뒷간에 가고 싶을 때조차 신경이 쓰여서 결국 참은 일이 많았으리라. 아뒤와 계속 함께 다니던 스이레이는 리슈 비의 건강에도 주의를 기울이고 있었던 듯했다.

"이 부근이라면 산내酸奶*에 섞어 먹일 수도 있겠군."

산내란 젖을 발효시켜 만든 식품으로 장을 진정시키는 작용을 한다.

"아, 그건 조금 더 생각을 해 보는 게 좋을 것 같아요."

"왜지?"

왜냐하면 리슈 비는 못 먹는 음식이 많기 때문이다. 청어를 먹으면 두드러기가 나는 체질이고, 꿀도 먹지 못했다. 유제품은 어떨지 모르지만 익숙지 않은 것을 먹였다가는 소화가 잘되기는커녕 오히려 배탈이 날 가능성도 있었다. 실제 리슈 비는 이 저택에 온 첫날 저녁 식사 때, 익숙지 않은 음식을 일부러 피하면서 식사를 했다.

---

※산내 : 요구르트.

스이레이는 그 말을 듣고 미간을 좁혔다. 실로 귀찮다는 그 마음, 마오마오도 충분히 이해가 됐다. 서민으로 태어났더라면 아마 일곱 살까지 살아남지도 못했을 것이다.

그런 몸으로 이 긴 여행을 용케 버틴 게 대단할 정도다. 머리를 쓰다듬으며 칭찬해 주어야 할까. 아니, 그만두자. 마오마오 자신과는 맞지 않는 일이니까.

마오마오 또한 스이레이와 마찬가지로 수첩과 필기도구를 가져왔다. 스이레이가 그림을 그토록 열심히 그리던 데에는 다 이유가 있었다. 이곳에 있는 식물들은 하나같이 도감 어디에도 실려 있지 않은 종류들뿐이었다. 두 사람은 한동안 묵묵히 작업을 이어 나갔다. 감시하는 남자는 하품도 하지 않고, 무슨 생각을 하는지 통 모를 미소만 짓고 있었다.

'이럴 때 그 건방진 꼬맹이가 있었다면 좋았을 텐데.'

건방진 꼬마 쵸우는 그림 하나만은 굉장히 잘 그렸다. 하지만 실력이 좋다고 그림으로 먹고살 수 있을 정도는 아니라고 마오마오는 생각했다. 지금은 아직 나이 어린 꼬맹이가 유난히 능숙하게 그림을 그리는 걸 보고 다들 신기하게 생각해서 사 주는 것일 뿐, 얼마 지나지 않아 다들 질려 버릴 것이다.

그 전에 어떤 길로 나아가게끔 해 줘야 할지 자꾸 생각하게 된다.

'아예 춘화가로 만들어 버릴까?'

그림 그릴 대상은 얼마든지 있으니 말이다. 그런 불순한 생각을 하고 있는데 멀리서 무언가가 으르렁거리는 듯한 소리가 들려왔다.

　"…저게 뭘까요?"

　무슨 짐승이라도 있는 걸까, 오소소 소름이 돋는 괴이한 울음소리였다. 새들이 놀라서 일제히 후드득 날아올랐다.

　"서쪽에서 오신 분들이 신기한 선물을 보여 주고 계시는 모양입니다. 예전에는 코끼리라는 짐승을 데려왔다고 하더군요."

　감시하던 남자가 입을 열었다.

　"코끼리라고요?"

　마오마오도 그림 두루마리에서 본 적이 있었다. 유난히 긴 코를 지닌 거대한 생물이다. 세공된 상아는 직접 보았지만 살아있는 실물은 당연히 본 적 없다. 여제 시절에 헌상된 일이 있었다고는 하지만 그 코끼리는 마오마오가 태어나기 전에 죽었다고 한다.

　"저것도 코끼리일까요?"

　"글쎄요, 아마 호랑이나 그 비슷한 종류가 아닐까요."

　남자도 그렇게까지 자세히 알지는 못하는 모양이다. 그나저나 살아 있는 호랑이를 여기까지 데려왔단 말인가. 모피나 약으로 만들어진 호랑이라면 마오마오도 본 적이 있다. 아름다운 얼룩무늬 깔개, 또는 그 생식기로 만든 정력제 같은 것들 말이다. 그 정력제는 정말 효과가 좋았지, 하고 마오마오는 생각했다. 얼마나 잘 들었느냐면, 바이링 언니가 매일 아침 만족한 얼굴로 나왔으니 어느 정도인지 알 수 있을 것이다. 그 언니를 상대로 지쳐 나가떨어지지 않게 만들어 주었다는 얘기다.

"오늘 밤 연회에서 선보일지도 모르지요."

"그건 기대되네요."

마오마오는 예의상 하는 말이 아니라 진심으로 그렇게 말했다. 음식과 춤에는 별다른 흥미가 없지만, 생물에서는 재미가 느껴진다. 마오마오는 가슴이 조금 뛰는 것을 느끼면서 수첩에 호랑이 그림을 사각사각 낙서했다. 그 모습을 본 감시인이 싱글거리며 웃었다.

"하인이 선인장 음료를 준비해 놓았다고 합니다. 어떻게 하시겠습니까?"

그 권유를 거절할 이유는 없었다.


선인장 음료를 마시며 스이레이와 별 의미 없는 대화를 나누다 보니 늦은 오후가 되었다. 스이레이와 이야기를 하다 보면 가끔 시스이가 떠오르곤 한다. 이복 자매였던 두 사람은 시스이 어머니의 집착에도 불구하고 사이가 좋았던 듯했다. 적어도 시스이는 언니를 몹시 따랐다. 일족이 멸망한 뒤에도, 아이들과 언니만은 살리려 했다.

군이 시스이를 떠올리는 일은 그만하자. 깊이 생각하면 사고가 정지된다.

방으로 돌아가니 라한이 보낸 듯한 사람이 와 있었다. 그 손에는 수선한 옷과 장식품 등이 들려 있었다. 화려한 화장을 한 여자가 수수한 마오마오의 얼굴을 보자마자 생긋 웃었다. 마오마오는 움찔하며 뒷걸음질을 쳤다.

늘 느끼는 일이지만, 치장을 당한다는 건 실로 정신력을 깎아먹는 일이다.


높으신 분들이 아낌없이 돈을 쏟아부어 연 연회는 서방의 형식에 따라 서서 식사를 하게끔 되어 있었다. 다양한 요리들이 탁자 위에 즐비하게 놓여 있었고, 사람들은 각각 접시를 들고 좋아하는 음식을 덜어 먹으면 된다고 했다.

'독을 넣으려고만 들면 얼마든지 넣겠는데.'

솔직히 이쪽에서는 그리 익숙지 않은 방식이다. 하지만 그래서 더 득을 본 점도 있다.

첫째로 어째서인지 이 방식으로는 남녀가 한 쌍이 되어 출석하는 게 관습이라고 한다. 기본적으로 아내나 애인을 데리고 오는 경우가 많지만, 없을 경우에는 여자 형제나 친척을 데려올 때도 있다고 한다. 라한은 '여동생'이라는 명목으로 마오마오를 사람들에게 소개하려 하였으나 마오마오가 라한의 발가락을 비벼 뭉개듯 짓밟아 댄 탓에 그냥 친척으로 그쳤다.

두 번째로 독을 넣기는 쉽지만, 생각보다 독을 먹이기가 또 어렵다. 누가 어느 요리를 먹을지 미리 예측할 수가 없기 때문에 임의의 인물을 암살하는 데에는 적합지 못하다. 물론 무차별 살인이라면 상관없지만.

셋째로 독 시식을 하는 데 위화감이 없다. 옆에 붙어서 계속 음식을 우걱우걱 먹기만 하면 된다. 하지만 그러면 모양새가 너무 뻔뻔해 보였으므로, 라한은 더욱 머리를 짜내어 마오마오를 한창 먹성 좋은 열다섯 살 소녀라고 둘러대 나이로 얼버무렸다. 마오마오는 표정 하나 바꾸지 않은 채, 무사했던 라한의 반대편 발가락을 꾹꾹 눌러 짓밟았다.

먹든 안 먹든 상관없는 방식이라면 다들 안 먹었으면 좋겠지만, 그럼 손님들은 불쾌할 것이다.

"무슨 일이 일어나긴 할까?"

"어디까지나 만일의 사태를 대비하려는 것뿐이지."

"흐응….'

편한 것 같기도 하고 재미없는 것 같기도 하다는 표정으로 마오마오는 대답했다.

"그나저나….'

라한은 마오마오를 빤히 쳐다보았다.

"옷이 날개라는 말도 안 통하는군."

"시끄러워."

마오마오는 묵직한 치맛자락을 끌고 다니고 있었다. 식사가 서양식이었기에 복장 또한 그와 어울리는 분위기로 맞추었다. 아무리 그래도 완전히 똑같은 것을 구할 수는 없었지만, 입었을 때의 전체적인 윤곽선만이라도 대략 비슷해 보이도록 하기 위해 허리 부근에 치맛자락을 부풀리는 골조 같은 것을 집어넣었다. 서방의 드레스는 거기다 허리를 더 꽉 묶고 가슴을 반 정도 드러내면서 강조하지만, 안타깝게도 마오마오의 상반신은 그렇게 풍요롭지 못해 오히려 파렴치하게만 보였으므로 그냥 위에는 소매 넓은 옷을 입고, 허리만 허리띠로 졸라맸다.

머리에는 붙임머리를 조금 더 달고 최대한 부풀렸지만 본판이 본판이다 보니 어쩔 수가 없다. 원래 머리보다는 나아졌지만 주위에는 더 화려한 비교 대상들이 가득하다. 장미와 모란 속에 냉이꽃 한 줄기가 섞여 있는 거나 다름없는 꼴이다.

그 안 어울리는 복장 속에서 유일하게 은세공 비녀만이 편안한 느낌을 주고 있어서 다행이었다.

"안심해. 민들레 정도로는 보인다."

어째서일까, 이 사촌 형제는 왜 이렇게 쓸데없는 곳에서 눈치가 빠른 걸까.

"……."

마오마오는 실눈으로 라한을 째려보면서 연회장 중심으로 향했다.

'천장이 높군.'

제일 먼저 든 생각이 그거였다. 넓이도 제법이지만 무엇보다 천장이 높다. 이렇게 개방감 느껴지는 구조는, 왕도에서도 드물 것이다.

일부는 위층까지 훤히 뚫려 있었고, 천장에는 이 지방 특유의 직물이 겹겹이 늘어뜨려져 있었다. 바닥은 흙바닥인데도 털이 짧은 융단이 깔려 있었다. 이것도 이 근방 특산품인 모양인데, 흙이 묻는 게 아까웠다.

이곳은 교쿠엔의 저택에서 다소 떨어져 있는 궁으로, 옛날에 이戌라는 이름을 갖고 있던 일족이 지은 건물이며 사치의 극을 보여 주는 곳이었다. 그것이 원인이었는지 일족은 수십 년 전에 이름을 박탈당하고 파멸했다. 여제의 분노를 샀다고 한다.

참 다양한 일화를 지닌 무시무시한 사람이 다 있었다고 마오마오는 생각했다. 그런 사람을 할머니로 둔 현 황제도 무척 고생을 했을 것이다.

연회장에는 이미 수많은 손님들이 모여 있었다. 높으신 분들 옆에는 딸로 보이는 잔뜩 치장한 여자들이 있었다. 눈들이 하나같이 반짝반짝을 넘어서 번쩍번쩍 빛나는 듯했다. 모두가 노리는 진짜 먹잇감 진시는 아직 연회장에 오지 않았다.

리슈 비는 와 있었다. 얼굴에는 여전히 얇은 비단 천을 쓰고 있었기 때문에 상당히 눈에 띄었다. 하지만 아무리 눈에 띄어도 스스로 앞에 나서지 않으면 리슈 비는 자신이 해야 할 일을 할 수가 없다. 누구와 함께 왔나 궁금해진 마오마오가 옆을 보니 남장을 한 아둬가 서 있었다.

'…….'

저렇게 당당하게 남장을 한다면 그 정체가 여자고, 심지어 현 황제의 예전 비였다는 사실을 알아볼 사람은 거의 없을 것이다. 게다가 주위에서는 아버지와 딸이 아니라 오빠와 여동생으로 보고 있는 모양인지, 말을 거는 여자들도 있었다.

역시 후궁 안에서 오랜 세월 동안 궁녀들이 흠모하던 우상이었던 사람은 다르다.

라한은 빈틈없이 아둬에게 인사를 건넸다. 마오마오도 간단히 인사를 했다.

"저런, 어느 집 귀한 영애이신가 했더니."

"농담이 심하시군요."

아둬는 라한보다 훨씬 듣기 좋은 사탕발림도 할 줄 알았다. 리슈 비는 라한이 앞에 있었기에 아둬의 뒤에 숨은 채였다. 리슈 비가 입은 드레스는 지나치게 화려하지도, 지나치게 수수하지도 않고 제 나이에 잘 어울리는 모양새였다. 아둬와 비슷한 색인 걸 보니 일부러 맞춘 것 같기도 했다.

향만은 평소 사용하는 것 그대로였다. 자리 분위기에 취하지 않기 위한 조치였는지도 모른다. 조금 더 이야기를 나누고 싶었지만 아둬 측 역시 나름대로 바쁠 터였다. 게다가 라한 역시 본래 목적은 서방과의 연줄을 더욱 강화하는 데에 있다.

검은 머리들 사이에 섞여 금발이나 갈색 머리, 빨간 머리가 보였다. 눈동자 색도 더 밝았고, 골격도 달랐다.

서술주에는 서방과의 혼혈이 많지만, 이곳에 있는 사람들은 대부분 서쪽에서 일부러 찾아온 요인들이리라. 벌써부터 다갈색 머리의 남녀 한 쌍이 라한에게 말을 걸고 있었다.

'뭐라고 하는지 한마디도 못 알아듣겠네.'

마오마오도 이국의 언어를 아주 약간은 배웠지만 실제 이야기를 하는 건 또 다른 문제다. 게다가 서방에도 언어가 여러 가지 있으며 마오마오가 배운 것은 한참 더 서쪽의 말이었다.

라한은 더듬더듬 짧게나마 대화를 나누고 있었다. 괴짜이긴 하지만 할 때는 하는 녀석이다.

간단한 인사를 나누고, 형식적으로나마 마오마오에 대해서 언급하고 난 뒤 2인조는 다른 곳으로 가 버렸다.

"일단 잡히는 대로 이것저것 먹고 있으면 되나?"

마오마오가 할 수 있는 일은 그 정도밖에 없어 보였다. 그것 말고는 유곽에서 단련한 얄팍한 미소 짓기밖에 없을 것 같다.

"그 부분은 기대 안 하고 있으니까 마음대로 해. 술은 마시지 말고."

급사가 쟁반에 담아서 나눠 주고 있는 술이 궁금하긴 했지만, 술을 마시면 안 된다고 연회장에 들어오기 전부터 당부를 들었다. 과일주가 기본이며 주정도 그리 세지 않으니 좀 마셔도 괜찮을 것 같은데 말이다.

"…안 취해."

"오는 도중에 술통 하나를 비웠다는 얘기를 들었다."

누가 얘기한 걸까. 진시일까, 아니면 바센일까. 마오마오는 혀를 쯧 찼다.

어쨌거나 조심해서 나쁠 건 없지만, 바이냥냥이 정말 이쪽으로 와 있는 게 확실하긴 할까. 그래도 무슨 일이 있을 때를 대비하여 쓸 만한 약을 가져오긴 했지만 도움이 될지 어떨지도 알 수가 없다.

그리고 라한으로 말할 것 같으면, 팔팔하게 돌아다니고 있었다.

"……."

안경 안쪽의 여우눈이 날카롭게 빛났다. 샤오에는 혼혈이 점점 퍼지는 추세여서 미인이 많다. 이 인간의 말에 따르면 미인이 구성하는 숫자는 굉장히 아름답다고 한다. 미인이 아름다운 게 아니라, 미인을 구성하는 숫자가 아름답다는 영문 모를 소리를 늘어놓고는 있지만 괴짜 군사의 조카인 이 녀석 또한 괴짜다. 분명 마오마오로서는 헤아릴 수도, 상상할 수도 없는 세계가 그 눈에 비치고 있을 것이다.

하지만 턱을 문지르며,

"그래도 저것보단 왕제 전하가 더 아름다우시군."

하는 소리를 늘어놓고 있는 인간이 여자 마음 같은 걸 알 턱이 없다.

문득 라한이 마오마오를 쳐다보았다. 값어치를 따지는 듯한 그 눈에는 어차피 아름답지 못한 숫자가 비치고 있으리라.

"노력하면 다음 대에는 예쁜 게 태어나겠어."

무슨 말을 하고 싶은 걸까. 라한의 발가락을 꾹꾹 짓밟은 마오마오에게는 죄가 없을 것이다.

라한은 얼굴을 찡그리면서도 마오마오에게 술 아닌 과일 음료를 건넸다. 마오마오는 불쾌한 기분 그대로 라한의 뒤를 따라갔다.

'덩치 큰 녀석들밖에 없네.'

혼혈이 많아 신장도 덩달아 커지는 모양이다. 서방 사람들이 보통 키가 크다는 이유도 있지만, 종이 섞여서 부모 세대보다 몸집이 커진 탓도 있을 것이다. 인간도 그런지는 잘 모르겠지만 식물은 가까운 종끼리 수분을 시키면 그 씨앗은 더 큰 개체로 자란다고 한다.

여유가 있으면 밭에서 실험해 보고 싶다는 생각에 잠겨 있는데 어느샌가 주위에 벽이 생겨나 있었다.

여자가 하나, 남자가 둘 있었다.

남자 둘 중 한 명은 통역인 듯했는데, 다른 한 명은 주인이라기보다는 종자 같았다. 그 셋 중 가장 지위가 높아 보이는 사람은 가슴을 강조하는 옷을 입고 있는 미녀였다. 밝은 색깔의 머리카락에 파란 눈을 지닌 미녀는 안 그래도 키가 큰데 심지어 거기에 굽 높은 구두까지 신고 있었다.

"……."

문득 마오마오는 라한과 눈이 마주쳤다.

'서쪽 상인들과 연줄을 만들려는 게 아니었나?'

그 여성에게서 상인 같다는 느낌은 들지 않았다. 아니, 마오마오는 그 얼굴을 기억하고 있었다. 머리에 단 파란 장식. 금빛 머리카락에 투명할 정도로 하얀 피부. 작년에 왕도를 찾아왔던 여자 특사 두 명 중 한 사람이었다. 두 특사는 빨간색과 파란색 머리 장식으로 서로를 구분했는데, 그때와 똑같은 색이라면 파란 장식은 보다 얌전하고 진지한 성품을 지녔던 특사일 것이다.

"이야기를 좀 더 하고 싶은데."

여성은 화려한 미소를 짓고 있었다. 여자의 미소는 무섭다. 그 속에서 무언가 꿈틀대는 것이 느껴진다. 하지만 지금 느껴진 것은, 질척질척한 감정이라기보다는 굳이 따지자면….

'교쿠요 황후와 같은 계통의 웃음인데….'

장사보다는 정치에 가까운 냄새가 났다.

'이게 본론인가?'

서쪽 상인은 무슨, 하고 마오마오는 생각하며 치맛자락을 붙잡고 라한의 뒤를 따라갔다.


'이름이 아이라라고 했던가?'

마오마오는 딱 한 번 들었던 이름을 떠올렸다. 관심 있는 것 외에는 거의 기억하지 못하는 마오마오치고는 특이한 경우라고 할 수 있겠다. 아이라란 두 명의 여자 특사들 중 다른 한 명. 작년에 시 일족의 반란이 일어났을 때 페이파를 유출시켰던 것으로 여겨지는 인물이다. 자기 짝꿍이 그런 짓을 저질렀는데 참 대단한 배짱이다.

이戌 일족이 지은 궁은 서방의 건축 양식을 흉내 내서 만든 건물이고, 연회장 또한 그 방식을 따르고 있었다. 연회가 열리는 널찍한 공간과 함께 손님들이 개별적으로 쉴 수 있는 방도 여러 개 준비되어 있었다. 밀회를 갖기에는 딱 좋은 공간 구성이다. 물론 이때 밀회라 하면 대부분의 경우 남녀 간의 비밀스러운 만남을 말하지만 말이다.

낯선 현악기가 음악을 연주하는 가운데 밀가루 색깔의 피부를 가진 무희가 춤을 추고 있었다. 그런 상황에서 몇 명 빠져나간다 한들 아무도 신경 쓰지 않는다. 신경 쓰는 사람이 있다

해도 직접 말을 걸어 제지하는 건 이런 곳에서는 눈치 없는 짓이다.

'왜 하필 라한을…?'

곱슬머리에 안경을 낀 몸집 작은 남자와 금발의 장신 미녀. 이 둘의 조합은 너무 안 어울려 웃음이 터질 지경이었다. 심지어 함께 나가는 사람들까지 있으니 이들이 연인 관계라고는 아무도 생각하지 않을 것이다.

'오히려 그래서 선택했는지도 모르지만.'

예전에 특사들이 왕도를 찾아왔을 때 이들의 목적 중 절반 정도는 혼인이었던 듯했지만, 그 꿍꿍이를 목표물 당사자가 무참히 짓밟아 줬던 것도 지금 생각하면 재미있는 추억이다. 그때의 일을 떠올린 마오마오는 약간 불안해졌다. 아무리 멀쩡한 남자의 차림새를 하고 있고, 심지어 얼굴에 흉터까지 생겼어도 그때 그 달의 요정이 진시라는 사실을 알아보면 어쩌나 하는 걱정이 들어서였다.

설령 알아보았다 하더라도 그 사실을 공표하지는 못하겠지만 말이다.

얇은 자기 찻잔에 홍차가 담겼다. 고양이발 탁자에 고양이발 의자, 천장에는 화려한 샹들리에라는 이름의 조명이 매달려 있었다.

"이곳 취향은 서방의 분위기에 상당히 큰 영향을 받았나 보군요."

얼핏 비아냥거리는 말로 들리기도 했지만 그 말이 사실이니 어쩔 도리가 없다. 라한은 상대가 엄청난 미녀라는 사실만으로 기분이 좋아진 눈치였으나 머릿속으로는 진시와 비교하여 값을 따지고 있을 게 분명했다.

"네, 그 말씀이 맞습니다. 하지만 가구 중 몇 가지는 시대에 좀 뒤처지는 듯 여겨지는데요."

청소도 깔끔하게 되어 있었고, 가구들도 전부 튼튼하고 질이 좋아 보였지만 예전 주인이 쓰던 이후로 내장을 전혀 바꾸지 않은 모양이었다. 유행에 처지기에는 충분한 세월이 흘렀으니 어쩔 수 없다.

벽이 두꺼워 엿듣기도 불가능하다. 통역 남자를 내보내고 나니 방 안에는 2대 2, 네 명만이 남았다.

"저 같은 자를 상대로 선택해 주시다니 굉장히 영광입니다. 가능하면 단둘이서 이야기를 하고 싶었지만요."

그야말로 마오마오의 남자판이라고 해도 좋을 정도로 수수한 생김새를 지닌 주제에, 그런 낯간지러운 소리는 도대체 무슨 자신감으로 내뱉을 수 있는 걸까.

"그건 이야기 내용에 따라 다르겠지요, **라, 한** 님."

문장 구성은 유창하지만 이름을 발음하기는 어려운 모양인지, 그 부분에서만 더듬거렸다. 그 점을 고려해서인지 라한도 군이 돌려 말하는 방식을 선택하지 않아 편했다. 두 사람의 대화 내용은 마오마오도 쉽게 알아들을 수 있는 이야기였다. 여자 특사를 따라온 시종 남자는 진지한 표정으로 그 이야기를 알아들으려 노력하고 있었다.

"라, 한 님은 여기보다 더 서쪽에서 온 물건에 관심이 있다고 하셨죠?"

"네, 오히려 관심이 없는 사람이 별로 없을 겁니다."

'빚은 갚아야 하니까 말이지.'

이 인간의 양아버지가 창관에서 몹시 비싼 무언가를 사 온 지 슬슬 1년이 다 되어 가고 있었다. 반 정도는 갚은 모양이지만, 나머지 반은 저택을 담보로 잡혀 있을 뿐 아직 내지 못한 상태다. 할멈이라면 기한이 넘어갈 경우 저택으로 사정없이 남자 하인들을 보내, 가재도구 일체를 몽땅 내다 팔아 버릴 것이다.

"후후, 그렇다면 좋은 교류를 가질 수 있겠는데요."

특사는 한 장의 종이를 꺼냈다. 공들여 무두질해 만든 양피지에는 숫자로 보이는 문자가 적혀 있었다.

라한의 눈이 더욱 가늘어졌다.

"재미있는 이야기이긴 합니다만, 정말로 이 거래가 쌍방에 이익이 된다고 생각하십니까? 제 입장에서야 더할 나위 없이 좋은 가격이지요. 하지만 이런 제안을 받은 건 처음이라서요. 곡물을 그쪽으로 운송할 경우 흑자를 내기는 어려울 것으로 보이는데요."

"그렇겠죠. 저도 아무 생각 없이 이런 이야기를 꺼낸 건 아니에요. 해로를 이용하면 대량 운송이 가능하고, 무엇보다 앞으로 우리나라에서 밀과 쌀의 가격이 오를 전망이거든요."

그렇게 말한 특사는, 이번에는 지도를 꺼냈다.

'정치 얘기인 줄 알았더니….'

돈 이야기였다. 아니, 정치에도 연결될 것 같은 기분이 들긴 하지만 마오마오는 사실 잘 모르는 일이다. 솔직히 관심도 없다. 하품이 나올 것 같은 기분으로 멍하니 앉아 선인장 용도에 대해 생각하고 있는데 뜻밖의 말이 들려왔다.

"이제 곧 우리나라에 벌레가 재해를 몰고 올 거예요. 북쪽의 재해를."

"?!"

마오마오는 저도 모르게 탁자를 주먹으로 내리치려다 간신히 참았다. 하지만 그 움직임만으로도 마오마오가 흥미를 보였다는 사실은 명확히 전해졌다.

북쪽, 샤오의 북쪽에 있는 나라는 북아련이다. 진시와 함께 염려하던 문제가 이런 곳에서 연결될 줄이야.

특사가 히죽 웃는 것 같더니, 이렇게 말했다.

"만일 이 이야기가 잘 풀리지 않을 경우 부탁드리고 싶은 게 있는데요."

특사는 눈썹에 힘을 바짝 주고 말을 이었다.

"저희가 망명할 수 있도록 도와주지 않으시겠어요?"

문제란 항상 꼬리에 꼬리를 물고 찾아오는 법이다. 그 사실을 마오마오는 새삼스럽게 실감했다.

약사의 혼잣말

# 16화 : 연회 후편

"자, 이제 어떻게 할까."

라한은 태평한 말투로 중얼거리며, 안경을 추켜올리면서 머리를 회전시키고 있었다. 이 인간은 특사가 말했던 '망명'이라는 단어보다는 이 거래를 어떻게 끌고 나갈지를 생각하는 게 더 재미있는 모양이었다. 거래 교섭이란 돈의 흐름이며 상품의 흐름을 말한다. 숫자로 점철된 이 세계는 라한에게 더할 나위 없이 즐거운 놀이터일 것이다.

"어떻게 할 건데?"

"어쩌긴 뭘. 재미있는 얘기였잖아. 아, 그래도 보고를 하긴 해야지. 그게 목적이었으니까."

말은 참 쉽다고 마오마오는 생각했다. 벌레가 재해를 몰고 온다는 그 말은 아무리 생각해도 황해를 가리키는 말로밖에 여겨지지 않았다. 곡물 가격이 오른다는 이야기는 황해에 의해 식량 위기가 닥치리라는 사실을 가리키고 있다. 그 특사는 샤오 출신이다. 아이라랬나 뭐랬나 하는 이름의 다른 여자는 시 일족과 연결 고리가 있고, 아마 그쪽도 상당히 두터운 신뢰 관계로 맺어져 있을 텐데 말이다.

망명이라니, 정말 상상을 뛰어넘는 이야기였다.

마오마오는 남의 일 때문에 골치 썩는 걸 싫어한다. 하물며 나라 단위의 거대한 이야기는 더더욱 질색이다. 그런데 어쩌다 이렇게 말려들고 만 걸까. 그냥 라한 하나만 부르지 그랬냔 말이다.

'혹시 알아차린 걸까?'

마오마오는 그 특사와 초면이 아니다. 어슴푸레한 빛 속이긴 하지만 서로 얼굴을 본 적이 한 번 있다. 하지만 아무리 얼굴을 기억하고 있다고 해도, 분명 다른 방식을 취할 수 있었을 텐데.

'그냥 이쪽과 관계가 있다는 사실을 암시하고 싶어서 그랬을 수도 있지.'

그렇다면 마오마오가 주위에 이 사실을 알리는 것까지 계산에 넣었을지도 모른다. 무언가를 견제하기 위해서. 마오마오는 그런 흥정을 나서서 하고 싶어 하는 성격이 아니다. 그보다 연회장이 어떻게 돌아가고 있는지를 보러 가기로 했다. 애당초 연회장에 수상한 녀석이 있을지도 모른다고 생각하면서, 이렇게 밀담을 하느라 그곳을 벗어나게 된다면 아무런 의미도 없다.

돌아가 보니 서서 음식을 먹으며 잡담을 하던 분위기는 완전히 바뀌어 있었다.

"이것도 서방의 방식인가?"

음악과 함께 남녀가 서로 마주 본 채 춤을 추고 있었다. 춤을 춘다고는 해도 예인들처럼 화려한 동작을 선보이는 게 아니라, 그냥 음악의 박자에 맞춰 연회장 안을 빙빙 돌기만 할 뿐이었다. 남녀 한 쌍으로 오라고 했던 데에는 이런 이유가 있었던 모양이었다.

'발 밟겠네.'

절대로 하기 싫은데, 하고 마오마오는 생각했다. 그리고 라한 쪽을 쳐다보았다.

"안심해. 나도 저건 무리니까."

이런 부분에서는 마음이 맞으니 다행이다.

다른 쪽을 돌아보니 인파가 우글우글 몰려 있는 곳이 있었다. 무슨 일인가 했더니 그 중심에 낯익은 미장부가 보였다. 사람들에게 둘러싸인 진시가 환관 시절 지긋지긋할 정도로 봤던 천상의 미소를 짓고 있었다. 그 옆에서는 바센이 떨떠름한 표정으로 서 있었다.

'아주 심각한 인선 실수야.'

이런 곳에서 바센은 아무런 도움도 되지 않는다. 다가오는 젊은 아가씨들 앞에서 그저 쩔쩔매기만 하고 있을 뿐이다.

'쓸데없이 힘만 센 저 바보라면 긴장해서 춤도 제대로 못 추겠지.'

마오마오는 그저께 붙잡혔던 손목을 문질렀다. 아직도 붉은 기운이 조금 남아 있었다.

그런데 남녀가 한 쌍으로 오라고 했는데 저 두 남자는 왜 짝 없이 남아돌고 있는 걸까, 그 점이 궁금했다.

"아둬 님이 심술을 부리셔서 그런가 보더라. 그분이 남자 역할을 맡게 되면 자연스럽게 남을 수밖에 없잖아?"

"그렇구나."

리슈 비를 진시가 데려가면, 바센도 어쨌거나 이름이 있는 일족의 일원이니 아둬와 한 쌍이 되어도 위화감은 있을지언정 아주 무리가 있는 일은 아니다.

그러나 진시와 바센에게는 미안하지만 리슈 비의 성격을 생각하면 아둬가 남자 역을 하는 편이 나을 것 같긴 했다. 그 심술궂은 이복 언니에게 무슨 짓을 당할지 모른다. 침소에 전갈을 풀 수도 있다.

'그러고 보니 전갈 통구이를 혹시 집에 가지고 갈 수 있나?'

날로 먹는 방법도 있다고 하기에 시험해 보고 싶지만, 교쿠엔의 저택에서도 여기서도 시도하기 어려울 듯했다. 가기 전에 어떻게든 시험해 봐야겠다고 생각했다.

오는 도중에는 아쉽게도 전갈이나 독충 종류는 거의 마주치지 않았다. 스이레이가 온갖 벌레들을 철저하게 다 쫓았기 때문이었다. 마오마오 입장으로서는 한 마리쯤 나와 줬어도 좋았을 텐데 말이다.

라한은 턱에 손을 짚은 채 혼자 중얼중얼 계산을 하고 있었다.

"뭐 재미있는 이야기라도 듣고 온 모양이군요."

정중한 목소리가 들렸다. 위를 올려다보니 온화한 표정의 리쿠손이 서 있었다. 리쿠손은 한 손에 들고 있던 유리잔을 마오마오에게 내밀었다. 냄새를 맡아 보니 희미한 주정의 향기가 났다.

"감사합니다."

마오마오는 한 잔쯤이라면 괜찮겠지 하는 생각에 단숨에 잔을 비웠다. 산뜻한 신맛이 느껴지는 과일주였다. 혀를 날름 내밀어 입술을 핥을 정도로 맛있었다. 입 안에서 기포가 터지는 느낌이 어렴풋이 들었다.

"이거 정말 맛있네요."

"네, 서쪽 상인이 가져온 술입니다. 귀중한 술이라 그게 마지막 한 잔이지요."

리쿠손은 싱긋 웃었다. 왠지 불길한 예감이 들었다.

"참고로 저는 마시지 않았습니다. 그것만 알아 두십시오."

그 순간 마오마오는 손목을 붙잡혔다. 느닷없이 벌어진 일에

넋이 나간 마오마오는 그대로 사람들이 빙빙 돌며 춤추는 연회
장 안으로 끌려갔다. 라한과는 다르게 잡는 느낌이 부드러운
손길이었다.

"한 곡만 함께 춰 주시지 않겠습니까?"

리쿠손은 온화한 남자라는 인상에서 갑자기 만만찮은 남자의
모습으로 돌변했다.

'앗, 역시 괴짜의 부하구나.'

마오마오는 간신히 가죽 한 장만 뒤집어쓰고 버티던 내숭을
완전히 벗어던지고 노골적인 표정을 드러냈다.

그 모습을 본 리쿠손이 웃음을 터뜨릴 뻔했다. 하지만 입술을
푸들푸들 떨면서 고개를 숙이고 터지려는 웃음을 꾹 참았다.

"이야기는 들었지만, 정말⋯."

"누구한테 들었는진 모르겠지만 빨리 끝내죠."

"한 곡이 끝날 때까지입니다."

마오마오는 어설픈 동작으로 주위 사람들을 흉내 냈다. 마오
마오에게도 상대의 발을 밟지 않도록 애쓸 정도의 이성은 있었
다. 아마 여기서 상대가 라한이었다면 춤이 끝나기 전에 발가
락이 짓밟혀 남아나질 않았을 것이다.

"왕제 전하가 일부러 당신을 이곳으로 데려온 이유를 알고 있
습니까?"

"저는 써먹기 편한 인간이니까요."

리쿠손은 마오마오의 손을 잡고 허리를 안고 있었다. 그런 춤이 서방의 방식이라는 사실은 알고 있었지만 왕도에서는 상상도 하지 못할 모습이었다. 현장 분위기란 참 신기한 것이어서, 이곳에서는 모두가 그런 방식을 당연하게 여기고 있다.

"네. 하지만 당신은 자신의 가치를 조금 더 잘 알아 두는 편이 좋겠군요."

리쿠손은 정중하게 말했다.

"'라'라는 이름은 오직 그것만으로도 궁정 내에서 힘을 갖게 됩니다."

"저는 유곽에서 태어난 비천한 출신입니다. 일개 약사일 뿐이죠."

마오마오는 리쿠손을 향해 단호하게 말했다. 이 남자가 어디까지 알고 있는지는 아무래도 상관없지만, 마오마오에게는 그것만이 진실이었다.

"그렇다면 그런 걸로 해 두죠. 하지만 이것 한 가지만은 알아 두십시오."

리쿠손은 싱긋 웃고는 슬며시 옆을 돌아보았다. 리쿠손의 시선 끝에는 와글와글 모여든 인파가 있었는데, 그 중심에 있는 미장부가 이쪽을 물끄러미 바라보고 있었다.

"당신도 제삼자가 아니라는 사실을 잊으시면 안 됩니다. 그 머리에 꽂혀 있는 물건의 의미도 잊지 마십시오."

'비녀 얘기인가?'

리쿠손은 마오마오의 손을 잡고는 천천히 그 손끝으로 얼굴을 가져가, 입을 맞췄다.

'낯간지러운 짓을 하네.'

방랑 예인이 장난삼아 기녀에게 하던 동작이 떠올랐다. 마오마오는 곡이 끝나자 냉큼 벽 앞으로 이동했다. 라한은 아직도 중얼중얼 계산을 하고 있었고, 리쿠손은 어디론가 사라지고 없었다. 멀리서 쏘는 듯한 시선이 느껴지긴 했지만 지금은 무시하기로 했다. 마오마오는 리쿠손의 입술이 닿은 손끝을 대충 닦고는 주위를 둘러보았다.

벽 앞에 오도카니 앉아 있는 소녀가 보였다. 얇은 비단 천을 머리에 쓰고 있는 걸 보니 리슈 비라는 사실을 알 수 있었다. 리슈 비의 주위에는 아무도 없었다.

리슈 비는 한 곳을 바라보고 있었다.

그 시선 끝에서는 중년 남자가 술잔을 흔들며 담소를 나누고 있었다. 그 옆에는 리슈 비의 이복 언니가 자신만만한 미소를 짓고 있었다.

만일 리슈 비의 아버지가 아내의 부정을 의심하지 않았다면 리슈 비 또한 저렇게 행동하고 있었을지도 모른다. 지금처럼 언제나 잔뜩 겁을 먹고 있는, 심약한 소녀로 자라지 않았을 수도 있다.

"아둬 님은 어디 가셨나요?"

마오마오는 리슈 비 근처로 다가가다가 "윽!" 하고 저도 모르게 코를 틀어막았다. 리슈 비는 마오마오의 존재를 알아차렸다가 그 반응에 파르르 떨었다. 분명 비단 천 속 얼굴은 온통 눈물범벅이 되어 있을 것이다.

"…어떻게 된 건가요? 그 냄새는요?"

"…누군가 내게 몸을 부딪치고, 향수병을 쏟아서 그만…."

보드랍고 낙낙한 의상의 천이 그 향수를 몽땅 흡수하고 말았던 모양이다. 향수 특유의 향기가 주위에 가득했다. 향수 중에는 동물의 생식기를 원료로 하는 것이 있다. 이런 향수는 옅어질수록 향이 좋아지지만 지나치게 짙으면 거시기한 냄새가 난다. 거시기한 냄새란 즉, 배설물 냄새다.

"아둬 님은 그래서 방을 찾으러…."

"그러셨군요."

리슈 비는 이렇게 냄새가 독하면 함부로 돌아다닐 수 없겠다는 생각에 가만히 기다리고 있었던 모양이다. 급사에게도 말해서 방을 준비시키려 했지만 우연히 주위에 아무도 없었던가 보다.

"향수를 쏟은 사람은요?"

"그 사람도 찾으러 가셨어요. 난 그냥 여기 가만히 앉아 있으라고…."

리슈 비가 앉아 있던 곳은 벽 앞, 요리들을 차려 놓은 탁자 옆이었다. 다들 식은 요리에는 이제 관심이 없는지 춤을 추거나 구경거리를 감상하거나 담소를 나누는 일만 즐기고 있었다.

마오마오는 탁자 위에서 고기를 몇 점 집어 접시에 얹었다. 식은 고기지만 맛은 좋았다. 마오마오는 입술에 바른 연지가 지워지는 것도 개의치 않고 덥석덥석 음식을 먹어 치웠다.

"좀 드시지 않으시겠어요?"

"…먹을게요."

리슈 비도 이런 고기 요리는 지난번 만찬에서도 먹은 적이 있다. 다 식은 음식이라도 지금은 달리 할 일도 없었기에, 리슈 비는 접시를 받아 들었다.

춤을 추는 것도 한바탕 정리가 되자 이번에는 연회장 안에 기묘한 무언가가 운반되어 왔다. 체격이 건장한 남자들이 크고 네모난 무언가를 짐수레에 실어서 가지고 왔다. 거기에는 하얀 천이 덮여 있었다.

'저게 뭐지?'

마오마오는 눈을 커다랗게 떴다.

남자가 천을 벗기자 속에 들어 있던 것이 드러났다. 나지막하게 그르렁그르렁 우는 소리가 들렸다. 다갈색 털과 그것을 두드러져 보이게 하는 갈기가 윤곽 주위를 뒤덮고 있었다. 고양이처럼 웅크려 앉아도 덩치가 사람의 몇 배는 되리라는 사실을 알 수 있었다.

'호랑이가 아니었네.'

그 생물의 몸에는 얼룩무늬도 없었다.

'사자구나.'

실물을 본 적은 없다. 본 적 있는 건 모피뿐이다. 얄팍한 모피와는 다르게 실제 살아 있는 그것의 존재는 상당히 압도적이었다. 아무리 육중한 우리 속에 갇혀 있고 우리 속에서도 쇠사슬이 채워져 있다 해도 그 무시무시함은 공기를 타고 전해져 왔다.

거대한 고양이의 얼굴에 커다란 목도리를 두른 그 생물은 불쾌한 듯 주위를 보고 있었다.

'오싹오싹한걸.'

마오마오는 거대한 목도리 고양이를 가만히 바라보았다. 모피의 털결이 고양이보다 훨씬 거칠던데 살아 있는 녀석의 털은 어떨까 하고 궁금해졌다. 같은 거대 고양이인 호랑이는 약의 재료가 될 수 있으니 저 짐승도 똑같이 쓸 수 있지 않을까, 하고 마오마오는 잡아먹을 듯한 시선으로 쳐다보았다.

흥미진진한 표정의 마오마오와는 대조적으로 리슈 비는 바들바들 떨고 있었다. 사자가 으르렁거릴 때마다 리슈 비는 움찔움찔 반응했다. 겁 많은 이 비에게는 자극이 너무 심한 모양이었다.

'잡아먹힐 것도 아닌데.'

물론 사자가 우리에서 탈출할 경우에는 사람을 덮치겠지만, 그런 일이 일어나지 않도록 주최 측에서도 만전을 기하고 있을 터였다.

사자를 끌고 온 남자들이 접시에 생고기를 담아 가지고 왔다. 짐승은 좁은 우리 안에서 일어나 틈새로 커다란 앞발을 내밀 었다.

"누구 직접 먹이를 주실 분 안 계십니까?"

구경거리로 끌려온 사자는 이 때문에 여태껏 굶고 있었던 모 양이었다. 사자는 고기가 먹고 싶은지 그릉그릉 울음소리를 내 며 긴 혀를 주둥이 밖으로 쭉 빼물고 침을 줄줄 흘리고 있었다.

흥미진진한 표정으로 몇 사람이 앞으로 나섰다. 이들은 막대 기 끝에 고기를 꽂아 들고 조심조심 우리로 다가갔다. 사자가 앞발로 고기를 쳐서 떨어뜨리자 그 막대기를 들고 있던 남자는 놀라서 엉덩방아를 찧고, 장내는 한껏 달아올랐다.

사자를 더 가까이서 보여 주려는지 남자들은 고기를 한 점 줄 때마다 사자의 위치를 계속 이동시켰다. 사자는 얇은 고기 한 점씩밖에 얻어먹지 못하는 게 불만스러웠는지 낮게 으르렁 거렸다.

"자리를 옮길까요?"

사자가 가까워질 때마다 계속 움찔움찔 떠는 리슈 비를 보다 못한 마오마오가 말했다. 이대로라면 사자가 코앞까지 온 순간 리슈 비가 놀라서 혼백이 빠져나갈지도 모른다. 하지만 리슈 비는 꼼짝도 하지 않았다.

"그냥 이대로 보시겠어요?"

"…려서…."

모기 우는 소리 같은 목소리로 리슈 비가 말했다.

"네?"

"다리에 힘이 풀려…서…."

비단 천 틈새로 보이는 귓불이 새빨갰다. 아아, 알고 있었다. 이런 비라는 사실 정도는. 마오마오가 딱히 웃지도 않고 얼른 아둬를 찾아야겠다는 생각에 주위를 두리번거렸을 때였다. 짐 수레에 실려 온 사자가 울부짖었다. 고기를 너무 찔끔찔끔 주는 바람에 화가 났나 보다 싶었지만, 울음소리가 왠지 조금 다르게 느껴졌다. 코를 벌름거리던 사자는 우리에 몸뚱이를 부딪쳤다.

건장한 남자들이 날뛰는 사자의 사슬을 끌어당겼다. 하지만 진정시키기는커녕 오히려 그 때문에 사자가 더 흥분한 모양이었다. 자꾸만 우리에 몸뚱이를 부딪치던 사자는, 이윽고….

둔중한 소리와 함께 우리가 부서졌다. 격자 하나가 부러지고 그 틈새로 사자가 몸뚱이를 내밀었다. 두 번째 격자가 또 부러지자 사자는 우리에서 완전히 벗어난 자유의 몸이 되었다. 부러진 격자는 사자의 몸뚱이에 튕겨져 나와, 융단이 깔린 바닥 위로 떨어졌다.

"빨리 잡아!"

이제 와서 말해 봤자 늦은 일이었다. 사슬을 잡고 있던 남자들은 뛰쳐나온 사자의 힘을 감당하지 못했다. 남자 한 명이 세차게 우리에 부딪혀 코가 함몰되고 말았다. 나머지는 사슬을 놓지 않은 것만으로도 칭찬해 줘야 하는 상황이었다. 하지만 계속 질질 끌려 다니기만 할 뿐, 사자를 억누르진 못했다.

그 시간은 수 초밖에 되지 않았다. 하지만 마오마오에게는 의외로 길게 느껴지는 시간이었다. 정신을 차리고 보니 마오마오는 품속에 감춰 두었던 약 봉투를 집어 던지고 있었다.

아버지에게서 인간이란 지나치게 긴장하면 시간 감각이 느려진다는 이야기를 들은 적이 있었는데, 지금이 바로 그 순간이었다.

사자는 마오마오를 향해 달려왔다. 흥분해서 핏발이 선 눈앞에서 마오마오는 전신의 감각이 둔해졌다. 뛰어서 도망치는 게 정답이고, 무언가를 집어 던져 봤자 결국 시간 낭비일 뿐이다. 그리고 간신히 그 생각을 떠올리고 뛰쳐나가려던 순간 누군가가 자신의 소매를 꽉 잡고 있다는 사실을 깨달았다.

'제기랄.'

최악의 상황이었다. 다리 힘이 풀려 움직이지 못하는 리슈 비가 곁에 있었다. 뿌리치려면 얼마든지 뿌리칠 수 있을 정도로 힘없이 잡고 있던 손길이었다. 차라리 뿌리쳤으면 좋았을 것을.

정신을 차리고 보니 마오마오는 리슈 비와 함께 꼴사납게 자빠져 구르고 있었다. 쓸데없는 발버둥이라는 사실을 알면서도 마오마오는 탁자 밑으로 굴러 들어갔다.

사자가 앞발을 한 번만 휘두르면 두 사람은 탁자 다리와 함께 갈가리 찢겨지고 말 것이다. 리슈 비는 눈 하나 깜빡하지 않고 사자를 빤히 쳐다보고 있었다. 떼굴떼굴 구르는 바람에 리슈 비가 머리에 쓰고 있던 비단 천이 벗겨지고 말았다. 하지만 넋이 나간 얼굴은 자신에게 다가오는 죽음을 그저 지켜보고 있을 수밖에 없는 모양이었다.

그러나 몸을 두 쪽으로 찢어발길 발톱은 날아들지 않았다.

아무도 움직이지 못하고, 사자의 몸뚱이만이 천천히 움직이며 커다란 앞발을 치켜드는 모습이 보였다. 그러나 사자와 두 사람 사이에 다른 그림자가 비쳤다.

그 손에는 부러진 격자 쇠창살이 들려 있었다.

사자의 앞발이 내리쳐지기 전 그 쇠창살이 사자의 코를 있는 힘껏 내리찍었다. 그 동작에는 전혀 망설임이 없었고, 그저 인간이나 짐승이나 어차피 급소는 똑같으니 일격으로 그곳을 노리겠다는 호쾌한 기백만이 존재했다. 둔탁한 소리와 함께 사자의 피가 허공에 솟구쳤다. 격자는 산산이 부서지고 쇠 파편이 마구 떨어져 내렸다.

그림자는 짧아진 창살로 더욱 사정없이 사자의 미간을 후려 쳤다. 손에 잡힌 부분만 남고 완전히 박살이 난 창살을 보고, 그것을 쥐고 있던 사람이 어이없다는 듯 말했다.

"약해 빠졌군."

여행 중 익히 들었던 목소리였다. 그것은 쇠창살을 보고 한 말인지, 아니면 코가 뭉개져서 바닥을 뒹구는 사자를 보고 한 말인지 판별하기가 어려웠다.

마오마오는 늘 생각했다. 왜 이 남자가 종자로서 진시를 모시고 있는 걸까. 그 자리에 더 적합한 사람이 따로 있지 않을까 하고 말이다.

'어쩌지.'

며칠 전 붙잡혔던 손목은 아직도 아팠다. 그조차도 저 인간치고는 살살 잡은 축이었던 모양이다.

붙잡힌 도적들이 하나같이 팔다리가 괴상한 방향으로 꺾여 있었던 일.

자신을 두려워하지 않을까 걱정하던 일.

도적 퇴치 따위는 한 명만 가도 문제없다던 진시의 말.

마오마오는 겨우 그 모든 일들의 의미를 알 것 같은 기분이 들었다.

"빨리, 지금 어서 붙잡아!"

어이없는 목소리 다음으로 울려 퍼진 것은 미성이었다. 위에 선 자가 내지른 그 목소리에 반응한 사자 조련사들은 들고 있던 사슬을 건물 기둥에 묶었다. 그리고 새 사슬을 가져와 코가 뭉개진 사자를 칭칭 옭아맸다.

부스러기가 되어 버린 쇠창살을 대충 집어 던진 남자는 미간에 주름을 잡더니 쪼그리고 앉아 탁자 밑을 들여다보았다.

"무사하십니까?"

그 말을 뱉고 나서, 탁자 밑에 마오마오가 있다는 사실을 알아차린 남자는 노골적으로 싫은 표정을 지었다. 최근 들어 툭 하면 느끼는 건데 이 인간에게 마오마오는 지켜 줘야 할 여자의 범주 내에 안 들어가는 모양이다.

하지만 옆에 또 다른 소녀가 있는 모습을 보고 그 안색은 순식간에 변했다.

"……"

사자를 쇠창살로 때려눕힌 남자는 바센이었다. 바센은 얼굴을 빨갛게 물들인 채 아무 말도 하지 않았다. 마오마오 외의 다른 여자들을 대할 때 늘 나오는 반응인가 싶었지만 그런 것치고는 유난히 길었다.

"……"

그리고 눈에 눈물이 그렁그렁한 리슈 비 또한 얼굴이 빨개져 있었다. 사자가 너무 무서운 나머지 방금 전까지는 새파랗게 질려 있었는데 말이다. 사람 얼굴이 어떻게 그렇게 저녁노을 같은 색으로 변할 수 있는 걸까, 하고 마오마오는 생각했다.

"……."

마오마오도 아무 말이 없었다. 하지만 두 사람과의 차이점은 얼굴색이 평소와 다름없다는 점이었다. 그저 이 자리가 너무 거북할 뿐이다.

'저기, 어, 그러니까….'

이게 어떻게 된 일일까.

얼굴을 붉히는 두 사람 사이에 낀 마오마오는 그저 자신이 둘만의 세계에서 튕겨져 나왔다는 사실을 실감할 뿐이었다.

그러니까 무슨 말을 하고 싶은 건가 하면.

후궁에서 유행하던 그림 두루마리의 최종회에는 당연한 듯 남녀 한 쌍의 삽화가 실려 있다. 그리고 거기에 방해꾼은 끼어 있으면 안 된다.

'아, 분위기 파악 좀 하란 말이야.'

종이 만드는 마을에서 보았던 지주의 딸과 돌팔이 의관네 큰 조카가 떠올랐다. 그 녀석들도 통 분위기 파악 못 하는 인간들이었다.

다행인지 불행인지 그 거북한 분위기는 금세 풀렸다.

제압한 사자를 새 우리 속에 다시 가두고 나니 한쪽에서 소란을 피우는 집단이 생겨났기 때문이다.

"빨리 의사를 불러! 사람이 다쳤단 말이야!"

부상자가 있다는 소식을 듣고 마오마오는 탁자 밑에서 기어 나왔다. 리슈 비는 아직 넋이 나간 상태여서 마오마오가 자기 곁을 떠났다는 사실도 알아차리지 못하는 모양이었다. 아둬가 달려와 줬기에, 마오마오는 부담 없이 자리를 벗어날 수 있었다.

사자를 제압하던 남자들 중 누군가가 다친 걸까, 하고 가 보았더니 거기에는 뺨에 찰과상을 입은 우류가 있었다.

"아버님, 정신 차리세요, 아버님!"

리슈 비의 이복 언니가 비극의 여주인공처럼 부친에게 매달려 있었다.

'아니, 별것 아니잖아?'

마오마오는 어처구니없는 표정으로 그 자리를 벗어나려 했다.

"이게 무슨 짓이야! 고작 사자 한 마리 잡으려고 아버님을 다치게 하다니!"

어떻게 된 일인가 하면, 바센이 사자를 때려눕힐 때 박살이 난 쇠 파편이 우류의 뺨을 스친 모양이었다.

"우리 아버님이 다치셨잖아! 당장 책임져!"

아버지를 정말로 사랑해서 그런다기보다는 주위 사람들에게 자신이 아버지를 얼마나 사랑하는지를 과시하려는 행동으로 보여, 우스꽝스럽기 짝이 없었다. 그나저나 문제는 그 아버님을 다치게 만든 상대다.

"정말 미안하게 되었군."

날카로운 칼날 같은 목소리가 들렸다. 아름다움이란 그 속에 무시무시함을 품고 있을 때가 많다.

"내 종자가 한 일이 썩 마음에 들지 않는 모양인데."

입가에만 기묘한 미소를 띤 진시가 다가왔다. 그 뒤에는 다소 어이없다는 표정의 바센이 있었다. 바센의 오른손을 보니 붉게 부어 있었다. 쇠창살을 쥐고 있던 손이었다.

"그대로 두었다가는 리슈 비가 위험했을 것이야. 내 종자의 부족함을 이해해 줬으면 좋겠군."

진시는 충분히 저자세로 나오고 있었다. 바센은 오히려 딸의 은인인 셈인데도 우류의 태도는 애매하기 짝이 없었다.

"그렇군요, 그렇다면 감사 인사를…."

리슈 비는 그런 아버지의 모습을 아빠 뒤에서 보고 있었다. 아버지가 다쳤다는 이야기를 듣고 걱정이 되는 듯했지만 언니가 있어서 그런지 가까이 다가가지 못하는 모양이었다.

'그러고 보니 아직 알아내지 못했지.'

마오마오는 리슈 비에게 부탁받았던 일을 떠올렸다. 마오마오도 모르는 건 당연히 있다. 여행하는 동안 알아내지 못할 경우, 아버지에게 편지를 보내 친자 감정 방법을 물어보려는 생각도 하고 있었다.

'부모와 자식의 닮은 부분이라….'

마오마오는 멍하니 우류와 이복 언니를 바라보았다. 이복 언니는 진시의 방금 그 발언에 어떻게 대처해야 할지 알 수가 없는지 입만 뻐끔거리고 있었다.

'앗, 충치.'

단것만 먹어서 그런지 이가 검게 썩어 있었다. 저 나이쯤 되면 이제 유치도 아니니 낫게 할 방법이 없다. 더 이상 충치가 심해지지 않도록 치약이라도 강매시켜 볼까 생각하던 마오마오의 머릿속에 문득 어떤 것이 떠올랐다.

정신을 차리고 보니 마오마오는 우류의 앞으로 나서 있었다.

"무, 무슨 일인가요?"

마오마오는 이복 언니를 바라보며 방긋 웃었다.

"의사는 아니지만 약사 흉내라면 저도 낼 수 있답니다."

그렇게 말한 마오마오는 우류의 얼굴을 덥석 붙잡았다.

"?!"

"외상은 그리 대단치 않군요. 그냥 침이나 좀 발라 두면 나을 겁니다."

"치, 침?!"

농담이다. 사실 인간의 타액에는 독이 들어 있는 경우도 있기 때문에 그런 방법은 피하는 게 좋다.

"하지만 입 안은 어떨까요?"

"커억?!"

마오마오는 우류의 입을 억지로 벌렸다. 그 입에서 역한 술 냄새가 났다. 입 안에는 제 나이에 걸맞게 누레진 치아들이 늘어서 있었다. 마오마오는 그 모습을 꼼꼼히 관찰했다.

그리고 마오마오는 생긋 웃었다.

"자, 겸사겸사 다음 보죠."

"네?"

이번에는 이복 언니의 입을 강제로 벌렸다.

'이 좀 닦아라.'

앞니뿐만 아니라 어금니도 상당히 썩은 상태였다. 부채로 입을 가렸던 건 사실 충치를 감추기 위한 행동이었는지도 모른다. 부모가 응석을 너무 많이 받아 준 결과다. 하지만 지금은 충치 치료법이나 생각하고 있을 때가 아니다.

그리고 마지막으로 마오마오는 자리에서 일어나 리슈 비 앞으로 성큼성큼 걸어갔다.

"자, 다음."

"?!"

아무 말도 못 하고 깜짝 놀란 리슈 비의 턱을 붙잡고 입을 벌리게 했다. 작고 하얀 치아들이 가지런히 늘어서 있었다. 유모가 교육을 잘 시켰는지 이쪽은 멀쩡하고 깨끗했다.

"뭐, 뭐 하는 거야?"

마오마오는 이복 언니의 말을 무시하고 우류 앞으로 돌아가서 섰다.

"돌아가신 부인분의 치아 개수를 알고 계시나요?"

"그런 걸 어떻게 알아?"

"그렇겠죠."

영문 모를 질문을 받은 우류는 마오마오를 수상하다는 듯 쳐다보았다.

"하지만 앞니가 하나 부족하진 않으셨겠죠? 여러분처럼."

우류의 표정이 변했다.

인간에게는 기본적으로 28개에서 32개의 치아가 나 있다. 가장 안쪽에 있는 사랑니는 사람에 따라 나지 않는 경우도 있다. 그래도 최소한 28개는 되지만, 때로 그보다 더 적을 때도 있다.

사랑니 이외의 다른 치아가 나지 않는 경우는 통상 열 명에 한 명 꼴로 존재한다. 명확한 이유는 밝혀지지 않았지만 부모가 그러면 자식도 그러는 일이 많다. 부모가 자식에게 물려주는 형질 중 하나라고 생각하면 된다.

"참 재미있게도 우류 님, 언니분, 그리고 리슈 비전하까지도 모두 아래쪽 앞니가 하나 부족합니다. 치아가 나 있는 상태로 미루어 볼 때 처음부터 돋아나지 않았다고 생각할 수 있습니다."

리슈 비의 입 안을 보았을 때 느꼈던 위화감은 바로 거기에 있었다. 그게 바로 이 문제였다.

건강한 삶을 살기 위해 치아는 꼭 필요하다. 치아 건강이 나빠지면 그리로 독이 들어가 병에 걸리는 경우도 있다. 치아가 나빠져 식사를 제대로 못 하게 되면 또 그 때문에 쇠약해지기도 한다.

원래부터 치아가 하나 부족한 사람이 1할쯤 되니, 세 사람 모두 우연히 그 1할 안에 들어갔을 가능성도 있다. 하지만 모두 치아가 부족한 자리는 같은 곳이었고, 심지어 앞니 결손은 비교적 드문 경우다.

우연이라고 주장하기에는 너무 앞뒤가 잘 들어맞는다.

"역시 부모 자식 사이다 보니 같은 것을 물려받을 수밖에 없나 보군요. 리슈 비전하도 청어를 못 드시는 체질이신데, 우류 님 역시 같은 음식을 못 드시는 것 아닌가요?"

"그걸 어떻게 알았지?"

우류가 의심스럽다는 표정으로 물었다.

"아뇨, 저녁 식사 때 생선 요리를 지나치게 싫어하시기에 그만. 나이가 들 만큼 든 어른이 고작 음식 취향 때문에 그런 태도를 취하는 일은 없잖아요?"

마오마오는 급사가 가져온 요리를 우류가 난폭하게 뿌리치던 모습을 떠올렸다.

"단순한 취향의 호불호나 **착각** 때문에 상대에게 지나친 대응을 하는 건, 이 나라의 고관으로서 할 일이 아니니까요."

마오마오는 얄팍한 미소를 지은 채 우류와 리슈 비를 번갈아 바라보았다.

"가끔은 또 한 명의 딸도 사랑해 주시는 게 어떨까요?"

이건 너무 나간 말이라는 생각이 들었다. 하지만 이 정도로 말해 두면 아무리 둔한 사람이라도 진의를 알아차릴 터였다.

'이쯤 해 두면 되겠지?'

이것이 마오마오가 해 줄 수 있는 최대한의 대답이었다.

# 종 장

'역시 추운걸.'

마오마오는 얇은 비단 천을 어깨에 걸친 채 덜덜 떨었다. 역시 술을 한 잔 더 마셔 둘 걸 그랬다는 후회가 들었다.

건물 안은 온통 열기로 가득하겠지만 솔직히 번거롭고 귀찮았다. 코가 짓뭉개진 사자가 어떻게 되었을지는 좀 걱정이지만 그 사자에게 잡아먹힐 뻔했던 자신이 일부러 치료까지 해 주고 싶진 않았다. 아무리 우리에 갇힌 채 구경거리가 된 가련한 신세의 생물이라 해도 자신은 습격을 당한 입장이다. 그런데도 아깝다면서 라한이 자신에게 치료를 시키려 드는 통에 마오마오는 도망칠 수밖에 없었다. 그 인간의 눈에는 털이 북슬북슬한 거대 고양이 또한 아름다운 숫자의 나열로 보이는 모양이었다. 뭉개진 코가 그 숫자를 어지럽히고 있다고 시끄럽게 굴어 대니 말이다.

마오마오는 벌벌 떨면서 정원 앞에 있는 긴 의자에 앉았다. 어차피 아무도 보는 사람은 없을 것이기에 무릎을 끌어안고 그 위에 턱을 얹었다.

하늘이 넓다. 달이 없었기에 별들이 반짝반짝 빛났다. 유난히 강렬한 빛을 내뿜는 별이 세 개 있어, 하늘에는 커다란 삼각형이 만들어져 있었다. 은하수에 가로막혀 서로 만나지 못하는 연인들의 별일까.

'빨리 좀 끝났으면 좋겠네.'

남몰래 교쿠엔의 저택으로 돌아갈 방법이 없을까 생각하고 있는데 뒤에서 발소리가 들렸다.

"네 사촌 오라비가 찾고 있던데."

"그냥 무시하셔도 됩니다."

혼란 속에서 도망쳐 나온 또 한 명.

"일이 남아 있는 것 아니었나요?"

멋있는 부분은 바센에게 다 빼앗겼지만 이 남자 역시 조금은 도움이 되었으리라.

"내가 과로로 죽었으면 좋겠어?"

"그럴 리가요."

마오마오의 대답을 의심스럽다는 표정으로 들으며, 일을 방치하고 나온 진시가 옆에 앉았다. 나무로 만들어진 의자가 삐걱거리는 소리를 냈다. 진시는 의자 위에 무언가를 내려놓았다. 돌아보니 쇠 부스러기 같은 무언가였다.

"바센도 말했지만 너무 약해. 질 좋은 쇠였다면 더 오래 버텼을 텐데."

쇠를 제조하는 법도 다양하다. 만드는 방식이 조악하면 속에 기포가 들어가 약해진다.

"꼭 부서질 것을 노리고 만든 쇠 같단 말이야."

"무슨 그런 불온한 말씀을…."

하지만 마오마오도 마음에 걸리는 부분이 있었다. 그 사자는 마치 애당초 노리기라도 한 듯 리슈 비에게 덤벼들었다. 마오마오가 아니라 리슈 비가 표적인 듯 보였다.

'굶주렸기 때문에?'

그 이유도 있을 것이다.

'고기를 들고 있어서?'

그랬을 수도 있다.

하지만….

그보다 더 마음에 걸렸던 건 리슈 비에게 쏟아졌던 향수의 냄새였다. 그렇게 독한 냄새라면 짐승의 코는 당연히 맡고도 남았으리라.

사자가 거기에 반응했다면….

"……."

"…왜 갑자기 입을 다무는 거야?"

아무 말이 없는 마오마오에게 진시가 자꾸 말을 붙였다. 이 남자도 마오마오가 나서서 먼저 이야기를 늘어놓는 성격이 아니라는 사실쯤은 알고 있을 텐데 왜 군이 옆에 와서 앉은 걸까. 그리고 왜 불편한 듯 미간에 주름을 잡고 있는 걸까. 농땡이 피우지 말고 빨리 일하러 돌아가면 좋을 텐데.

"빨리 돌아가라고 말하고 싶은가 보지?"

"아뇨, 그럴 리가요."

이 인간은 가끔 마오마오의 생각을 읽은 것처럼 말하니 난감할 노릇이다. 마오마오는 표정이 너무 일그러지지 않도록 평정을 가장했다.

"돌아가 봤자 일이 아니라 여자들한테만 둘러싸일 텐데 뭘."

"온 세상의 모든 인기 없는 남자들을 적으로 돌릴 만한 발언이네요."

돈도 지위도 훌륭한 외모도 모두 가진 남자는 역시 다르다. 달 없는 오늘 같은 밤에는 몸조심하는 편이 좋을 것이다.

"그들이 접근하려는 건 황족의 피일 뿐이겠지."

피라는 건 아기 씨앗을 말하는 걸까, 아니면 생명을 말하는 걸까.

"반쯤은 얼굴일 것 같습니다."

"그 말은 하지 마라."

진시가 벌레 씹은 표정을 지었다. 이 남자는 어째서인지 남들보다 아름다운 얼굴을 가졌으면서 거기에 열등감을 품고 있었다. 진시는 오른뺨에 난 흉터, 아름다움이 빠진 그 부분을 어루만졌다. 누구나가 아깝다며 한탄하는 그 흉터를 본인은 마음에 들어 하는 듯 보이는 건 기분 탓일까.

마오마오도 사실은 싫지 않다. 인간은 결코 완벽한 존재가 아니다. 진시의 경우 외모가 지나치게 뛰어난 탓에 내면과는 그리 잘 어울리지 않는다. 태어날 때부터 서로 어긋났던 것을 어느 정도 조정했으니 오히려 나아진 셈이다.

게다가 뺨에 상처가 났다고는 해도 아버지가 꿰맨 자국이라 아주 깔끔하게 접합이 되었다. 수없이 약을 덧바르고 화장을 해 준 마오마오는 잘 알고 있다. 손가락으로 만져지는 감촉이 점점 옅어져 가고 있다.

"아예 얼굴이 전부 불탔다고 둘러대고 매번 화상 흉터를 만들까?"

"그러면 색이 침착돼서 안 빠집니다. 태우고 싶으시다면 도와드리겠지만요."

겸사겸사 화상약 실험에도 동참해 줬으면 좋겠다.

"하지 마."

20일쯤 되는 기간 내내 화장을 한 탓에 진시의 뺨에는 아직도 희미하게 붉은 염료 자국이 남아 있었다. 그래서 오늘은 옅게 백분을 발라 감추었다.

"태웠다간 가오슌이 쓰러질 거야. 화장은 음… 좀 번거롭군. 편할 때는 편하지만 말이다. 여행하는 동안에는 참 편했는데."

화상 흉터가 있는 음울한 남자에게 접근하는 시골 처녀는 없었고, 평소 늘 하는 서류 업무에서도 해방되었으니 처지가 편했으리라. 마오마오로서는 마차 안에 앉아 밖을 내다보는 것 말고는 할 일이 없고 엉덩이가 아프기만 한 길이었으니 돌아갈 여정을 생각하기만 해도 우울해지곤 했지만.

"말 타는 연습이라도 할 테냐? 마차를 타는 게 싫은 것 아닌가?"

"그럴 바엔 아예 침상을 들이겠습니다."

오는 동안에도 개조했다. 문제는 마오마오가 만든 침상이 마음에 들었는지 자꾸 엉뚱한 사람이 들어와 자리를 차지하고 드러눕는 바람에 정작 본인은 쓸 기회가 거의 없었다는 점이다.

"그래, 눕는 느낌이 더 편안해지기를 기대하마."

마오마오는 갑자기 짜증이 솟구쳤다. 그 침상에 제일 오래 뭉개고 있었던 건 진시다. 밖에서는 말 타기를 즐기고, 그게 질리면 안에 들어와 편하게 누워 지내곤 했으니 처지가 편할 수밖에 없다.

"이번 여행 정도는 즐기고 오라고 말씀하셨던 건 주상이니까."

진시는 다소 일그러진 미소를 지었다.

"그리고 똑바로 잘 골라 오라고 하시더군."

고르라는 건 신부 찾기 이야기를 말한다. 여자들은 그 때문에 한곳에 모였다. 누굴 골라도 거기서는 정치적인 문제가 발생한다. 그리고 그게 어떻게 나라를 움직일지와도 관련되어 있다.

옆 나라와의 관계를 강화할 것인가, 국내의 어느 세력과 손을 잡을 것인가. 선택하기에 따라 진시의 입장도 바뀐다. 하지만 그 무대로 서술주를 선택한 걸 보니 그쪽과 엮일 의지가 강한 모양이었다. 서방과의 관계를 더욱 깊이 다지라고 말이다. 그래서 우류도 또 한 명의 딸까지 데려온 것이다.

'누굴 고를까?'

누굴 고르든 자신과는 상관없는 문제다. 마오마오는 그저 한 명의 약사로서 행동할 뿐이다.

그럴 생각인데….

손끝이 닿았다고 느껴진 순간 손을 붙잡혔다. 잡힌 손은 상대의 손바닥과 바짝 밀착하고, 손가락과 손가락이 얽혔다. 상대의 큰 손은 투박했다. 도망치게 내버려 두지 않겠다는 듯, 긴 손가락이 마오마오의 손을 꽉 조이고 있었다.

"놓아주시면 안 될까요?"

"놓아주면 도망갈 생각이지 않나?"

"도망갈 만한 짓을 하실 생각이신가요?"

"가끔 때리고 싶어진단 말이야."

진시는 먹잇감을 사냥하는 짐승의 시선으로 마오마오를 보고 있었다. 굶주린 들개 같은 그 눈빛은 환관 진시의 것도, 왕제의 것도 아니었다. 또 다른, 별개의 인물 같았다.

"얼굴은 너무 눈에 띄니까 보이지 않는 곳으로 부탁드립니다."

"진짜 때린다는 말이 아니다."

"압니다."

진시는 여자와 아이에게 손을 대는 성격이 아니다. 아니, 손을 대긴 했지만 그건 마오마오가 독을 먹을 때마다 강제로 토하게 만드느라 하는 일이다.

"기껏해야 뒤에서 팔로 결박하고 배 속에 든 걸 억지로 꺼내게 하는 정도겠죠."

"그건 네 탓이잖아. 왜 독을 먹는 거야!"

"왜냐고 하셔도…."

말로 듣기만 하는 것보다 경험을 통해 몸으로 직접 습득하는 게 훨씬 기억하기 쉽다. 그것을 실행했을 뿐이다. 마오마오는 다른 사람들보다 똑똑하지 않다. 관심이 남들에 비해 한쪽으로 치우쳐 있을 뿐이다. 그리고 마오마오의 경우 지식 대신 감정이 남들에 비해 결핍되어 있다. 희로애락 자체는 좀 적긴 하지만 어쨌든 존재한다. 하지만 남들이 평소에 느낀다는 감정 중 몇 가지를 아직까지 이해하지 못하고 있다.

손바닥을 통해 맥박 소리가 울려 퍼졌다. 땀이 나서 닿은 부분이 축축했다. 올려다보니 상대는 긴 속눈썹을 내리깔고 있었다. 흑요석 같은 눈동자가 마오마오를 바라보고 있다. 자신의 얼굴이 그 눈동자에 비칠 만큼, 상대의 얼굴은 가까운 곳에 있었다.

기녀들은 말한다. 그것을 알아 버리면 지옥이라고.

남자들은 말한다. 그것을 알기 위해 이곳에 드나든다고.

아래에 '마음 심心'이 붙는 그 글자[*]는 저속하다고 일컬어질 때도 있으며, 결국은 놀이라고 경시되기도 한다. 하지만 그것이 없으면 살아가지 못하는 자도 있다.

진시의 반대편 손이 마오마오의 머리로 뻗어 왔다. 머리를 쓸어 올리듯 움직이던 손가락이 뒤통수에서 멈췄다.

"잘 꽂고 나온 모양이군."

진시가 건드린 그곳에는 머리를 묶고 꽂은 비녀가 있었다. 은세공 달과 양귀비가 달린 비녀였다. 라한이 준비해 준 물건인 줄 알았더니 아니었던가 보다.

어쩐지 다들 관심을 갖는다 했다.

"진시 님께서 보내 주신 물건이었던가요? 달은 몰라도 양귀비는 좀 이상한데요."

---

※아래에 '마음 심(心)'이 붙는 그 글자 : 恋(사모할 연)을 말함.

바이냥냥이 떠올랐다. 양귀비는 우미인초*를 크게 키워 놓은 모양의 꽃이지만, 아편의 재료도 된다.

"말하지 마. 여행 전에 미리 만들어 놓았다. 전의 것 대신."

진시의 목소리가 머리 바로 위에서 들렸다. 턱을 마오마오의 머리 위에 얹고 있는 모양이었다. 진시가 손끝으로 마오마오의 머리카락을 조물조물 만지작거리고, 정수리로 숨결이 느껴졌다. 아마 주위에서 누가 보면 남녀가 서로 사랑을 속삭이는 모습으로 착각하리라.

"진시 님, 떨어져 주십시오."

"왜?"

"누가 보면 어쩌시려고요?"

마오마오와 진시처럼 연회 자리에서 빠져나온 사람도 있을 것이다. 이곳은 나무 그림자에 가려 사각이 되어 있지만 아무도 오지 않는다고는 장담할 수 없다. 이 연회가 열린 의미를, 이 남자도 모를 리가 없다.

"리슈 비전하는 진시 님의 조카가 아니었습니다. 피가 짙어질 일을 걱정하실 필요는 없습니다."

마오마오는 담담히 말했다. 그 말에 진시의 얼굴이 일그러졌다.

---

※우미인초 : 개양귀비. 초나라 항우가 사랑한 우미인의 무덤가에 피어나 붙은 이름이라 한다.

"그중에서 가장 무난한 선택지가 아닌가요?"

아까 보았던, 리슈 비가 바센과 서로 마주 보며 얼굴을 붉히던 장면은 잊어버리자. 아니, 없었던 일로 하자. 그런 게 두 사람 사이에 싹텄다 한들 결국 아무 의미도 없는 감정일 뿐이다. 처음부터 없었던 걸로 하는 게 편하다.

"뭐가 무난하다는 거지?"

차가운 칼날 같은 목소리가 귓가를 스쳤다. 머리카락을 만지던 손이 목덜미로 내려와, 마오마오의 목을 움켜쥐었다. 긴 손가락이 마오마오의 목을 압박했다.

"괴롭습니다."

"괴롭다고?"

괴롭다고 말하고 있지 않은가. 하지만 진시의 손에는 더욱 힘이 들어갔다. 깍지를 끼고 있던 다른 손은 마오마오의 손을 잡은 채 등 뒤로 둘러져 있었다. 바보 아닌가, 관절이 꺾이는데. 목을 졸리고 관절이 꺾이기 직전의 상태에 이른 마오마오는 고통스러운 표정을 지었다. 조금이라도 공기를 들이마시기 위해 고개를 위로 쳐들고 물고기처럼 입을 반쯤 벌렸다. 그 한심한 얼굴을 진시가 위에서 내려다보았다. 그리고….

"……"

마오마오는 목으로 흘러 들어온 공기를 탐욕스럽게 들이마셨다. 꽃향기가 콧구멍을 간질였다. 천녀의 숨결은 복숭아 향기가 날 줄 알았는데 이건 말리화 향이었다. 얇은 입술은 다소 건조했고, 열기를 띠고 있었다.

목을 조르던 손이 뒤통수를 고정시키고, 맞잡았던 손은 풀린 대신 허리를 꼭 끌어안고 있었다.

얼마나 그러고 있었는지는 모른다. 하지만 자신이 토한 숨결이 마오마오의 전신을 돌았다고 생각하기라도 했는지, 진시는 다소 자신만만해진 얼굴로 마오마오를 내려다보고 있었다. 그리고 숨 쉬기가 괴로워 눈물까지 고였던 마오마오의 눈가를 닦아 주었다. 마오마오는 몹시 화가 치밀었다.

"…죽이겠다면 독으로 부탁드린다고 말씀드리지 않았던가요?"

"그런 일은 절대 벌어지지 않을 거다."

진시는 마오마오의 입술을 손가락으로 훑으며 말했다.

"너도 후보들 중 하나라는 사실을 모르진 않겠지. 시치미 뚝 뗄 생각만 머릿속에 가득하겠지만."

진시는 말을 이었다.

"그리고 그 남자는 뭐지? 춤을 출 만한 성격도 아닐 텐데."

역시 빤히 노려보고 있었던 모양이다.

"그건 그냥 저렴한 술값입니다."

마오마오는 시선을 돌리려 했지만 머리를 붙들려 있는 탓에 그럴 수가 없었다. 마오마오는 머릿속으로 이런저런 생각을 열

심히 해 보았다. 어떻게 하면 이 상황을 벗어날 수 있을지에 대한 생각뿐이었다.

"제가 이 일에 무슨 도움이 된단 말씀이시죠?"

"라한이 동반하고 와 줬잖아. 주위에서는 모두 그렇게 받아들이고 있다."

진시의 말이 무슨 의미인지는 알고 있다. 라한 또한 처음부터 그럴 생각으로 자신을 데려왔는지도 모른다. 화가 나니 나중에 발가락을 실컷 밟아 줘야겠다.

라 일족의 혈연. 이름을 지닌 일족들 중에서도 특수한 입장에 있으며, 파벌에 속해 있지 않은 이 일족이라면 역시 무난한 상대라고 할 수 있겠다. 리쿠손이 말했던 것처럼. 단, 한 가지점을 제외하면 말이다.

"그 남자를 적으로 돌리게 될 겁니다."

외알 안경의 괴짜 말이다. 그 인간이 지금 이 자리에 있었다면 무슨 일이 일어났을까. 우리에서 탈출한 사자 정도는 귀여워 보일 정도의 난동을 피웠을 것임이 분명하다. 예상대로 진시가 겁먹은 표정을 짓긴 했지만 그것은 한순간의 일이었다.

"…이다음은 나중에 하자고 하지 않았나?"

또다시 몸을 구속당했다. 진시는 그대로 마오마오를 긴 의자위에 강제로 눕혔다. 머리카락이 몸 밑으로 깔렸다. 입술을 통해 숨결 외의 다른 무언가가 들어오는 것이 느껴졌다. 코앞에서 흑요석 같은 짐승의 눈이 보였다. 그 어떤 별보다 반짝반짝 빛나면서도 어둠이 느껴지는 눈동자였다. 이 남자는 부자유스러울 것 없는 삶을 살고 있는데도, 때때로 지독하게 굶주리며 그것을 채우고자 한다.

'다른 사람을 고르는 게 나을 텐데.'

진시가 원하는 것을 줄 수 있는 사람은 어딘가에 따로 있을 것이다. 주고 싶어 하는 사람도 얼마든지 많다. 굳이 그것이 결핍된 생물에게 갈구할 필요는 없는데 말이다.

도망치고 싶은 마음은 있다. 분명 그 무엇보다 번거롭고 불안한 일이 도래하리라. 귀찮은 일은 피하고 싶지만 들개 같은 눈은 그러게 내버려 두지 않았다. 존재하지 않는 것을 갈구하며 정신없이 집어삼키려 한다. 마오마오는 인형 같은 눈으로 그 모습을 마주 보는 수밖에 없다.

그것이 들개의 불안을 자극했는지, 마오마오를 더욱 심하게 깔아뭉개며 덮쳐 왔다.

'이번에는 압사를 당하겠는걸.'

두 배 가까운 체중을 지닌 남자의 밑에 깔려 있으니 말이다. 기녀들은 가끔 세 배는 차이가 나는 손님을 상대할 때도 있는데 힘들지 않을까. 그런 약한 소리를 하면 기녀들 중에서도 전문가 중의 전문가인 바이링 언니는 뭐라고 대답할까.

'아무리 손님이라도 주도권을 넘겨줘서는 안 돼.'

바이링 언니가 요염한 동작으로 그런 말을 했던 것이 떠올랐다. 기녀의 소양을 억지로 배우고 있을 때였다.

"……."

솔직히 이대로 그냥 인형처럼 얌전히 있는 게 좋았을지도 모른다. 물론 그렇지 않았을 수도 있다. 그저 할 수 있는 말은, 바이링 언니를 떠올렸더니 언니가 가르쳐 준 기술까지 같이 떠올랐다는 것뿐이다. 할 수 있게 될 때까지 방 밖으로 내보내 주지 않겠다는 말에 울상을 지으면서도 간신히 합격점을 받아 냈던 추억이 있다.

그것이 반응에서 반사가 될 때까지 교육을 받았다. 그러니 마오마오에게는 죄가 없다고 주장하고 싶다.

즉, 무슨 일이 있었느냐 하면….

마오마오는 입 안에 고여 있던 침을 꿀꺽 삼켰다. 살짝 벌어져 있던 입을 크게 벌리고 상대를 유혹하듯, 그리고 반대로 자신이 상대편의 입 속으로 파고들었다.

진시가 놀람과 기쁨의 표정을 지었으나 그것은 오래 이어지지 못했다. 움찔움찔 몸이 반응하며 마오마오를 구속하던 힘이 조금씩 풀렸다.

다시 한번 말하지만 마오마오에게는 잘못이 없다. 불가항력이었다.

마오마오는 유곽에서 배운 장인의 기술로 진시에게 앙갚음을 해 주고 말았다.

○●○

어린애 장난 같은 약속. 그런 녹슬고 오래된 것에 언제까지 집착할 필요가 있을까.

아뒤는 큭큭큭 웃었다. 어깨에 모피를 두르고, 차가운 정원 석에 걸터앉아 술을 마시는 중이었다. 모래 도시의 밤바람은 차갑다. 따라서 주정이 독한 술이 오히려 편안하게 느껴졌다.

긴장해서 열이 올랐던 리슈 비는 이미 재운 후였다. 아뒤는 마시지 못했던 술을 이제야 겨우 즐길 수 있었다.

"너 말고 다른 여자를 아내로 들일 생각은 없어."

지키지도 못할 구두 약속은 하지 않았으면 좋겠다고 생각했다. 너는 그런 입장이 아니라고 말이다. 아뒤가 아이를 낳지 못하게 되자 중신들이 계속 채근했던 일도 알고 있다. 자신 또한 못된 획책을 한 적이 있었다. 다정하고 아름다운 친구가 부정한 짓을 저지르게 만들려 했던 적도 있다.

본가의 혈통을 남기기 위해, 그저 집안에서 골라 준 상대와 결혼했던 가엾은 친구. 그 친구가 자신이 처한 입장을 모르는 것 같은 태도를 보고, 차라리 나라의 정점에 선 자의 옆에서 피어나는 꽃으로 존재하는 편이 나은 게 아닌가 하고 생각했었다.

하지만 일은 생각대로 풀리지 않았다. 친구는 아뒤의 뺨을 있는 힘껏 후려쳤다.

"사람 무시하지 마."

다정한 소녀라고 생각했다. 아름다운 소녀라고 생각했다. 현명한 소녀라고 생각했다. 그래서 더욱 어울리는 자리에 있어야할 거라고 생각하고 아뒤가 준비해 놓은 자리에, 소녀는 격노했다.

아뒤는 여자의 마음이라는 것을 잘 모른다. 자신이 여자가 아니게 된 탓인지, 아니면 원래 성질이 그래서인지는 알 수 없다. 어쨌거나 소녀의 긍지에 몹시 심한 상처를 입혔다는 사실은 알수 있었다.

사랑이 무엇인지 모르는 채 우정의 연장선상으로 비가 되었다. 그리고 아이를 낳았다.

여자로서 불완전한 부분이 있다는 사실은 알고 있었으나, 자신의 안에도 모성이라는 게 존재는 했던 모양이었다. 자신의 태를 희생하여 태어난 아이는 그 무엇보다 사랑스러웠다. 원숭이처럼 주름이 자글자글한 아이는 건드리기만 해도 짜부라져버릴 듯 자그마한 손을 흔들며, 울면서 젖을 보챘다.

유모는 준비되어 있었으나 아뒤는 고집을 부리며 자기 아이를 직접 품에 안았다. 젖을 주려 했으나 아이의 배가 차는 일은 없었다. 아둬의 몸은 이미 여자가 아니었기 때문이다.

갓난아기는 유모의 품으로 돌아갔다.

절망 속에서 아둬는 자기 아이 생각만 하기로 했다. 어떻게 해야 그 작고 약한 생물이 살아갈 수 있을지에 대해서만 생각했다.

그리고 한 가지 결단을 내렸다.

"정말로 꼭 닮았습니다."

자신의 아이와 그 숙부는 거의 같은 시기에 태어났다. 산후 건강이 회복되지 않은 상태에서도 아둬는 무리해서 시어머니를 찾아갔다.

"바꿔치기를 해도 모르겠군요."

반은 장난이었고, 반은 진심이었다. 상대가 어느 쪽으로든 받아들일 수 있도록. 시녀나 유모들은 전부 밖으로 내보낸 상태였다.

"그러게나 말이다. 내가 그 아이를 좀 안아 봐도 될까?"

시어머니는 그렇게 말하며 아둬의 아이를 받아 안았다. 그리고 기저귀를 갈아야겠다며 포대기를 벗기고 새 기저귀를 채웠다. 아둬도 대신 받아 안은 시동생의 포대기를 벗겼다. 그리고 자신이 가져온 새 포대기로 아이를 감쌌다.

둘 다 아이를 낳은 지 얼마 안 된 상태였다. 그리고 둘 다 마음의 일부가 부서져 있었다. 시어머니 안시는 자기 자신의 아이에게는 말라붙은 시선밖에 보내지 않았다. 시종 웃는 얼굴이었기에 주위에서는 알아차리지 못했던 모양이었지만 말이다. 대신 아둬의 아이를 바라보는 시선은 다정했다.

손자는 귀엽지만, 자기 아이는 그저 밉기만 했는지도 모른다.

그래서 갓난아기를 바꿔치기한 뒤 아둬가 궁으로 돌아간 뒤에도 안시는 아무 말도 하지 않았다. 마치 그것이 당연한 일이었다는 듯, 아이는 무사히 바꿔치기가 되었다.

그 후 아둬가 키우던 아이는 죽었다. 그때 바꿔치기가 되지 않았다면 죽지 않았을지도 모른다. 애착이 생겼기에 슬프긴 했지만, 아둬는 자기 아이가 살아남은 일을 기뻐했다.

친어머니에게 사랑받지도 못하고, 자기 자리를 조카에게 빼앗긴 그 갓난아기는 아무 말도 하지 못한 채 죽어 갔다.

그 후 아둬도 안시도 마음의 동요를 느꼈던 모양이다. 계속 시녀를 괴롭히기만 했던 전직 악동은 그것을 느낄 수 있을 정도로는 어른이 되어 있었다. 하지만 아직 젊었기에, 무언가에 화풀이를 하지 않고는 견딜 수가 없었던 모양이었다. 의관 한 명이 후궁에서 추방당했다.

인과란 참으로 불가사의한 거라서, 그때 그 의관의 양녀가 지금 자기 아이의 마음을 사로잡았다.

이국의 공주들, 교쿠요 황후네 친척 딸들, 리슈 비, 그 소녀, 거기에 덧붙이자면 스이레이까지. 그저 괜히 장난으로 스이레이를 이곳에 데려온 게 아니다. 조금 꺼림칙한 부분이 남아 있긴 하지만 혈통으로 따지면 나무랄 데 없는 아이다. 이 땅에서 그 사실이 밝혀지면 엄청난 일이 벌어지겠지만.

아둬는 큭큭큭 웃었다.

어린애 장난 같은 약속. 그런 것조차 그 녀석은 지키려 했다. 하지만 작은 '위에'의 부탁은 거절할 수 없었다. 그래서 광대한 후궁이라는 화원을 이어받아 '위에'의 남동생을 만들려 했다. '위에'를 환관으로서 후궁에 들여보내게끔 했던 건 약속을 어긴 벌이었을지도 모르고, 그래도 아둬와 만날 기회를 늘려 주려는 배려였을지도 모른다.

덕분에 자신은 툭하면 찾아오던 아름다운 환관을 매번 놀려 먹을 수 있었다. 정말이지 유쾌하기 짝이 없는 일이었다.

겨우 사부인 자리를 벗어났더니 이번에는 별궁에 들어가서 그 녀석의 불평을 들어 주는 역할을 맡아야만 했다. 수염 난 아저씨 말고 더 젊은 녀석을 보내 줬으면 싶은데 말이다. 아이들을 거둬들일 수 있었던 건 다행이었다. 역시 어리고 젊은 게 좋다. 게다가 스이레이라는 아이는 제법 놀리는 재미가 있다.

하지만 잊어서는 안 되는 일이 하나 더 있다.

아이들 장난 같은 약속 그 두 번째. 제 분수를 알라는 말이 무슨 뜻인지 아직 신경 쓰지 않던 시절의 일이었다.

"글쎄, 기왕이면 국모 자리까지 주면 좋을 것 같은데."

바보 같은 그 녀석은 두말없이 승낙했다. 그게 무슨 의미인지 알고는 있는 걸까. 그리고 지금도 기억하고 있을까. 설령 서쪽의 커다란 꽃을 황후로 들였다 하더라도.

"도대체 어떻게 되려나."

술잔을 기울이며 아뢰는 '위에'가 어떤 꽃을 고를지 그냥 가만히 지켜보기로 했다.

약사의 혼잣말 5권 마침

약사의 혼잣말

# 약사의 혼잣말 [5]

2019년 6월 10일 초판 발행

| | |
|---|---|
| 저자 | 휴우가 나츠 |
| 일러스트 | 시노 토우코 |
| 옮긴이 | 김예진 |

| | |
|---|---|
| 발행인 | 정동훈 |
| 편집 팀장 | 황정아 |
| 편집 | 노혜림 |

| | |
|---|---|
| 발행처 | (주)학산문화사 |
| 등록 | 1995년 7월 1일 |
| 등록번호 | 제3-632호 |
| 주소 | 서울특별시 동작구 상도로 282 학산빌딩 |
| 편집부 | 02-828-8838 |
| 영업부 | 02-828-8986 |

ISBN 979-11-348-1433-5 04830
ISBN 979-11-348-1428-1 (세트)

값 9,000원

※이 책에는 수량 한정 부록이 들어 있지 않습니다.